メディアワークス文庫

仇花（あだばな）とグランドフェイク

超常事件報告書

八方鈴斗

目　次

プロローグ

スイッチが切り替わった。

濃紺色の暗闇の中、一筋の眩い光が生まれる。

会場にひしめく数多の静寂が、期待と興奮による熱を帯びた。

拍手の渦の中、スポットライトは舞台上の男を照らし出す。鏡面仕上げの革靴、純白生地のスリーピース、輝く腕時計とデザイン重視の指輪、撫でつけられた栗毛色の髪、同系色のサングラス――嫌でも目立つ装いの彼の名を、女性司会者はこう告げる。

「本日のスペシャルゲスト、黒ケ澤獏弥様です！」

厳めしいその名前、妖しげな風体、実は音楽活動をもこなすという多才ぶり。それらの事柄をまったく知らぬ者がいたとしても、周囲から聞こえる〝不敗のカリスマ〟という言葉を耳にすれば、誰しもが「ああ、噂のあの人か」と色めき立った。

獏弥の言葉は襟元のピンマイクを通じて、会場の奥深くまで響く。

彼が語り始めたのは、まだ何者でもなかった若き時代の話だった。

都会で成り上がる夢を嘲笑われ、現実を見ろと詰られ、頭を冷やせと諭され、真面目に生きろと言いつけられて――しかし、彼はそう言われるたびに必ずこう答えたという。

『貴方の言うとおりにしても貴方みたいな凡人にしかなれないでしょう、とね』

舞台上の横断幕には、「新時代創造未来型投資セミナー」の文字。

主催団体は会員の階級をその貢献度で細分化していた。ごく少数の特級会員が等間隔に配置され、後を上級会員が埋め尽くすこの場は、超上位会員限定の特別会場だった。

『元来人類には、奇跡を実現させる力があるのです。ガリレオが宇宙の秘密に気づき、コロンブスが幻の航路を開拓し、二人のライトが空を駆けたように。辛い苦悩を抱くことで脳は覚醒し、超常的な奇跡を叶える――〝先生〟はそう教えてくれました』

舞台袖に向かって会釈する獏弥、それに応じる何者かのシルエット。

スポットライトで深まった闇がその者に対する認識を妨げる。読み取れるのは光を映す右目があって、左目があるはずのところに闇とは違う黒さがあることだけ。

『それでは本題です――黒ヶ澤獏弥の不敗の投資法、その秘密を説明しましょうか』

彼の一言一句をも聞き逃すまいと、会員たちは固唾を呑んだ。

『ゲームに負けない方法は単純明快。結果が読めたものだけに勝負を挑むこと。私は強運の賭博師なんかではありません。努力により超常的な読みを身に付けた者であり――つまるところ私は、〝三分後の未来を予知する〟ことが可能なのです』

その時起こったざわめきは、相反する感情で構成されていた。

『おや、――信じられない、と？　しかし事実、己が夢に付随する苦悩を砂糖玉(レメディ)に吹き込んで、それを自ら摂取すればホメオパシー効果が発生し、さすれば間脳部位には特殊性刺激が起きる。――それこそが超常的な奇跡を起こす鍵となるのです！』

熱狂の中で響く権威者の言葉には、聴衆に非科学的事柄を呑み込ませる力があった。

もしかしたらあり得るのかも、と。しかし必ずしも全員がそうはならない。客席にはひきつった表情で疑念を露わにする者もいて、それを見越していたかのように司会者は、

「不敗の投資法がどれほどの精度なのか、皆さんも気になりますよね――」

大型スクリーンは、画面を二つに分割して表示する。一方に映るのはやや驚いた面持ちの黒ヶ澤獏弥、もう一方には触れれば大怪我(おおけが)必至の乱高下をする為替チャート。

「――さて、こちらの銘柄は業界でもっとも読みが難しいと話題の新興国通貨になります。獏弥様。この円相場が三分後にどうなるか、ご教授いただけますでしょうか」

それは、どんな凄腕(すごうで)投資家も及び腰になる難題だった。

『論より証拠、ですか。構いません、お見せしましょう』

それを容易(たやす)く了承した獏弥は、大きく深呼吸、両手を広げて空を仰ぐ。ここではない何処(どこ)かと交信を試みているかのようなその姿勢は十数秒も経(た)たずに元に戻って、

『視(み)えました。三分後の円相場ですが――』

「貘弥様、お待ちください!!」司会者は慌てて遮る。

　セミナーは全国に生中継していて、今結果を発表すれば会員でない者が先んじて取り引きしかねない、まずはこの場の超上位会員だけが優先的に利益を享受できるよう願う――そんな旨を早口に述べる。貘弥は苦笑しつつ、自らの名刺を取り出す。

　その裏にペン先を滑らせ何かを書き、しかし誰にも見せず胸に伏せる。

『それではこうしましょう――時が来たら、予知を記したこの名刺を裏返します』

　チャート画面に明滅するタイマーを背後に、蠱惑的に微笑む貘弥。彼は続けて、

『その後、私が新設するファンドへの投資権を会場の皆さんにだけ差し上げる、というのはいかがですか。無論私が運用するので、その結果は〝不敗〟をお約束しますが』

　指定の時刻まで九十秒を切る。一秒、また一秒と目減りする。

　目を血走らせる会員たちはカウントの減少に合わせ、わずかに残る理性を蒸発させていく。疑念はいつの間にか期待へと変貌した。タイマーがゼロを刻む。最新データを読み込み、画面が更新を開始する。

　貘弥は胸元に携えた名刺を覗き、意味深に吐息を漏らす。

　静寂の中、名刺は裏返される。

　走り書きされた、「二七・〇二三」の文字。

　一拍置いて、チャート画面が更新完了する。乱杭歯の如きチャートグラフは大きく跳

ね上がりを見せて、現時点の相場は――「二七・〇二三」となったことを示した。

合っていた。一銭一厘の誤差さえない。獏弥はその数字をたしかに当ててみせた。

未来予知という、奇跡の実演。

反応は様々だった。ぽかんと大口を開けた女性、この三分でいくら儲けることが可能だったか皮算用する若者、投資先を開示しろと執拗に急かす壮年男、持参の札束を振り回し獏弥にアピールする成金、何故か涙目で拝む老婆。爆発的な歓声と喝采。

後に行われた団体幹部らへの事情聴取では、上級会員は会員の中でも「良い金蔓となるカモ」を厳選しており、特級会員はそもそも「カモをその気にさせるための団体側の仕込み」だと判明する。周到な事前準備によって会場は金欲に爛れた狂喜乱舞の様相を呈していたが――群衆の中から、帽子を目深に被った背の高い男性が現れる。

大きなボストンバッグを担いだ彼は、短い助走で跳び上がって舞台に乱入した。あまりに自然で迷いのない動きをする無法者に、警備員らの反応は一手も二手も遅れた。

すぐに駆け付けたのは、エキゾチックな風貌の女性警備員が一人だけ。

突然のことに獏弥は一歩も動けなかった。帽子男は乱暴にバッグを逆さまにする。彼の鏡面仕上げの革靴の元に撒かれたのは、危険物でなく――大量の札束だ。

「すごい、すごすぎますよ！　ああ神様っ、俺は今、奇跡を目の当たりにした！　俺、全財産を持ってきたんです。先生になら預けられます、どうか使ってくださいっ」

溢（あふ）れた札束とバッグの大きさから目算すると、一億は下らない。獏弥は裂けそうな笑みを我慢するのが大変だった。今日一日でどれだけ搾り取れるのか、期待で小躍りするその内心を示すかのように、軽い手振りで女性警備員に下がるよう命ずる。

『なんと聡明（そうめい）な彼はいち早く私に示してくれました。皆さんもそれに続く権利が——』

緊迫感が解けて再び沸き始める会場に、帽子男の低く通る声が響く。

「ただ、獏弥先生。超常現象だとか超能力なんて、この世に存在するわけがない——」

興奮するカモに冷水を浴びせる発言に、苛立（いらだ）つ獏弥が言い返そうとした矢先。

「——そんな俺たちの価値観を壊すためにもさ、もう一度だけ未来予知の奇跡を見せてもらえませんか。それさえしてくれれば、俺はこの金を全部残らず置いていきますよ」

獏弥は慌ててにこやかな表情を形作り、悠々と頷（うなず）いた。

二度目も先程と同じ、三分後の新興国通貨の円相場で行う運びとなった。獏弥は再び両手を軽く広げて空を仰ぐ。前より念入りに行っているように見えるそれも、結局数十秒もかからず『視えました』と言い、名刺の裏にペン先を滑らせ両手で胸元に携えた。

帽子男は自らのバッグに跨（また）がるように座ってそれを眺める。

すらりと伸びた足は舞台を踏みしめ、片手に顎を乗っけたままじっと獏弥を見つめる。

観客の内の幾人かが帽子男をどこかで見たことがあると気づく前に、三分が経過した。チャート画面が読み込みを始めて、獏弥は自らの胸元を覗いてほくそ笑む。

裏返された名刺には「二六・八一九」。客席は何故か静まり返っている。

スクリーンの表示は「二四・九九七」。あまりにも呆気ない失敗だった。

困惑する獏弥をよそに、帽子男は立ち上がり高らかに宣言する。

「――獏弥先生。やはり未来予知はインチキで、貴方はただのペテン師だ」

『あ、あれ――どうして、いや、違う』

獏弥は何故か腕時計を盗み見た後、苛立たしげに帽子男を睨みつける。一拍置いてその行為が逆説的に帽子男の発言の信憑性を高めると気づき、無理に取り繕って『連続して行ったせいで、せ、精度が下がって――』と苦し紛れに言うも、

「何度試したって構いませんよ。もう二度と成功はしないでしょうがね」

帽子男は後ろ手に腕を組み、我が物顔で舞台上を闊歩する。奥歯を強く噛む獏弥に当初の余裕は失せ、何か言い訳をすべく唸ったところで自らの声が会場に響かないことに気づく。襟元のマイクが消えて、そしてそれを帽子男が指先で弄んでいた。

「い、いつの間に――」

帽子男は目深に被った帽子を脱ぎ捨てる。露わになったのは清潔感溢れる黒髪、すべてを見通すような優しく濃い瞳、その目元には一つの泣き黒子。深みある顔立ちに、チャーミングな微笑み。観客席からいくつもの驚きの声が漏れ聞こえてくる。

――あの人、グランドフェイクこと、宍戸理人じゃないか。

超一流奇術師と謳われる彼は、花の如き笑みを客席に向けて語り出す。

『いいですか皆さん。これは極めて単純な奇術だ。彼は予め名刺に円相場を書き込んだと見せかけて、実は何も書いていない。三分後の円相場が確定するのを待ってから、胸元に携える名刺の裏の死角で密かに書き込んだのです。この指輪型のペンでね――』

宍戸はもう片方の手を掲げる。そこには獏弥がつけていたはずの凝ったデザインの指輪が摘まれていて、指輪の側面に巧妙に隠されたペン先を皆に指し示す。獏弥は血相を変えて手を確認し、指輪をも抜き取られたことに気づき驚愕する。

「い、言いがかりだ！　相場が確定するのを待ってと言うが、私はスクリーンも見ていないし、そもそもチャート画面が更新される前には予知結果を示しただろ！」

必死に声を張り上げて唾を飛ばす獏弥。宍戸は大仰に懐から何かを取り出してみせる。それは今さっきまで獏弥がつけていた腕時計とサングラスだった。

『サプライズ、ってやつですよ』

獏弥は口をぱくぱくと開き、死人のように蒼白に顔色を変えた。

宍戸が幾度となく獏弥の物を掠め取ろうとも、誰もがその瞬間を認識できない。まるでテレポートでも起きたかのようだった。客席の会員たちは自分たちがどういう状況にいるのかを一瞬忘れて感嘆の声を漏らす、それほどに鮮烈で華麗な奇術だった。

『ご覧ください、この改造された腕時計――偏光フィルムを剝がした液晶を埋め込んである。傍から見る分にはただのバックライト付きの腕時計ですが、こうして偏光フィルムを貼っている獏弥先生ご謹製のサングラスを通して視ると、ほら』

レンズ越しにぼんやりと光る腕時計の盤は、「二六・八一九」の表示を浮かばせた。会員たちの熱狂は瞬く間に解け、獏弥は敵意に満ちた数多くの眼差しを集める。

『私は奇術師故に、獏弥先生のような欺く人の考えが手に取るようにわかるのです。大嘘で金を騙し取るその悪行を看過できず、こうしてお邪魔させてもらいました』

壇上に転がされたバッグ。そこから溢れた紙幣の隙間から、いくつもの角が生えた立方体の機械が顔を覗かせている。電波遮断装置だった。宍戸が電源を落とすと腕時計の通信は回復し、数値はスクリーンに浮かぶとおりに更新される。

宍戸がおもむろに指を鳴らせば、どこかから音声が流れ始めた。くぐもった音。それは盗聴されたと思しき音源で、幾人もの声に混じり『──マヌケな金蔓共もずいぶんと集まったからね、ここらでドカンと大金を騙し取るためのセミナーを計画するのはどうかな──』と獏弥の下卑た薄ら笑いが会場に響く。

会員たちの怒りで会場は熱を帯びた。獏弥は助けを求め視線を彷徨わせるが、頼みの綱たる幹部たちは詐欺の失敗を予見してすでに会場を去っていた。自棄を起こした彼は宍戸に向かって拳を振り回すも、踊るように避けられる。幾度目かで足をもつれさせ舞台上を這いつくばった獏弥は、警備員らに賃金分の仕事をしろと口汚く叫んだ。

慌てて駆け付けた警備員らは舞台中央に立つ宍戸をぐるりと取り囲む。

余裕綽々の宍戸が再び指を鳴らす。突然舞台にスモークが湧き上がった。

逃げられるとでも思っているのか、と女性警備員が凛とした声で問う。

宍戸は懐に隠すには些か大きすぎる薄布をするする取り出して被った。

『ご存知ありませんか？　私が一番得意とする奇術はテレポート・イリュージョンだと。さてさて皆さんよくご覧ください、私がこのベールを外した瞬間に――おおっと』

言い終わるのを待たず、女性警備員が飛びかかった。

宍戸は薄布越しに幾度か抵抗を試みるも、彼女は細腕にもかかわらず手際よく押さえ込んだ。続々集う警備員。彼女は人影を浮かばせる薄布を、容赦なく剝ぎ取った。

しかし、そこにはすでに誰もいなかった。

彼女は薄布を忌々しそうに丸めて投げ捨て、周囲を手分けして捜すよう仲間たちに命じていく。彼らが去った後には、舞台上で呆然とする詐欺師が残るのみ。

獏弥はわずかに我を取り戻して、あることに気づく。

その時、彼は己の未来を本当に予知した。それは超常現象でも超能力でも、ましてやイカサマやペテンの類でもなく、人間に備わった経験則から来るものだ。

観客席には、数百人分の怒気。読み違えるわけのない未来に怯えて這うように逃げた。壇上によじ登った血気盛んな会員らのほうが一手早い。次々に登ってくる。いとも容易くひっ捕らえられてねじ伏せられ、獏弥は聞くに堪えない罵詈雑言を叫ぶが――。

瞬間、すべてが止まった。獏弥も、彼に群がる会員らも、踏み荒らされ消えていくスモークも、何もかもがその場で凍ったように動きを止め、無音となる。

右手で動画の再生を止めた鹿野晶は、携帯端末を就活用の鞄に仕舞う。

出かける準備の最中、BGM代わりに流していた動画投稿サイトは延々と関連動画を自動再生し続け、一昔前に流行ったドキュメンタリーに辿り着いていたらしい。

――たしか、『グランドフェイクは嘘を見破る』だっけ。

案内役は世界的人気を博した「グランドフェイク」と呼ばれる顔の良い凄腕奇術師。怪しげな団体に潜入しては彼らの詐欺行為をキザったらしく暴く、どうかしているコンセプトの番組。過激さ故か番組はそう長続きせず、一時は大スター扱いされていた彼もすぐに表舞台から消えて、今やその名を小耳に挟むこともない。

晶は思うようにまとまらない前髪を、玄関前の姿見の前で直しつつ考える。

超凄腕奇術師だろうと冠番組を持とうと所詮は虚業で、極論を言えば彼が潰した詐欺組織とそう大差ない。一番良いのは、世のあれこれに振り回されない静かで安定した人生を送ることだ。だからバイト漬けの日々の合間に公務員試験の勉強を続けて、一次試験の筆記はなんとか通過、本日行われる二次の面接の準備をしている。

ナチュラルメイクのリクルートスーツ姿の後ろに映るのは、殺風景な自室。必要最低限の家具。うら寂しく古びた一室が鏡に映っている。

頼る相手がいない人生は常にカツカツだ。いくつものバイト先の一つで売り物にならないからと貰った壊れかけの多機能時計は、常に湿度九十九%という梅雨時とはいえあり得ない異常値を示し続けていて、それが目に入るたびに気が滅入る。

未だにまとまらない前髪への敵意が、やがて晶の目元に表れた。

意図せず周囲を威圧する鋭く険しい目。慌てて深呼吸を繰り返し表情を緩める。

自らが他人より恵まれたのは、大人しくしてさえいれば見てくれは良いことだ。それが人生に災いを招くことも多々あったが、今回ばかりは有効活用すべきだった。

晶は数ヶ月練習を重ねてどうにか形になったと思う愛想笑いを一度浮かべ、こんなものかと納得する。もしもその傍に誰かがいたならば、晶の愛想笑いはどう見ても〝愚か者を見て嘲笑う時の冷笑〟にしか見えないと指摘されただろう。

一人で生き抜いてきた彼女は、その認知の歪みに気づけない。

晶は物憂げに右手を前髪に押し当てる。珍しく手強かった。出発まで時間もないが、きちんと直そうかと櫛を探した瞬間、あることに気づき鋭くなりがちな目を丸くした。

——なんか、壁のところが、濡れてるような。

壁だけではない。よく見ればあたり一面がおかしかった。結露なんて生易しいものとは一線を画した湿り気が周囲を浸食している。ぱちぱちぱち、という音で見上げると、蛍光灯が土台ごと落ちてきた。ぽっかり開いた穴から大量の水が部屋に流れ込む。

混乱する頭の片隅で思う。

ああ、湿度計は正しい数値だったのかも、と。

第一話　翳りゆく部屋

夜を恐れるようになるなんて、思いもしなかった。

荷解きをすぐに終わらせなかったのは不幸中の幸いで、若い男は部屋の中央に円陣を組む形で段ボールを積み重ね、その中に身を潜めてふわふわのラグを被る。そうすると内と外の境界線ができたようで、ほんの少しだけ安心することができる。

入居前は魅力的な要素だと思えた備え付け家具は、今は気味が悪くて触れることもできない。ベッドに上がることもできず、部屋の中央でそうやって過ごしている。

彼は幽霊なんて見たことなかったし、霊感があると思った経験もなかった。

しかし、ここには明らかに〝何か〟がいる。初日は大学の仲間を呼んで盛大な引っ越し祝いをしていて気づかなかった。その翌日からだ。誰のものでもない掠れた声は、日に日にこの部屋に近づいていることを教えてくる。今日で六日目。噂によると、七日この部屋で過ごした者は近づいてきた〝何か〟に祟り殺されるのだという。

〈──むっつ　むじひに　さしころし──〉

風音に混じってそう聞こえた。男はラグの中で慌てて強く耳を塞ぐ。

肩で息をしながら、恐怖の時間をやり過ごす。どれだけの間そうしていたかわからなくなった頃。どうかもう大丈夫になっていてくれ、そう懇願しつつそっと手を外す。

己以外の何もかもが寝静まったような静寂。か細く息を吐き降ろしていると。

きし。その音に、男は小さく悲鳴を漏らす。

きしきし、きしり、きいきいぎいぎい、ばん、ばんばんばんばん――。

始まった。始まってしまった。今までで一番明確な〝原因不明の異音〟。

擦れ合い、ぶつかり合う、ひどく耳障りな音が脳の奥底に響く。

見えない何かはそのどす黒い怨念を周囲にぶつけるが如く訴えかけている。

命の危機を前にすれば、論理的思考は簡単に弾け飛んだ。男は着の身着のまま、最低限の荷物も持たなかった。重い玄関扉を唸り声を上げて力任せに押し開き、七つの階段を駆け下りた。振り返ることさえせず、夜の闇の中へと消えていった。

玄関扉はぎい――と嫌な音を立てながら、ゆっくりと閉まっていく。

錆びかけた扉の表にかかる、「二一〇〇号室」のプレート。

※

得てして不幸は重なるものだ、と晶は思う。大量の水漏れに家主の老人は「こりゃすぐには直らんね」「それまで実家か友達の家にでも泊めてもらってよ」と軽く言うが、晶には家族も友人もいなければ、ホテルに連泊する金銭的余裕だってない。

瞬く間に住み処を失い、凄まじい気がかりを抱えたまま面接会場へと急ぐ。

人混みで溢れる迷路のような駅を抜ける。雨傘の外には目抜き通りを覆っているビル群。その隙間を縫って裏手に入れば、先程の賑やかさが嘘のように人の気配が薄まった。

飾り気のない暗渠の上を進んでいった先に、それはあった。

面接会場とされる建物。周囲に隠れるように佇む雑居ビル。

元からそうだったのか古ぼけた結果その色になったのか、微妙なラインの赤く煤けた色の五階建て。配線が露わになった壁面には余すところなく枯れかけた蔦が絡んでおり、およそ計画的とは思えない適当さで室外機がぼこぼこと取り付けられていた。

試験要項に穴が開くほどに確認を繰り返すが、どう見てもそこが試験会場だと記されている。飛び抜けてアンダーグラウンドな雰囲気を醸し出す、この廃墟じみたビルの三階。公務員試験のはずなのに、どうしてこんなところで行うのか。

湿り気と埃でざらついた階段をパンプスでおそるおそる進む。エレベーターもあるにはあったが途中で止まりそうなボロさなのでやめておいた。

人を迎え入れる気があるとは思えない暗い廊下の先に、一つだけ扉があった。

明かりの点いていない案内板には「Ｂａｒ　ＰＡＲＡＮＯＲＭＡＬ」の文字。

——いや。ここのはずがないでしょ、これ。

それでも晶は駄目押しをするように、丸いドアノブを捻って開く。

夜闇に浮かぶ星々のような数多の煌めきが、いの一番に目に入る。

壁一面に並ぶ酒瓶とグラスが淡い間接照明に照らされていた。よくよく見るとどこか埃っぽい。ここ数年ろくに掃除していなそうなハイカウンターには様々な小箱や書類が無造作に置かれている。なぞるように視線を移すと、小さな丸机が三つ並ぶ。

　その一番奥のほうに、人影。晶は思わず身構える。

骨張った長身だった。長い四肢を用いて気怠げに立ち上がり、こちらへとゆるりと近づいてくる。伸び放題の毛先は今の晶の前髪よりも癖があり、一歩進むたびにざわりと揺れ、それを煩わしそうに大きな手で掻き上げた。

「鹿野晶さん、だね。待ってたよ」

　色付き眼鏡をかけた長身男は、低く通る声でそう言った。

　何かの間違いだと決めつけていた晶は内心ひどく動揺する。

　辛うじて晶がこの場を立ち去らなかったのは、よく見れば彼が誂えたようにぴったりで高そうなスーツとベストを着こなしていることと、今回〝現場を知る人間〟として人事院から指名されて、面接官を務めることになったと言ったからだった。

　湯気が上がるコーヒーが二つ載る机を挟み、対峙した。

「ですが、どうしてこんなところで面接を行うのですか」

「観察して疑問を持ち、状況に臆さずに行動を起こす。それができるかどうかってのがこちら側にとって重要な評価点でね。つまるところ――人を見定めるためだけに、こんな辺鄙なところに呼び出すって意地悪をしてるのさ」

背もたれに肘をかけ口の端を片方だけ吊り上げる面接官は、国家公務員らしからぬ雰囲気だった。しかしこれで面接官役に抜擢されるあたり、現場ではものすごくやり手な職員だったりするのかも——そう思い込ませるだけの独特の迫力がある。

「筆記試験の結果、読ませてもらったよ。引っかけ問題とか得意だろ？　最初っから何もかも信じてないような、すべてを疑ってかかる感じ、俺は良いと思うよ」

「ありがとうございます。ですが、それは本心で仰ってますか？」

彼の見透かしたような口調が癇に障り、思わず面接には相応しくない言葉が口をついて出てしまった。焦る晶だが、その返答に彼は大口を開けて笑う。

「どんな人生経験を積めば君みたいな美人がそういうふうになるのか、実に興味深いところだが——まあ、本題に入ろうか。まず、いくつか質問をさせてもらうよ」

軽薄な言い草だという感想を、晶は努めて表情に出さずに頷く。

「それじゃあ、君は今までの人生で大変な経験をしたことがある？　普通の人は経験しないような、それを経験する前後で人生観ががらりと変わるようなこと」

それは、晶にとって深掘りされると嬉しくない話題だった。

「私は私の人生しか経験しておりませんし、自らの経験が普通か普通じゃないかを測る物差しもありませんので、判りかねますが。ただ、そうですね。いわゆる苦学生ではあるので、日々の暮らしを保つこと自体が大変で——」

「ああ、そう。それじゃ、君の癖について聞かせて」

面接官は表情一つ変えず遮ってきた、晶は戸惑いつつ、

「癖、ですか。どうでしょう、これといってないと思いますが」

「そう？　それじゃあどうして、さっきから左手を使ってないの？」

晶はわずかに瞼を震わせた。面接官は低く通る声で矢継ぎ早に、

「左腕に時計をつけてりゃ大抵は利き手は右だ。しかし、扉を開けたのも右手、椅子を引いたのも右手、荷物を置くのもコーヒーカップを持つのもすべて右手。怪我してるわけでもないのに、こうも例外なく左手を使わないのは妙だろ」

「――それには、答えなくてはならないのですか？」

面接官の表情は微塵も揺るがない。何かを見抜こうとするかのように。

「眼帯をつけた男、と聞いて思い浮かぶ相手はいる？」

質問の毛色が突如変わった。不意を突いた問いは脳内の奥深くに進み、晶の視線は左上へと彷徨った。該当する記憶があった気がする。質問はさらに加速していく。

「君には誰にも言えないでいる〝秘密〟がある？」

「あ、あの。ちょっと待ってください。質問の意図がわからな――」

「自分しかいない状況で自分以外の誰かの声が聞こえたことは？」

「は、はあ？　――いったい、何を言って」

問い詰められるたびに、晶は細い背筋にじんわりと嫌な汗をかく。

「話してもいないのに他人の考えていることが手にとるようにわかったことは？　眠っている時に他人の夢を覗き見たことは？　特定の物事が将来的にどうなるのか知っていたことは？　死んだはずの人間と意思疎通をしたことは？」

彼は面接官を装った異常者なのではと嫌な考えが浮かび、思わず立ち上がろうとして、

「その物体に関連ある映像が、目の前に浮かんできたことは？」

腰を浮かせかけた晶は固まった。危険人物に向ける目で彼を見る。

「おいおい、やめてくれよ。美人にそんな顔されるとけっこう傷つく」

面接官はわざとらしく肩を竦め、微塵も実感がこもってなさそうに呟く。

「――――あの、確認しても良いでしょうか」

構わないよ、と彼は意外と綺麗な掌を差し向けてくる。

「これは国家公務員試験で、二次試験の面接なんですよね」

「合ってる。けど、ちょっと違う」

「どういうことですか」思わず声が震えた。

「君は勤勉で優秀な人間なんだろうが、特定の項目において適性がありすぎることがわかった。だから一般の採用過程から逸れて俺のところに回されたんだ」

晶の怪訝な表情をものともせずに、面接官は続けてこう言い放つ。

「――世の中には、超常現象や超能力が実在している」

思わず、今朝方に流れていた一昔前のテレビ番組が思い浮かぶ。

「っ、何を仰るんですか。そんなのあり得ないでしょう」

「今のは質問じゃあない。純然たる事実を言ったまでだ」

面接官は色付き眼鏡を外す。無造作な黒髪の隙間に露わになる、濃い瞳と泣き黒子。

おもむろに両掌を差し出した彼は、左で指を鳴らす。次の瞬間、彼の右手には一枚の名刺が摘まれていた。気を逸らした隙に死角に忍ばせていたものを取り出したのだろう。手先が器用なのだろうが、ただの奇術でしかないと思う。その時、晶は気づく。

面接官の素顔に見覚えがあった。受け取った名刺に記されていたのは、

『厚生労働省　特務局　宍戸理人』

清潔感溢れる黒髪は無造作な伸び放題となり、すべてを見通すかのような濃い瞳からは優しさが抜け落ちて、変わらないのは目元の泣き黒子くらい。深みのある顔立ちに浮かぶのもチャーミングな笑みから、胡散臭く軽薄な笑みとなっている。

まさかと思った。しかし、間違いなかった。

アイドルのような爽やかな二枚目から、アウトサイダーのような風貌になったものの、たしかに彼は『グランドフェイク』と呼ばれたあの有名な奇術師だ、と。

「俺たち特務局は、超常現象や超能力関連の諸問題に対応するヒミツ組織ってやつでね。

君のような優秀な人材を求めていたんだ。もちろん格別の待遇を約束する。――どうだ、俺たちと一緒に〝国民の生活の保障〟を支えないか？」

宍戸は妖しい笑みを湛えている。謎めいていて、どこか危険な香りがして、そして抗えない奇妙な魅力のある言葉だった。晶は導かれるように、その唇をゆっくりと開いて。

「――謹んで、お断りします」

きっぱりと断った。今度こそ椅子から立ち上がって、

「若い女だからって、馬鹿にしないでください。超常現象？　超能力？　人を騙したいのであればせめてもう少し本当っぽい話を考えたらどうですか。私だってそんな下らない嘘に長々と付き合っていられるほど暇じゃないんです」

右手で鞄を取り小脇に抱えた。それを見てくつくつと笑い始める宍戸は、

「なあ、君はこの世界で何が真実で何が虚構か、きちんと理解できているっていうのか？　ただ信じたいことを信じているだけじゃあないのか？」

「うるさいですね、そういう煙に巻く話し方は嫌いです」

詐欺師なのか頭のおかしい人なのかはわからないが、これ以上付き合う理由はない。ただ、せっかく手に入れたと思った安定した生活への切符がこんな結末に至ったことだけがやるせなかった。足早に出入り口へ向かって、

「――本当に帰ってしまって、いいのかな」

宍戸は悠々とコーヒーを傾けつつ、続ける。

「人生には往々にして、二度と得られない好機ってもんがある。君がこの話を蹴ってさっさと自宅に帰ってゆっくりしたいというのなら止めやしないが、後からやっぱり詳しく話を聞かせてもらえないかと言われても応じられないぜ」

晶はドアノブを捻るのを躊躇った。大事なことを思い出す。

そう。今の自分には〝ゆっくりできる自宅〟が存在しない。水浸しの部屋に暮らすのは不可能で、頼る相手も金銭的余裕もない。連日続く梅雨空の下で路上生活を決め込むのはさすがに嫌で、実は選択肢などなかった。辟易としつつ、振り返る。

「――――格別の待遇、と仰りましたよね」

宍戸の見透かしたような瞳と目が合う。しかし背に腹は代えられない。

「それはその、具体的に言うと――――例えば今から、一時的な仮住まいをご用意していただく、みたいなことは可能だったりするのでしょうか」

カップから口を離した宍戸は、不敵な笑みを湛えていた。

「雇用形態にもよるが、ウチは予算が潤沢でね。交渉の余地はあるぞ」

※

意外なくらいにすんなりと話はまとまった。

晶は試用期間という名の短期アルバイトとして働き、その間は宍戸に仮住まいを提供してもらうという、交換条件。

アルバイトの掛け持ちによって人生を食いつないできた晶にとってその働き方は慣れたもので、雁字搦め（がんじがらめ）の契約でもないのだから最悪の場合逃げることだってできる。それこそ彼がちょっと度を越したオカルトマニアなだけならば、適当に話に付き合うだけで一時間あたり二千円が発生していくのだからこれほど楽なこともない。

ただ、宍戸と話せば話すほど感じることが一つあった。

この男は、何事も異様にそつなくこなすのだ。

晶は人を信じない。故に人をよく観察する癖がある。小器用な人を百人集めてことこと煮込み、濃縮された高純度の器用さに、胡散臭さと軽薄さのスパイスを加えたのが宍戸なんじゃないかと思う。元一流奇術師だからか手先は非常に器用で段取りも早い。

彼はすぐにその足で晶を連れて最寄りの不動産会社へ赴いた。

あれこれ注文をつけて候補物件を提示してもらう。契約金を出してもらう以上、文句はつけられまいと晶が静観の構えだったというのもあるが、物件はあっという間に一つに絞られる。破格の物件だった。晶が現在住んでいる古くて狭いワンルームより広く、家賃も安くて駅近、さらに備え付け家具まであるという。

宍戸は即決した。保証人欄に判を押す。高齢で禿頭の担当者は記入の済んだ書類を確認しながら、内見なしに契約する彼の良客ぶりに半ば驚きつつ、

「よかったの？　安いとこには安いなりに理由がありますけど」

いいのいいのと軽く答える宍戸。対照的に晶は不安になって、

「まさか、ここ——事故物件だったりします？」

「いいえ、誓ってその類の告知事項はないですよお。今はそういうのキチンと言わないと、お上がうるさいからね。たしかに外観は相応に古いけれども、中に関しては一昨年フルリフォームしたばっかりで綺麗なもんですし」

ならばどうしてこうも安いのか、と小首をかしげる晶。大人しくしてさえいれば美人と見做される彼女に、担当者は愛想良くすぐに説明を付け加えた。

「安さの理由も色々でしてねえ。例えば、立地の問題で住環境が悪いだとか、構造的欠陥があるとか、近隣に問題人物がいるだとか、以前反社会的勢力に使われたとかね。ここ〝パークヒル二〇〇号室〟がそうだってことはないのですが」

「それなら、この部屋にはどんな問題があるのです？」

「まあねえ、——巡り合わせが悪い、っていうのかな。人の居付きが妙に悪い部屋でね。たまにあるんです、そういうの。目立った問題がないのに人の出入りの激しい物件が。オーナーとしても管理側としても長く住んでくれたほうが楽なんだけど」

そう言いつつも書類を回収し、簡素な鍵を突き出してくる。

「はい、これで契約完了。部屋にあるものは好きに使っていいし、気に入らないものがあったら捨ててもいいけど、粗大ごみは自費でお願いしますねえ」

何か濁されたことが気になりつつも、宍戸の車で現地へと向かった。

そのマンションは渋谷区と杉並区の狭間に位置していた。賑やかな駅前から上り坂を徒歩五分、坂道を無理やり切り拓いたと思しき土地。所狭しと並ぶ築年数浅めのマンションに隠れるように立つ、良く言えばレトロで前時代的な趣きがあって、正直に言ってしまえば歴史の遺物にしか見えない、そんな三階建ての建物だった。

「『パークヒル』――、おっと、ここか」

傾斜のある坂道を上らなければならないし、周囲を背の高い建物で囲まれて真昼でも薄暗いのは難点ではある。二階部分へと繋がる七段しかない階段を昇って、一番最初に目に入った鉄扉には「二〇〇号室」のプレートがかかっていた。

しばらく空室だったそうだが、扉の中には他人の家のような香りが残っていた。

石張りの玄関の下駄箱。黄ばみの少ない壁紙。光沢の残るフローリング。洗面所の前を通過すると、ダイニングキッチンと六畳と四畳半の二部屋に繋がる戸が見える。図面よりも手狭に感じるが、それはあまりに充実した備え付け家具によるものだろう。

冷蔵庫と洗濯機が揃っていればまあ良しだろうと思っていた品は、

「あの。『備え付け家具あり』って、こういうものなんですか？」

「はは――まさか。こんな揃っているなんて、普通あり得ないぞ」

食卓には卓上調味料が用意されていて、棚には様々な食器類や保存食がぎゅうぎゅう詰め。洗剤やスポンジまで揃っている万全ぶりはキッチンだけに留まらない。

六畳の部屋には折りたたみ式ベッドに小さいながらも革張りのソファ。テレビと空気清浄機、ふかふかのラグの上には小洒落た丸テーブル、ベランダに繋がる大窓にはそこそこ値の張りそうな遮光カーテンも完備されている。

四畳半は殆ども物置状態で、びっしりと書籍が並べられた背の高い本棚、雑多に積み上げられた満杯の収納ケース、小型の電動自転車まで置いてある。

この家に揃っていないのは〝住人〟だけだったのでは、と思うほどだった。

「いい部屋じゃあないか――本棚に『一人暮らしの時短レシピ』と『ハツカネズミの効率繁殖法』を隣り合わせて並べちまうセンスはどうかとは思うが」

統一感のない本棚を物色する彼に、晶は住居を用意してくれた礼だけは言いつつも、

「――それで、私は具体的にどういう仕事をすることになるのでしょうか」

昔流行ったフランス映画のパンフレットを閉じ、宍戸は立ち上がる。

「ここで生活して、気づいたことがあったら連絡してくれ」

「えっと。たった、それだけ？　それが仕事なんですか？」

宍戸は頷いた後、持参した大きなバックパックから得体の知れないアンテナやマイクが付いている機械をどんどん取り出して、食卓の中央に設置していく。

「な、なにしてるんですか。なんなんですか」

「なにって、何事も観察から始まるもんだろ。これは動作検出器付きのカメラで暗がりも撮れるし熱検知も可能なスグレモノで、これは温度変化や気圧状況を記録する機械で、人が聞き取れない周波数にも対応してる録音機がこれで、こっちは音響スペクトル分析器に照度計、電磁場だとか磁場だとかを測るのは」

自分は何に巻き込まれたんだろう、とひどく不安になった。

「それはつまり、ここに住むのと仕事をするのは、同義ということですか？」

「そのとおり。このパークヒル二〇〇号室は前々から調査対象だったもんでね」

宍戸はそつがない人間だった。引き際がなくなるまであえて説明をしなかったのかもしれない。晶の鋭い視線をものともせず、彼は白い壁に肩を預けて含み笑いをする。

「調査対象って――、この部屋で何があったっていうんですか」

「知りたいか？　観測者には事前情報を与えないほうがいいんだがな」

したり顔に、晶の視線はますます鋭くなる。本当に信用ならない人だと思う。

「明日の昼には戻るよ。ゆっくり過ごしててくれ。ああ、機械類には触らないこと。あと動作検出器の前で着替えなんてしちまったらバッチリ録画されるから気をつけろよ」

「ちょ——ちょっと待ってください、そんな勝手な」

有無を言わせず宍戸は重い扉の外へと出ていく。すぐに追って扉を開くも彼の姿は消えていた。それこそまるで奇術のような消失に、晶は途方に暮れた。


慣れない部屋で過ごすというのは思いのほかストレスがかかった。

おまけにそこが〝不可解なことが起きる可能性がある〟物件だと匂わせられれば、いくらオカルトの類を信じていない人間だって多少なりとも寝付きに悪い影響が出る。

自室から救出した比較的無事な品々を詰め込んだダンボール箱、そこから出した部屋着を着て晶はベッドに転がってはいるのだが、どうにも眠気は訪れない。

ここで過ごして気づいたのは、このパークヒルに住むのは高齢者がほとんどであるらしいことだった。二十一時を過ぎたあたりからしんと静まり返るのだ。うるさいのも困るが、静かすぎるのもまた困る。自らの衣擦れの音や、降ったり止んだりする雨音、遠くに響くサイレンの音にいちいち意識を上下させながら、晶はむくりと上半身を起こす。

——よし、決めた。

二十歳になった時から、晶はそれを解禁した。いなくなった家族がどうだったかは覚えていないが、試してみてわかったのは自分がかなりイケる口であること。

上着を着て財布と傘を持って外出し、十数分ほどで部屋へと戻った。

右手に下げられた袋の中には、透き通った瓶が一本。

穀物を糖化発酵させて蒸留器と濾過器に何度も何度も通してできあがるその液体は、世界四大スピリッツの中でもっともクリアでもっとも度数が高くなりがちなモノ。いくつかある中で一番度数の高いのを選んだのは、前に試したことがあるからだ。晶には味の良し悪しなんて瑣末なことで、酔えればなんでも良かった。食器棚から器を見繕う。

ストレートで飲み干す。熱い塊が喉から臓腑へと落ちる感覚。

瓶の半分以上まで飲み進めたところで、ようやく微睡みが訪れた。電気を消して布団を被る。温かな四肢を放り出して意識が溶けていく中で、

『　と　　だ　　のぼ　ま　　』

夢か現か、誰かのか細い声が聞こえた気がした。

『ひと　　ちだ　　のぼ　ましょ　』

それを聞き取り終える前に、晶は薄い寝息を立てていた。

『ひとつ　いちだん　のぼりましょう』

起こり始めた異音に晶は何度か眉を顰めるも、ついに覚醒することはなかった。

※

「お嬢ちゃん、もしやロシア人かポーランド人だったりするのか？」

　翌日もまた、すっきりとしない天気が続いていた。お昼代わりにか近場の店のカツサンドを二人前持参してきた宍戸は、部屋を見て開口一番そう言った。

「両親とも生粋の日本人だったと思いますが――どういう意味ですそれ」

　ほとんど空っぽになっている酒瓶を一瞥して、宍戸はまるでエイリアンと対峙した時のような神妙な顔を晶に向けた。泥酔も二日酔いというものも今まで一度も経験したことのない晶は、彼が言わんとすることを本気で理解ができていない。

「まあ、俺も飲酒が禁止だとは言わなかったが」

「あ、違うんです。これはちょっとした睡眠導入剤でして」

「度数が五十度を超えるウォッカをこれだけ飲んでそう言う奴初めて見たぞ」

「そうなんですか？　でも二十歳を越えれば皆、お酒に浸るものではないですか」

「――まあ、他人の趣味嗜好にわざわざ口を挟むようなことはしないがな。そんなことより、この部屋で何か〝異変〟らしいことは起きたか？」

　宍戸から差し出された袋を受け取って礼を言いつつ、晶は考える。

「異変？　そうですね、まあ、ちょっと寝苦しかった、くらいかな」

「なんで寝苦しかった？　バカ酒飲みして気分が悪かったとかか？」

「そんな言い方しないでください。——ちょっとほろ酔いになって眠ってたんですが、夜中に何かこう、ちょっと騒音みたいのが聞こえたような」

宍戸は設置された機械類のうちの一つとヘッドホンを接続し、早回しで録音音声を確認し始める。何をしているのかと後ろから覗こうとした晶に、「これか？」と彼はヘッドホンを手渡して聞かせてくる。

『ひとつ　いちだん　のぼりましょう』

「あ。そんなようなの聞こえてたかも。隣の部屋のテレビの音ですかね？」

「それじゃあ、この音は？」

言われて晶は耳を澄ます。ヘッドホンを耳に押しつけると自らの寝息と共に、何かが割れるような、こすれるような、きし、きし、という断続的な音。

「こんな音してたかな——なんですかね、これ」

再度巻き戻して、聞き直す。きし、きし、きしし。

「どうかな。これが噂の超常現象の前兆かね」

またおかしなことを言い出した、と晶が思っていると、宍戸は持参したボストンバッグの中からノートパソコンを取り出して起動させた。

　この世には事故物件情報を収集するサイトというものが存在するらしく、驚く晶をよそに宍戸は地図上の無数のピンを適当にクリックしていくと、

『告知事項あり。平成十九年二月、男がベランダから投身自殺』

『五年前に中年女性が不審死。薬物中毒による死亡との報道があった』

『前入居者の老人が夏場に孤独死。発見が遅れたため心理的瑕疵が床に残る』

　怖気の立つ字面が満載の吹き出しが、そこここに散見されている。

　地図表示を現在地付近へと移動させて拡大させていく。ここ「パークヒル」の、しかも今いる「二〇〇号室」に事故物件情報が投稿されていた。カーソルがピンに触れる。

　現れた吹き出しには、ごく端的な記載。

『詳細不明。全入居者が精神に異常をきたす』

　これまでと一味違う、具体性に欠けた、しかしパンチのある文言。

「いや、あり得ないでしょう。きっとデタラメな投稿か、じゃなくても誤字ですよこれ。〝全入居者〟じゃなくて〝前入居者〟とかなんじゃないですか」

こっちも見てみろ、と宍戸は他のサイトをピックアップしていく。

都市伝説系のオカルトサイトでは、

『――新宿駅からほど近い駅。そこから徒歩数分という好立地の新興住宅地。真新しく小洒落たマンションに隠れるように立つ、近辺でもっとも歴史のあるマンション〝P〟。その二階の一室には非業の死を遂げた地縛霊が住み着いている。科学的に説明がつかないラップ音や、血まみれの女が枕元に立つなど』

不思議な体験談を書き込む掲示板では、

『――そこで気づいたんです。その〝何か〟は一夜につき一段ずつ、部屋の前の階段を昇ってきているんだと。初日より声は大きくはっきりとしてきて、七日目の今日はもう耳元で囁かれているような感じになってて。でも気づくのが遅すぎて。泣き叫びながら部屋の扉を開けた瞬間、そこには鋭い刃物を振りかざす男が』

視聴数を稼ぐために手段を問わない動画サイトの投稿者は、

『――いわゆる禁足地なんです。一人二人が死んだだけで何を大げさなと思ってるでしょう。違います。呪いの強さは死者の数じゃなくて、その死者がどれだけ無念さを募らせたかによるのです。千人死んでも祟りが起きない場所もあれば、たった一人が死んだ場所が危険地帯にもなる。そういう意味じゃここは関わろうとした者が必ず不幸になる、関東屈指の凶悪な霊障スポットで』

六畳部屋の丸テーブルに載せられた薄型のパソコンは、宍戸に操作されるがままに禍々(まがまが)しい情報を吐き出していく。晶は半ば呆(あき)れつつ、

「本当に、こんなのを真面目に調べるのがお仕事なんですか」

「おう。こんなのを大真面目に調べて、検証して、解決を試みたりもする」

口の端を吊り上げる宍戸に対し、晶の反応は冷え切っていた。

「そんなことして、何の得があるっていうんですか」

「俺たちが得するかは知らんが、誰かの得にはなる」

「適当言っちゃって。非現実的な噂話を調べたって何も得るものなんて――」

宍戸の低く響く声は聞き触りこそいいが、彼の語りには曖昧な言葉が多い。

オカルトマニアとは得てしてそういうものなのかもしれない。何でもないものを何かあると仕立てるためには、曖昧で思わせぶりで煙に巻くような喋り方にならざるを得ず、きっと今だってそんなような返答をしてくるのだと晶は思っていたが、

「――それが、あるんだ」

晶は怯む。その言葉に、途方もない熱量が滲んでいた。

「得るものはあるんだ。もしも〝本物の〟超常現象や超能力だった時、どんな形であれそこに苦しみを抱える人がいる。それを、救うことができるかもしれない」

軽薄で胡散臭い彼から、こうも生々しい感情が表れたのは初めてだった。

しかしそれがどんな種類のものなのかがわからない。怒りのような、悲しみのような、哀愁のような、使命感のような、もしくは、そのどれでもないような。

隣に座る彫刻じみた横顔をそっと盗み見る。色付き眼鏡の隙間に覗く瞳は深海の如く底知れず、ややもするとそこから涙が一滴が溢れてその泣き黒子を通って落ちてしまうのでは、そんな気がした瞬間――宍戸はこちらを向いた。双眸は色付き眼鏡に隠される。

誤魔化すように彼は立ち上がって大きく伸びをし、カーテンを少しだけ寄せて窓を開く。風はほぼ凪いでいるが、湿気を帯びた空気と小雨の音が部屋に忍び込む。

「超常現象や超能力というものは、たしかに存在する」

薄暗い外を一瞥した後にカーテンを閉めて、宍戸はふいに振り返る。

何もなかったかのように、いつもの軽薄な笑みが戻っていた。晶はふと不思議になる。爽やかな風貌からアイドルとして扱われ、冠番組を持つほどの人気奇術師だった彼が、どうして今や見る影もなくこんな胡散臭い風体となってしまったのか。

あの、と問いかけた瞬間、晶は何かを視認する。

それは、宍戸の背後に音もなく現れた。カーテンが風にたなびいたのかと思ったが、違う。風でなく、たしかな実体を持って膨らんでいる。その裏に何かがいる。わずかに動いた。しかしあり得ない。今さっきまで誰もいなかったし、いないはずなのだ。

特徴的な起伏を持つその膨らみは、人間の顔のように見えた。

ぬるり、と近づいてくる。こちらを覗こうとするかのように。

異様な光景だった。それの接近に伴って、カーテンがぴんと張り始める。少しでも顔を傾ければその奇妙な膨らみに触れる近距離だというのに、宍戸は気づいていない。

「え、え、え？　あの、宍戸さ、あの、そこ、え、なに――」

「ん？　なんだよ突然、怖い顔して固まっちまって」

膨らみは今もなお、じわじわとこちらに近づいてくる。口が回らないから必死に指で示す。そこに何かがいる、と。宍戸は何を勘違いしたのか、晶が立てた人差し指に顔を近づけてくる。膨らみはそれを追走して、カーテンは今にも捲れ上がりそうになる。

直前に聞かされた噂話が、晶の想像力を存分に逞しくさせた。

階段を昇ってくる地縛霊。人の精神に支障をきたす何か。避けられない不幸をもたらす凶悪。カーテンの中身を確認などしたくないが、目を逸らすのもまたひどく恐ろしい。

ついに捲れ上がり、現れたのは——。

針金細工で組まれた、お面のようなものだった。

細長い針金を五本か六本ほど絡めて作った、簡素ながらも立体感のある構造物。よくできていた。薄布を被せれば上手く人の顔の陰影を浮かばせるその針金細工。それを操作するための太めの主軸の一本は、宍戸の後ろ手に握られていた。

「はは。サプライズ、ってな」

彼が針金を持つ手を動かすたび、顔型の細工はみょんみょんと動く。

意地悪な宍戸の笑み。すべてが彼の奇術だったことを物語っていた。

「こういう針金細工を一瞬で組み上げるのが俺の特技でね——びびったか？」

簡単にひしゃげる針金細工を宍戸が指先でちょいちょいと触れていけば、水に溶けるかのようにほどけていき、手中に収まるサイズの一巻きに戻る。

「普段ならなんてこともない子供騙しも、ここがいわくつきって情報を知った上だと簡単に騙されちまう。人間なんて概ね事実を観察するのが下手くそで、期待による予測や経験による推察で容易に事実を見間違えるもんだ——勉強になったろ」

針金をポケットに仕舞い、宍戸は口の端を吊り上げる。

からかわれたことを理解した晶は、猛烈に悔しくなる。ちょっとちびりかけた事実を忘れるべく宍戸を右手でばしばし叩くことにした。彼は「いて」「いたた」と言いつつも犬歯が見えるほどに笑い続けて、それが晶はどうにも気に食わない。苛立ちに任せて左手も振りかぶったところで、しかし寸前になって慌てて思い留まる。

宍戸の肩の前で、寸止めのような形となる晶の左手。

「なあ。その左手――どうして頑なに使おうとしない」

しまったと、晶も思う。あまりに不自然な動作だった。

しかしあからさまに突っ込むなという雰囲気を漂わせて、

「――そんなに変ですか？　誰にだって一風変わった癖くらいあるでしょう」

並の人間なら彼女の整った顔から繰り出される不機嫌な表情とそっけない言葉に臆し、それ以上何も触れられなくなる。しかし宍戸は無神経でできているかのように、

「左手を使ったら、どうなるんだ？」

「あのですね、宍戸さん。私、その話題に触れてほしくないって示しましたよね」

「――そういやお嬢ちゃん。人間はな、三つ以上のことに同時に注意を払うことができないそうだ。三つ目からは途端に無防備になるんだとさ。知ってたか？」

脈絡のない言葉に、晶は戸惑った。

宍戸は脱いでいた上着を思い切りよく振って、右袖に腕を通した。何の振り付けだと思うほどの大仰な動作。上着の内側の生地が鮮やかな紅色の絹で目を引いた。宍戸はもう片方の袖口にも颯爽と左腕を通す。突き出てきた左手は勢いそのまま、宍戸の身体を離れて飛んだ。左手は——狙いすましたかのように晶の元に放物線を描く。

「ぎゃあ!!」色気も何もない声を上げ、身体を仰け反らせる。

両目とも視力二・〇の彼女は途中でその左手が精巧なゴム製のおもちゃだと気づくも、慌てて仰け反らせた勢いを制御することは叶わなかった。結果的に、ふかふかのラグの上に両手をついてしまう。左手を、触れさせてしまった。

その瞬間、じくじくと目の奥が鈍く痛むのを晶は感じた。スイッチが入ったかのように、彼女の視界は突然ジャックされる。脳に映像がねじ込まれていく。

見えているのは同じ六畳の部屋ではあるが、今の部屋とは景色が違う。山積みの段ボール箱、一つだけ半端に開けられた箱からラグを引っ張り出して布団代わりにする男。盛大な宴会を終えた後なのか赤ら顔で、周囲には空っぽの酒瓶が大量に散らばる。半開きの窓の外から冷たい空気が流れ込み、男は身震いしながら芋虫のように這っていき窓を閉めようとしたところで、どこかから声がすることに気づく。

『ふた　　にくら　　あの　お　　』

頭を掻きつつ、男は音の鳴るほうを探す。

『ふたつ　にくらし　あの　おんな』

男はわずかに酔気を醒まし、目を見開く。しばらく黙りこくっていた彼は「いや、まさか」「んなわけない」などと呟いて、ふわふわのラグの中で耳を塞いで目を瞑る。やがてそこからは寝息が聞こえたが、同時に不可解な音も鳴り始める。

ぎい、ぎい、ぎいぎいぎい、ぎい。


慌てて晶はラグから左手を離す。

はあ、はあ――と肩で息をしながら周囲を見回す。

ふわふわのラグに酔漢は寝っ転がっておらず、宴会後のゴミも散らばっておらず、誰のものかわからない声もしないし不可解な音も鳴っていない。大丈夫だった。視界は元に戻り、幻覚ではなく現実を視ている。

ものすごく恨めしそうに睨む晶に、宍戸は尋ねる。

「――嬢ちゃん。今、君はどこを見て何を怖がっていた？」

「面白半分で他人の嫌がることをするだなんて、最低です」

晶は転がるおもちゃの左手を、右手で拾い上げて宍戸に向かって投げつける。彼はなんてことないようにそれを本物の左手で受け止めて懐へと滑り込ませ、

「落ち着け。いいから何があった？　説明してくれ」

晶は汗ばんだ額を手の甲で拭いつつ、自らに言い聞かす。今見たのはただの幻覚で、聞きかじった情報を深層意識でそれっぽく繋ぎ合わせただけの妄想の産物であり、これ以上道を外れないためにも己の頭のおかしさには自覚的でいなくては、と。

「いえ、なんでもないです。ちょっとぼうっとしただけ」

「――――いいや、嘘だな。君、なにか誤魔化してるだろ」

宍戸はきっぱりと言い切った。何もかもお見通しだと言わんばかりの発言。ブラフをかけているのだとすればあまりに迷いがなさすぎて、その勢いに晶は思わず怯む。

ただし、このことは本当に誰にも言うべきではないことだった。

対峙する宍戸の不敵な表情に、晶は鉄壁の構えを展開したところ、

ヴヴヴヴヴヴ、ヴヴヴヴヴヴ、ヴヴヴヴヴヴ。

突如バイブ音が響く。宍戸はすぐに自らの携帯端末を取り出して耳に当てた。足早に晶から距離を取り、短いやり取りを経て「すぐ行く。待ってろ」と言って電話を切る。

「嬢ちゃん。すまんが別件のほうが盛り上がってきたらしい」

宍戸は晶の反応を待たずに、ばたばたと玄関へと向かう。

「連日で悪いんだが、今夜も一人で観測してもらうことになる。何か起きたら名刺のところに連絡、緊急事態の場合は三コール以上してくれよ――」

そう言うやいなや、重い扉を軽々と押し開いて去っていく。

晶は小さく息を吐く。誰とも知らない宍戸の電話相手に感謝した。


夜中。ばきん、という破裂音で晶の意識が浮上した。

『ふた　にくら　あの　お　』

か細く途切れ途切れの声。昨夜よりかは幾分かながらその内容を聞き取れる。

『ふたつ　にくらし　あの　おんな』

昼間の幻覚と同じ言葉。思わず連想する——階段を昇ってくる地縛霊。人の精神に支障をきたす何か。避けられない不幸をもたらす凶悪。胸の鼓動が痛いほどに速くなる。

きし、きしし、ぴき、と耳障りな音。

薄く目を開ける。誰もいない。しかし何かを訴えるかのように、どこかで軋む音。

黒板に爪先を立てられているような嫌悪感。きい、きい、きい。半分眠った頭でその音源を突き止めるべく、耳を澄ます。部屋から出る。きい、きい、きい。冷たい床。雑然とした四畳半へと導かれていく。きい、きい、きい。

ここだ、と思う。観音開きの洋服簞笥。

きい、きい、きい、きい、きい。

おそるおそる簞笥の取っ手を摑み、開け放つ。中身は、空っぽだった。

晶は背中にじわりと嫌な汗をかく。いつの間にか、音は消えている。

※

――認めたくないけれど、この部屋は何かおかしい気がする。

浅い眠りで朝を迎えた晶はあくび混じりにそう思う。許されるならまだ眠っていたかった。こういう時に限って、とあるオフィスに山ほど積まれた資料を延々とデータ入力し続けるという、ひどく睡魔を誘う業務内容のアルバイトを入れてしまっていた。

重い扉を押して外に出て階段を降りようとした刹那、隣の部屋の扉が開いた。

ゴミ袋片手に現れたのは、小柄で白髪混じりの女性。フリルのついたエプロンが可愛らしく、柔和な糸目と物静かな態度からその人柄が垣間見えそうな、そんな人だった。

何故か彼女は、晶を一目見て「はっ」とした表情を浮かべた。

晶は焦る。血走った寝不足眼は手抜きなメイクでは誤魔化しきれず、不機嫌顔が極まり犯罪でも行いそうな邪悪な顔になっているのかと思ったが、しかし。

「あの、貴女。もしかして、二〇〇号室に越してきた方？」

「あっ――はい。鹿野と申します。すみません、ご挨拶もせず」

いいのよいいの、と言いながらひそひそと耳元で囁くような声で語りかけてくる。

「私ね、隣の藤川（ふじかわ）っていうの。貴女、大丈夫？　辛そうだけれど」

彼女はひどく心配そうに、その糸目を晶に向けて見上げる。自分はそんなに大丈夫じゃなさそうな顔をしているのかと、晶は鏡を確認したくなってくる。

「貴女は二〇〇号室のこと、知った上で引っ越してきたの？」

「――それ、どういう意味です？」

彼女は眉尻をぺたんと下げて、気の毒そうに言う。

「ああ、可哀想（かわいそう）に。やっぱり知らないのね。ここの管理業者ってひどいのよ――法律上で説明する義務はないからって、誰にでもこの部屋のこと紹介してるみたいだけど。でもね、この部屋は人が住めるような場所じゃないんだから」

晶の背筋に冷たいものが走る。「それって」と口の中で呟くと、

「夜になると、変なことが起きるでしょう？」

認めたくなんてなかった。しかしそろそろ、認めざるを得なかった。

「この部屋、本当に危ないところなの。今までそこに住んできた人はみんな〝何か〟に脅かされて、おかしくなっていっちゃうのよ。悪いこと言わないから、貴女もそうなる前に引っ越したほうがいいわ――今、何段目？」

何段目？　意味がわからず固まる晶に、藤川は目の前の七段の階段を指で指し示し、

「夜に声が聞こえなかった？　それ、何段目まで来た？」

『ふたつ　にくらし　あの　おんな』

思わず、昨夜聞いた台詞が浮かぶ。

「ふ、――――ふたつ？」

「まだ二段目なのね。よかった。いい？　七段目が聞こえる前に必ず避難して。もし聞いてしまったらすぐにそこから逃げて、二度とここに戻ってきちゃ駄目よ」

「戻ってきちゃ駄目って、なんで」

「そこに居続けたら、頭がおかしくなってしまうんだもの」

藤川は口に出すのも悍ましいというふうに、早口にそう言った。

晶は全身を粟立たせる。わずかに残った意地で絞り出すように、

「そ――そ、そんなのあり得るわけないじゃないですか」

「ただうるさいだけだとかでも、人は簡単におかしくなるものよ？　どうか信じてちょうだい、私だってすべては知らないけど、嫌でも耳に入ってくるの。そういうことが起きてて、住人がそうなっちゃう以上、そういうものだって受け止めるしかないのよ」

――超常現象や超能力というものは、たしかに存在する。

いつぞや聞いた、嘘みたいな言葉が脳内を駆け巡った。

そろそろ急がないとバイトに遅れてしまう。だというのに晶はその場に縛り付けられ

たように動けなくなっていた。自らが信じる世界が足元から崩れていく感覚。この上なく、恐ろしいことだった。追い打ちをかけるように藤川は言う。

「昔ね、この部屋で無理心中みたいなことが起きたの。それ以来、こんなふうになったのよ。きっとその時の恨みみたいなものが、こびり付いちゃったんじゃないかしら」

「で、で、――でも、二〇〇号室でそういう事件は起こってないって」

そう言いながら晶は気づく。自らの中のもう一人の自分がひどく自嘲的に呟いた。

――どうして他人の言うことなんかを、鵜呑みにしてるのよ。

「ああ、あの悪徳不動産会社のお決まりの手よ。〝二〇〇号室〟になってからは事件はないって言ったでしょう？　それはそうよ、事件が起きちゃった後に部屋の内装を変えて新たに二〇〇号室って割り振って、貸し出し始めたんだから」

藤川と晶の会話に気づき、階段を昇るのをやめた宍戸の姿があった。

階下の室外機に腰かけて会話内容を盗み聞く彼は、膝の上に載せたノートパソコンをこなれたふうに操作していたが、検索して出てきた画面を見て無精髭の生えつつある顎を触って片眉を上げる。結局階段を昇らず、何処かへと去っていった。

バイトを終えた後も、晶は帰路につく気持ちにはなれなかった。

他のバイト先で急遽夜勤をねじ込んでもらおうかとも考えたが、根本的解決とはならないし、なにより体力的にももう限界だった。それでも無意味に遠回りしつつ、雨に濡れた七段をこつこつ踏んで、気が進まないながら二〇〇号室の重い扉を開く。

荒れた部屋の中に、黒い人影が這いつくばっていた。思わず悲鳴を漏らす。

「おう、邪魔してるぞ」

その人影は宍戸だった。彼は押し入れにぎゅうぎゅうに詰め込まれていたダンボールを出してはひっくり返し、その中身を一つ一つ検品しては床に並べていた。

「な——なにしてるんですか、驚かせないでください」

女性ものの香水、万年筆、サッカーのスパイク、パスタマシン、マトリョーシカ、新生児用おしゃぶり、昔のキャラクターものの目覚まし時計、用途不明のコード——今一つ統一感の欠けた品々のせいで足の踏み場もかなり限られていた。

躓かないよう晶が爪先立ちで歩くと、ぎいぎいと床がうるさく鳴る。体格の優れた宍戸が一人そこに増えただけで、部屋にはかなりの負担がかかっているようだった。

ほぼ新品にしか見えない床の木目に触れてみて、気づく。

木目ではなかった。木目そっくりに加工されたシート素材。わずかな厚みの奥に、隠された床材がしなる感触がある。よくよく壁に目をやれば、真っ白なその壁紙は隅にわずかにヨレができていて、ただ表面上を取り繕っただけの部屋であるらしい。

「昨夜も起こってたろ？　出処不明の誰かの声と、おまけに謎のラップ音」

誰かに言及されるとその現実感が増して嫌だった。宍戸は漁る手も止めず、

「その原因になるようなもんが、この部屋のどこかに隠れているんじゃないかと踏んだんだが――、しかしまあ、目下のところ解明ならずって具合だな」

立ち上がって伸びをする宍戸は、小休止がてらにか戸棚を漁り「おっ」と声を上げる。

紅茶のパックを得意げに見せつけてきて、薬缶とカップも探して湯を沸かし始める。

「あの――宍戸さん、この部屋。昔、無理心中があったそうです。それ以来、この部屋
ではおかしなことが起きるようになったって、近所の人が言ってて」

「ああ、らしいな。その時の記事を見つけてきたぞ」

指し示された食卓の隅、新聞の一面が印刷されたコピー用紙。

広告の感じからそれは夕刊紙で、日付は十五年前の三月だった。

都内では時期外れの降雪により交通網が麻痺し、路面凍結による転倒事故や車の立ち
往生などが頻発していたらしい。その中で小さく取り上げられていた。

『春雪の凶行　無理心中か』

流し読みする。東京都渋谷区笹塚。マンションの一室。通報で駆けつけた警察官……

三十代女性が複数箇所を刺されて倒れており……刃渡り二十センチの凶器……現場には
北宮リョウマ容疑者（二十六）が首を吊った状態で……被害女性は容疑者の妻・北宮智

子さんと見られ……容疑者のＤＶに悩み逃げ出した北宮智子さんを追いかけ凶行に及んだと――。

読まなければよかった、と晶は心底後悔した。

気づかないふりももうできなくなる。この数日ご飯を食べお風呂に入り眠りについたこの部屋は、かつて愛憎の果てに惨たらしい事件が起きた心中現場に間違いなく、夜な夜な聞こえる奇妙な音は死者たちの怨念か何かが引き起こすものなのだ。階段を昇ってくる地縛霊。人の精神に支障をきたす何か。避けられない不幸をもたらす凶悪。

いつだったか観た心霊番組の言葉を思い出す。

坊主頭の専門家が言っていた。怨念を残して死んだ霊というのは死ぬ直前の体験を延々と繰り返し、そしてその苦痛を誰かにわかってほしくて怪奇現象を起こしてしまう、と。その時は鼻で笑ったことが、今になって恐ろしくて恐ろしくてたまらない。

「おい」

曲がりなりにも愛し合ったが故に結婚しただろうに、何をまかり間違って殺す殺さないの関係になってしまうのか。将来を誓い合った相手から逃げ、見つかった先で追い詰められて、刃物で何度も身体を刺される。想像しただけで身の毛もよだつ。

「おいってば」

刺し殺された女性は怨念を抱いたに決まっている。そして同時に犯人にも狂気的な怨念があったはずだ。そうでもないと妻を刺し殺した後に自殺するなんてことはできっこない。もしや二人は今もなお、毎夜その惨劇を繰り返しているんじゃないか。

「――おい、お嬢ちゃん？　聞こえてないのか？」

目の前に突き出された、湯気の立つカップ。

突然現れたそれに驚き晶は後ずさりしたが、それがまずかった。足元に並べられた熊の木彫りに足を取られバランスを崩す。反射的に突き出した左手が食卓の椅子を掴む。

スイッチが切り替わり、晶の視界はジャックされる。


暗闇の中、椅子の上に体操座りをする中年女性。放電でも起こっているんじゃないかという大きなラップ音に、彼女はひどく怯えた顔で耳を塞ぐ。『むっつ　むじひに　さしころし』その声に女性は悲鳴を上げながら部屋から飛び出した。

その悲鳴の大きさに慌てて左手を振り払うと、視界が戻る。必然的に放り出された晶の身体は品々の並べられた床に突っ込む形となり、各所に痛みを感じながらもがいたせいで、左手が指人形に触れた。視界がジャックされる。

少年が奇声を上げて泣く。部屋全体が揺れるほどの異音。その父親は錯乱し、子供を抱えてベランダから外へと飛び降り、着地の際にばつんと嫌な音を立てる。それでも足を引きずりながら逃げる。『ななつ　ないても　もうおそい』の声が追う。

頭がおかしくなりそうだった。

いや、すでにおかしくなってしまったのかもしれない。

溺れた時と同じように上も下も右も左もわからない中、嫌悪感からとにかく左手を何度も振り払った。そのたび何かに触れて、見させられ、振り払って、また触れるの繰り返し。そのたび触れた物によって、不可解な幻覚の視聴を強制され――。

金属バットを虚空に振って咆(ほ)えるが、か細い声についに逃げ出す厳つい男性。

数珠(じゅず)を手に一心に念仏を唱え続けても収まらぬ異音に、荷物をまとめる老女。

パソコンを抱えたまま恐怖から廃人と化して友人から連れ出される太った男。

何人もの登場人物、その時々で変わる家具の数や配置。

変わらないのは、全員がこの怪奇現象に怯えて逃げていくこと。

晶の中のもう一人の自分が冷静に呟く――ああ、みんな逃げ出した後に帰ってこないから、これだけ〝備え付け家具〟が充実しているのね、と。

晶が幻覚を視ることをやめられたのは、暴れ狂うその左手首を宍戸が捕まえて引き起こしたからだった。もう少しで涙が溢れる寸前だった晶の瞳は現実を見据えて、床に一つ一つ並べられていた物がめちゃくちゃになっていることに気づく。

「晶、落ち着いたか」

温かで力強いその手に気づき、晶はそっと振りほどく。

溺死寸前で助けられたそこが、足首までしかない浅瀬だった時のような気恥ずかしさ。それを気取(けど)られることもまた恥ずかしくて、思わず語気が荒くなってしまう。

「──宍戸さんの、宍戸さんのせいです！　あんな変なもの読ませるから」

「何か恐ろしいもんでも見ちまった、ってのか？」

「だって、──変な部屋に連れ込んで、いわくつきだってさんざん脅して、しかも実際事故物件じゃないですか！　怖い〝幻覚〟を見ても仕方ないでしょう!!」

「わはは、恐怖は人を饒舌(じょうぜつ)にするってのは本当だな」

涼しげな表情で宍戸は、食卓に置いた二つのカップのうち一つに口をつける。

自分の家にいるかのような悠々とした彼の振る舞いに、この人には恐怖を感じる神経が存在してないんじゃないかと疑ってしまう。

「──宍戸さんは実際に体験してないからそんな呑気(のんき)なことが言ってられるんです。ここに住んでた人だってみんなみんな、ひどく怯えて逃げていっちゃうくらいなんですからね⁉　荷物を取りに帰るのもできなくなるくらいに」

「ほう。まるで現場を見てきたかのように言うじゃないか」

怒りにまかせた結果、口が滑った。

なんとなく、宍戸はそれを狙っていたのかもしれないと思う。まるでひとりごちるかのように、「そうかそうか、だいたいわかってきたぞ」と妖しくほくそ笑む。

――そんなことをして何の得になるのか、わからないけれど。

――この人、私の左手に変な期待でもしているんじゃないか。

晶の不審げな眼差しを受け流す宍戸は、

「まあまあ、そう苛々するなって。今夜こそきちんと俺も同席するさ。こう見えてプロなんだぞ？　大船に乗ったつもりでさ、どーんと構えていてくれよ」

どう見えているつもりなのか。そして何のプロなのか。

それらを尋ねる気力もなく、晶は小さく溜息をついた。


キッチンの椅子に折り目正しく座った宍戸はノートパソコンに卓上の機器類を繋げていき、モニターを飽きもせずにじっと眺めていた。

そんな彼をよそに晶は六畳の部屋を自陣とし、恐怖を紛らわせるため飲酒をし始めた。

今回晶が近場で購入したのはハードリカー(度数が高いの)でなく一升瓶の日本酒だった。

酒の種類に対するこだわりが微塵もない彼女がどうしてそれを選んだのかといえば、お神酒(みき)やお祓(はら)いに使われるのはほとんどが日本酒で、そういうものを飲んでいればわずかでも身が清められ有事の際に効果があるのでは——という論理的なのか非論理的なのか微妙な思考によるものだった。恐怖はいつだって人の判断力を鈍らせる。

「おお、またずいぶんと渋い銘柄買ってきたな」

瓶のラベルを見て宍戸は呑気に言っていたが、風呂上がりに牛乳でも飲むかの如くごっくんごっくんと酒を飲む晶に、彼はなんともいえない曇った表情で、

「——お前、そんな飲み方で美味(うま)いのか?」

「はい?　お酒、って感じはしますが」

「全然味わってるように見えないんだが」

「味わう、ですか?　お酒なんて酔えれば何でも一緒でしょう」

「そうかあ?　いくらザルだっつっても、変な飲み方だろそれ」

そう言われても晶は困る。誰かと飲む機会なんて数える程度もなかった彼女にとって、自分の飲み方が正しいか間違っているかなど考えたことすらなかった。

現在宍戸は飲んでいないが、酒を嗜(たしな)む姿が容易に想像できるタイプの人物だった。最初に呼び出されたのだって寂れたバーだし、そのうらぶれた雰囲気がいきつけの酒場が

いくつもありそうな感じを助長してはいる。今の発言もどこか酒に詳しそうなものだ。

しかし変な講釈を垂れられても嫌なので、強い口調で晶は言い返す。

「別に、どんな飲み方をしたっていいじゃないですか――」

それもそうだと苦笑を浮かべた宍戸は、ふいにノートパソコンの画面を一瞥し、

「ん。――今、変な音がしたな」

画面の曲線を注視しつつ、宍戸は耳を澄ます。

「こりゃ他の部屋の生活音じゃあないな――けっこう近いぞ」

ぎ、ぎぎぎ、ぎぎ、ぎぎ。

晶は背筋を凍らせる。耳を澄まさずとも聞こえるほどに、音は大きくなってくる。何かが擦れ合うような音。竦む身体はまったく言うことを聞かず、カップを思わず倒してしまう。丸テーブルの上に溢れる液体は、部屋の空気が振動していることを示す。

きし、きしし、ぴききっ、ぎし、ぎい。

昨日よりも、さらにはっきりとしている。晶は小さな悲鳴を上げて勢いそのまま六畳の部屋から転がり出て、機器の並んだキッチンの食卓に縋り（すが）つくような姿勢で固まった。

「おっと、観測機器には触れるなよ。支障が出ちまう」

そう言われても四肢が上手く言うことを聞かない。生まれたての子鹿でもそうはならないほどの震えっぷりの晶は、この怪奇現象が収まることを縋りながら祈るものの、

『みいいいいいっつ　さあああがしたあ　ちぃいまなこぉで』

　高くて低い、奇妙に歪んだ声。晶はもう悲鳴すら出せない。だから目で訴える。こんな恐怖体験を耐えられない、と。だがしかし、宍戸はしみじみと言う。

「なんというかな。――うん、嘘っぽいんだよな」

　晶は虚を衝かれた。宍戸は片眉を上げて天井とモニター画面を交互に見る。小難しい顔で首を捻り無造作へアの後頭部を指先で掻き、それから一つ溜息をついた。変な姿勢で固まっている晶に、ノートパソコンの画面をひょいと見せた。

「いいか、お嬢ちゃん。これ見てみろ」

　卓上に設置された機器がたくさんのデータを記録し続けており、宍戸はその一つを指先で示す。波状に延びる横軸は天井に向けられた指向性マイクが抽出した音声をリアルタイムで分析するものらしい。キーボードを操作してその画面を巻き戻す。

「そんで、ここが今しがた聞こえた、謎の声が始まる瞬間だ。声が聞こえるちょっと前に、ぐしゃぐしゃってしたところあるだろ？　ほらここ。これな、昨日も一昨日も、謎の声が聞こえる直前にほぼ同一のぐしゃぐしゃがあったんだ」

『みいいいっつ　さあがああしたあああ　ちまなこぉでえええ』

　再び謎の声が響く。身を竦ませる晶とは対照的に宍戸は冷笑し「ほら見ろ」と画面を指し示す。たしかに波状の上に、特有の〝ぐしゃぐしゃ〟が発生しているが、

「そ、それがなんだっていうんですか」

「いやこれな。たぶん、電子ノイズだ」

そう言うと宍戸はおもむろに立ち上がった。近所を散歩するかのようにゆっくりとした歩調で天井を押してまわりながら語り出す。

「俺さ、昔、奇術に凝ってた時期があってな」

「は、はあ？」状況を一瞬忘れかける程度には、晶は耳を疑った。

かつてグランドフェイクと持て囃されていた者の言葉と思えなかった。

「奇術って要は――それが偽物だと皆知ってるのに、それでも観る者を騙すって技だろ？　そんなもんに変に詳しくなったせいか〝下手くそな騙し〟だとか〝物事の真偽〟にどうも敏感になっちまってさ。それでな――こりゃやっぱり嘘っぽいんだ」

階段を昇ってくる地縛霊。

人の精神に支障をきたす何か。

避けられない不幸をもたらす凶悪。

それを裏づけるように響く謎の声と異音。晶からすれば腰が抜けるほどの恐怖体験の中でも、宍戸の振る舞いはいつもの日常とそう変わらなかった。

「考えてもみろよ。もしも死んだ後に恨みがましく化けて出ようって魂胆の奴がいたとしてさ。わざわざ七日もかけてご謹製の数え歌なんて読み上げて、実際に呪い殺すまでには至らないなんて――回りくどいし半端じゃないか？」

宍戸は押し入れの中板を足がかりに半身を突っ込み、その天井を押し始める。

ぼこん、という音。天井板が外れたらしい。彼は上着を脱いで寄越してくる。

そのまま二階と三階の隙間にあたる闇の中へとライト片手にその身を滑り込ませた。

ぎいぎい鳴るのはラップ音でもなんでもなく彼の身体の重さに驚く天井の悲鳴だ。

晶は一人残されることに不安になった。

その直後に天井裏に身体すべてを入れ終えた宍戸が、今度はその闇の中から顔だけ出してちょっと来てみろよと手振りで示してきた時には、もっと強い不安に襲われた。

嫌々ながら、中板に足をかけて、顔の上半分だけ覗かせてみる。

ライトが光る。むわりと漂う湿気と埃。薄汚れた年代物の柱。虫の死骸と鼠の糞。

元々その色なのか経年劣化で黄ばんだのかわからない断熱材。その中で最後に照らされたのは、ぽつんと置かれた旧型のスピーカー。

ジジジッ、とノイズ音がしたかと思うと。

『――みいっつ――さがあしたあ――ちまなこぉでえ』

その音に驚いたのか天井裏に隠れ住む鼠たちはキイキイ鳴きながらそこら中を走り回って、木板をキシキシと軋ませていた。

薄灰色の本体から延びたコードは、間取り的に隣の部屋に降りていた。

宍戸はくつくつと笑いながら、思い切りそのコードを引っ張る。ピンと張り詰めるコードの先、二〇一号室から小さく「ひゃっ」と藤川の声が聞こえてきた。

※

「ごめんなさい、ごめんなさい――でもね私、うるさいのがどうしても駄目で」

ひそひそ喋る藤川の言い分をまとめたところ、こういうことだった。

逆隣の二〇二号室は契約者が物置として使っていて常に不在で、真上となる部屋には早寝が趣味の老齢男性が住むという立地上、彼女の暮らす二〇一号室は夜になるとびっくりするぐらい静かになり、よく眠れるのだという。

聴覚過敏気味の彼女には、それは死活問題であるらしい。

二〇〇号室に新参者さえ現れなければ静謐は保たれるが、二年前。高揚すると夜中でもツェッペリンの『移民の歌』を歌う凄まじい迷惑人物が越してきたそうだ。

慢性的な寝不足に陥り追い詰められた藤川は、怒りに駆り立てられるままに天井裏にスピーカーを設置、自ら録音編集したおどろおどろしい声を流し続けることでその人物を追い出すに至るという、毒を以て毒を制すが如く歪んだ成功体験をした。

「私だっていけないことしているのはわかってる。でも、でもね。あの部屋に人が入るだけで、私の部屋にまで音が響いてくるの。もう耐えられないのよ。そう――これは仕方ないことなの。お互いのためにね、そうするしかなかったの」

一度道を踏み外すと、後は早いらしい。越してくる者をいかに迅速に怖がらせて出ていってもらうかのみを考えるようになり、親切な隣人を装って二〇〇号室がいかにいわくつきなのか匂わせ強調させた。効果は絶大で噂が噂を呼んで――。

晶は脱力して、藤川の部屋を後にした。

宍戸は爽やかな朝日に目を細めながら、

「まあ、超常現象だって騒がれてるところを調査してみるとな、実際はただの事実誤認でしたってほうがよっぽど多いんだ。そう気を落とすなよ」

「気を落としてません。こんなのに騙された自分が阿呆らしいだけです」

彼はからからと笑う。それから携帯端末の表示を確認した後に、

「それじゃまあ――俺は別件を進めるから、後は好きにしてもらっていいぞ。部屋の機器類は夜にでも取りに来るから触れずにそのままにしておいてくれ」

言うやいなや彼はなんでもなかった七段の階段をコツコツ降りて、颯爽と坂道を降りて去っていく。昨夜も大して寝ていないはずなのにタフだなと思う。

晶はあくび混じりで携帯端末をいじりつつ二〇〇号室に戻る。

そういえば自らの端末にも着信があった。吹き込まれた留守電を再生する。水漏れ被害に濡れた晶の部屋は修理が完了し、清掃を入れて明後日には引き渡しが可能——という管理人からの連絡。よかったと思う。これで日常に戻ることができる。

あらゆる気がかりから解放された晶は連日の寝不足を解消すべく、ベッドの上に横たわる。ずいぶんと疲れが溜まっていたのか、ものの数分で寝息を立て始めた。


何度か薄く目を開けるたび、窓から忍び込む光は大きく色を変えていた。

夕陽の赤さに気づいて、あと五分だけ眠ったらと思ったのは覚えている。すでにもう真っ暗になっていた。携帯端末を確認する。普段なら床に就く準備をしている時間だ。そんなに眠っていたことに驚く。せめて何か食べないと、と思っていると。

ばん、ばん、ばん。

壁を叩かれるような音。寝ぼけた頭の中に、苛立ちが芽生える。

きっとあの隣人の仕業だと晶は思った。叱られた腹いせなのか、今度は直接的にこちらの安眠妨害をするつもりなのかもしれない。きちんと文句を言ってやろうとして、そっと窓を開けてベランダに忍び出る。生温い夜風は晶の目を覚めさせる。

手すりから身を乗り出して藤川の部屋を覗いてみるが、しかし。

真っ暗で、静かだった。

いないふりをしているのだろうか。しかし晶はいそいそと物干し竿を外してその先端で彼女の部屋の窓をどんどんと突く。音に過敏なのだから驚いて悲鳴の一つでも上げるかと思いきや、しかしなんの反応もない。本当に、彼女は不在なのかもしれない。

仕方なく部屋に戻る。晶はひどく嫌な予感がした。

——だってもう大丈夫なんだから。全部何もかも、あの藤川とかいう変人の仕業で。

——この部屋の、地縛霊も精神に支障をきたすのも避けられない不幸もすべて嘘で。

ばん、ばん、ばんばん、ばんばんばんばん。

少しずつ大きくなっていた。そして気づく。

その音は部屋の至るところから鳴っている。

——そんな、嘘でしょ。大丈夫になったんじゃ、なかったの？

たしかにあの奇妙な声は、藤川の起こした行動だったのだろう。

しかし今目の前で起きている現象は人間が起こせるものだろうか。壁から天井から床から叩かれる音。仮初めの安堵が、恐怖の底を何十倍にも何百倍にも深めさせた。

ぎい、ぎい、ぎいぎい、ぎい、ぎい。

晶は身動き一つ取れない。部屋の中に見えない〝何か〟が忍び込んだ気がした。嫌な軋音(あつおん)だった。それは部屋の中をなぞりまわるかのようにして、こちらに近づいてくる。

ぎいいぎいいい。

すぐ真後ろから、大きな音。

次の瞬間、晶は獣のように扉に体当たりをしていた。力任せに押しても押しても開かない。パニックは爆発的に連鎖する。開かないのは自らがドアノブを捻っていないからだとようやく思い至る。弾かれたように両手でドアノブを摑んで——。

目の奥がきつく痛んだ。スイッチが切り替わる。視界がジャックされる。


部屋には目が痛くなるくらいの夕陽が差し込んでいた。

いつになく風景が違う。そう感じたのは、玄関前の壁が壁紙ではなくざらざらとした塗り壁だったからだ。わずかに開いたベランダの窓から、刺すように冷たい空気が流れ込んで混ざり、温められた室内の熱は喪失していく。

無造作に転がる、白い柄(え)までもが赤く濡れた出刃包丁。

誰かがひそやかに囁く。

「もう、どうしようもない」

唾を飲み込む音の後、誰かの荒々しい呼吸。

(つ、ぜえぜえぜえぜえ、誰か、た、助け)

「助かるわけないよ、こんなになっちゃったんだから」

（ぜい、ぜえぜえぜえぜえ）

木の床は赤く染まっている。夕陽ではない。血の鉄臭さが臭う。

「終わりだよ、終わり。ぜんぶおしまいだ。もう逃げられない、絶対に」

（ぜえええぜえぜえぜえぜえ、お、おしまい、うう）

血溜まりの中心に横たわる女性は、それでもいくばくかの命の猶予が残っている。伸びた細い腕はその赤さを纏い周囲に色を延ばしては、いくつもの傷口からさらに温かさを溢れさせる。唯一赤色に汚されてない唇はどす黒い上に苦悶に歪んでいた。

「そう、おしまい。ふふ——最期の最期までドジなんだねえ。こうなっちゃった以上さ、逃げらんないんだからさ、一緒に逝くしかないんだってば」

（ぜええぜえっぜえ、怖、怖いよ、怖い、怖いよお）

外のドアノブにかけた縄は、鉄扉の上部を通して内側へと垂らされている。その先端の輪っかに頭を通す男は小さな台の上に乗っていた。

「大丈夫だよ、一緒だから。二人で逝けば、怖くないからね」

がたん、と何かを蹴る音。

「しね、しね、しね、し——」

男の重さで縄がぎゅうと締まる。かかとが反射的に鉄扉をずるずると擦る。呻き声は思いのほか短く、二度三度の振り子運動を経てほとんど動かなくなる。呆気なく短い終わり方。それに反して、刺されたほうは長く長く呻き苦しみ続ける。絶望的な不公平感。しかしその呻きも、やがて小さくなって消えた。無音。サイレンの音が近づいてくる。

左手を触れさせることによって起こるその幻覚は、いくら目を逸らそうとも瞼を閉じようとも逃れることができない。脳の視覚を司る部分が強制的に視聴させるのだ。

甲高い叫び。晶は真っ白になった意識の中で、わずかに自我を浮上させる。

誰かと思った。その叫び声は、自分の口から出ていた。

かんかんかん、と階段を昇る音。ドアノブがガチャガチャという。

「――晶!? おいこの馬鹿、手ぇ離せっての!」

誰かの声が扉越しに聞こえた直後、強い力で身体が引っ張られていく感触。

衝撃的な幻覚でショートした頭が少しずつ復旧していく。壊れたおもちゃのように振っていた首を止めて、潰れそうなくらいに閉じていた瞼を緩めて、ぎちぎちに力の入った両腕を肩・肘・手首の順に弛緩させていく。

どうにか左手を離し――視界が戻る。

こじ開けられた扉はギィギィと音を立て、今さっきまで摑んでいた内側のドアノブを部屋の中へとしまい込んでいく。晶はそれを視界の隅で眺めながら、勢い余って廊下に転がっていった。そこを誰かの身体で押し止められる。

　小雨に濡れた廊下に仰向けになった晶が見たのは、首筋に汗を浮かばせて憔悴している宍戸の顔だった。そんな最中で思う。胡散臭い風貌になったとはいえ、まったくの別人になったわけではない。よく見ればやっぱり男前なんだな、と。

　端整な口元が開き、少し尖った歯が覗く。

「晶、おい晶。無事か」

　果たして無事なのだろうか。熱病に浮かされた時のような、現実感のなさ。もしも今見ている風景が恐怖からの逃避による妄想の産物で、実際の自分は今もなおドアノブを握ったまま奇声を上げ続けていたらどうしようと晶は本気で不安になる。

「どうした、何を見た」

　動揺していたし、混乱もしていた。だから思わず、嘘偽りない言葉が漏れる。

「夕暮れ、だったんです――」

　晶がぽつりぽつりと語った内容に対して、宍戸は茶化すこともなく相槌を打ち、そして最後まで聞いた後にしばらく黙り込んだ後、こう尋ねてきた。

「床に転がっていた凶器は、出刃包丁と言ったか？」

　晶は頷く。すると宍戸は短く連続して尋ねてきた。その刃渡りはどれくらいか。柄は何色か。どのような状態となっていたか。反射的に答えていくと、彼は最後に、

「お嬢ちゃんのそれはな、幻覚なんかじゃない」

宍戸は脇に抱えていたファイルから、一枚の写真を取り出す。

そこに写っていたのは、幻覚で見たのと同じ床で、同じ置かれ方で、同じ血の染まり方をした出刃包丁。強いて違いを挙げるとすれば、凶器の周囲が白線で囲まれていること、そして黒地に白く番号の書かれた鑑識標識が置かれていること。

「これ、私が見たのと、まったくおんなじ——」

「十五年前にここで起きた無理心中事件の捜査資料の一部だ。とある伝手を使って、どうにか当時の現場写真だけは入手できた。流石に全部は無理だったが」

どうして己の妄想の産物である幻覚と、現実の捜査資料が一致するのか。

まだ霞がかった晶の頭には、それを結論づけるだけの思考能力がなかった。

「わからないか？　——お嬢ちゃんが左手を触れさせた時に見えるのは幻覚じゃあない。実際に起きた過去の映像そのものなんだ。その超常現象的能力のことを、俺たちの組織の中では〝サイコメトリー〟だと定義している」

這うようにして起き上がり、晶は宍戸と距離を取る。

心底思った。何を言っているんだろうか、この人は。

「そんなオカルトめいた話、あり得な——」

閉じた二〇〇号室の扉の奥から、ばんばんっ、と音が響いてくる。

かけられた「二〇〇号室」のプレートがその振動によって揺れた。

どうにか悲鳴を飲み込んで、全身に鳥肌を立たせる晶。あり得ないと口で言うには簡単だが、だとすると今ここで起きている現象を何と説明すればよいのだろうか。

原因不明。夜になると鳴る、謎の異常な音。

宍戸はその双眸を鈍く輝かせ、不敵な笑みを浮かべる。

「――これより本件を、仮称〝ポルターガイスト〟として認定する。さあて、お嬢ちゃん。仕事の再開といこうじゃないか」

※

どうにか気持ちを立て直しはしたが、二〇〇号室に戻るのはもう嫌だった。

少し調べ物をしに行くという宍戸についていこうと晶が決心した、その時。

どたっ、どたたっ、どたっ。

七段の階段から、そんなような音がした。

戦慄する晶をよそに現れたのは、酒の匂いがする藤川だった。

酔っ払った彼女は千鳥足でぶつぶつと騒音問題が心に与える悪影響についての持論を口汚く述べたが、晶と宍戸の姿に気づくと、ものすごく気まずそうな顔をした後にそそくさと二〇一号室へと戻っていった。どうやら憂さ晴らしで飲み歩いていたらしい。

つまるところ、あの異音は藤川の仕業でないということだった。

さっさと階段を降りていく宍戸を、晶は青い顔で追いかけた。

近くのパーキングに停めてあったのは、どこか愛嬌のある顔つきの小振りなドイツ車だった。宍戸は窓から顔を出して「ほれ、早く乗りな」と言った。

小さな車体の運転席にすっぽり収まる体格の良い彼の姿は、傍から見るとちょっと面白くもあるが、それを笑っていられるほどの心の余裕は晶に残っていない。

宍戸は人の気配の疎らな夜道を、静かに車を走らせていく。

震えている晶に気づいてか、宍戸はそう問いかけてきた。

「――なんだ、怖いのか？」

「怖いですよ。悪いですか」

「悪いこたないさ。でも君は、超常現象や超能力の存在を信じてないいんだろ？」

「信じないし、信じたくもないです。だけど、あんなものを目の当たりにしてしまったら、やっぱり死者の怨念だとか祟りだとか、考えざるを得ないじゃないですか」

信号が黄色に替わり、車は減速していく。

道路奥の公園に植えられた枯れ柳を首を吊っている小男の姿に空目して、晶は慌てて頭を振る。骨の髄にまで恐怖は侵食し、なんでもないものまで恐ろしく見えた。

「それじゃお嬢ちゃんは、死者が何かしてくるってのが怖いのか？」

「はい？　――はあ、まあ、そういうことになるんですかね」

「だったら安心しな。死者そのものは悪さをしない、というか何もできない」

「超常現象や超能力の存在を肯定しといて、幽霊の存在は否定するんですか？　私が言うのもなんですけど、その理屈はおかしいでしょう」

「お嬢ちゃんに一つ、基本を教えとこう」

赤から青に替わり、宍戸は緩やかにアクセルを踏む。

公園が近づいた後に遠のいていく。枯れ柳は、やっぱりただの枯れ柳だった。

「元来、人間の脳には、不可能を可能にする力が秘められている」

また胡散臭いことを言い出して、と晶は冷たい視線を宍戸に向ける。

「人間にとって一番のストレスはなんだと思う」

「怪しい男に胡散臭い話と不可解な質問をされることですか」

皮肉の一つでも投げてみたが、宍戸は微塵も気にせず、

「〝願望が叶わない〟ことだ。それがあまりにキツいから、人は願望を叶えさせるか――もしくは望むことをやめたり、願い自体を忘れたりすげ替えたりする。だが、中にはどうしたって願望を叶えられないし捨てられないって奴もいるだろ？」

点在する街灯に照らされて如何様(いかよう)にも陰影を変えていく宍戸。

「もちろん大抵はストレス過多で頭をおかしくしちまうさ。しかしそれでも正気を失わないような希少な奴は、そいつの脳みそがどうにかストレスを解消しないとマズいっつう防衛本能から、やがて特殊な神経回路を作り始めるんだ」

いつものしたり顔とは違う、真面目くさった表情。

「その特殊な神経回路こそが発生の源なんだ。そこに〝願望〟が入力されると、それに応じて特定の〝超常現象や超能力〟が出力されるようになっちまうって寸法だ」

晶は窓の外を眺めながら、小さく溜息をつく。

「詐欺師やオカルティストが好みそうな話ですね、そういう〝脳みそ神話〟みたいな疑似科学。陰謀論だとか、都市伝説だとか――たまに動画サイトにも出てきますが、うんざりしますよ。ちゃんと科学に基づいた話をしてほしいものです」

人間はその脳全体の一割ほどしか活用していない――というのは世に広く知られた真っ赤な嘘で、いくつもの科学誌や論文の中で否定されている。それでもその文言が世間に出回るのは、きっと人々が面白がってそうだと信じたいからなのだ。

信じたいことを信じているだけ。かつて宍戸自身も言っていた。

だから、それは事実というわけではなくて、

「ほほう――それじゃあお嬢ちゃんは、あの部屋で起きる謎の音が、ポルターガイストとは別の、科学的に説明ができるものだと考えてるのか？」

窓の外の景色があっという間に流れていく。

「もしくはその左手が起こす不可思議な現象もそうだってか？　よく思い出してみてくれ。例えば君はかつて、どうしても真実が知りたくて知りたくて仕方ない、そんな思いに苦しめられたことがあったんじゃないか」

そう言われ、きつく蓋をしている脳の奥底から記憶の欠片が這い上がってくる。

遊園地。誕生日。ケーキ。暗い家。穴。両親。穴。警官。取り調べ。精神科医。

慌ててきつくきつく蓋を閉め直す。それは決して思い出してはならないことだった。

しかし、晶の中のもう一人の自分が冷たく呟いてくる。

——ずいぶんと都合がいいこと。

晶は否定したかった。しかしできなかった。

そう、たしかに都合が良すぎる。非科学的な現象を前にあんなにも醜態を晒しておいて、なかったことにできることも。知りもしないお偉い先生や学者様の発表は無条件に鵜呑みにして、目の前の男の言うことは非科学的だと一蹴するのも。

——自分の目で確かめたことでもないくせに、科学というジャンルに分類された情報は全部盲信しちゃうだなんて。まるで〝科学教〟の狂信者ね。

お偉い先生や学者様が自分を助けてくれたことはなかった。

しかし目の前の男は少なくとも一度、自分を助けてくれた。

ドアノブ握って幻覚にちびりそうになっているところを救ってもらっておきながら、しかしその恩人の言うことを頭ごなしに否定する。よくよく考えたら助けてもらったお礼もろくに言っていない。なんて自分勝手で都合のいい頭をしているのか。

思考の沼に沈み始める晶をよそに、宍戸は飄々（ひょうひょう）と言う。

「超常現象や超能力と言ったらなんでもありに思えるが、一定の法則はある。まず、生きてる何者かの脳内の電気信号によって発生するってことだ。奇術師がいるからこそマジックが起きるのと同じようにな。逆に言えば脳を失った死者は何も為（な）せない」

通りをしばらく進んだ車は小道に入っていく。

見覚えのあるその道のことよりも、晶は何かが引っかかった。

言葉尻を捉えて宍戸に反発したかったのはもちろんある。加えて、別のことを考えて少しでも気分を紛らわせたいという状況が、晶の口をいつもより軽くさせた。

「でも、——もしも、もしも仮にですよ？　例えば、貴方が頭のおかしな異常者でなかったとして、その言ってることも間違っていなかったらと仮定してですが」

「はは、仮定っぷりが凄まじいな。——まあいい、言ってみろ」

「生きている人にしか超常現象が起こせないんですよね。だとしたら、ポルターガイストを起こしたいと考えるような人が〝犯人〟なんでしょう？」

「ああ、そういうことになる」

夜道を眺める宍戸の深い瞳は楽しげに撓んだ。

「だとしたら、そんなの隣の藤川さんぐらいじゃないですか」

「見込みあるな――と言いたいとこだが、それはあり得ない。彼女がポルターガイストを起こせるようになったとしたら、どうしてバレるリスクを冒してまであんなお粗末な自作の音声を流した？　ポルターガイストだけで充分追い出せるだろ」

言われてみればそうかと思う。

「だったら、不動産の仲介業者、とか？」

「仲介金目当てで、か？　住民が出ていってまた誰かを紹介してを繰り返して稼ぐことはできるだろうが、そうするとパークヒル二〇〇号室でのみ起こるってのが妙だな。もっと複数の物件で幽霊騒ぎを起こすだろうさ」

宍戸にとってはすでに考え終えたことだったのだろう。

淀みなく返された晶は悔しさから負け惜しみを言うかのように、

「――それじゃやっぱり地縛霊の恨みかなんかじゃないんですか。きっとそう。宍戸さんは法則が云々とか屁理屈言いますが、死んだ人たちに尋ねて回って『いいえ私は超常現象を起こしてませんよ、死んでますし』なんて言質でも取ったんですか？」

「そりゃあ面白い。たしかにそんな確認取ったことはなかったな。——だがな、もしも死者が何かを為せるってんなら、世の殺人犯は皆すでに報復されてるだろ」

口ぶりこそ変わらないが、意外にも宍戸の声はどこか自棄な雰囲気だった。

冷水を浴びせられた気持ちになった晶は、ふとまた別の考えに至る。

あまりに回りくどい言い回しだったために見落としていたが、

「——あの、すみません。もしかして宍戸さん」

「ん？　なんだよ」

「私が死者を怖がってたから、そんな話をしたんですか？」

宍戸は、口の端を吊り上げるだけだった。


車が停車したのは、いつぞやの古びた雑居ビルの前。

明かりの点いていない「Ｂａｒ　ＰＡＲＡＮＯＲＭＡＬ」の案内板を通りすぎて入った酒瓶に彩られた埃っぽい部屋を、宍戸はセーフハウスと称した。

なんだその呼び方、と晶は不思議に思う。

こんな忘れ去られたバーの廃墟みたいなところのどこが安全部屋なのかと周囲を見回す晶をよそに、宍戸はおもむろに色あせたベージュの壁に埋め込まれた大鏡の彫りの部分を手で擦り始める。ずん、という音と共に大鏡が観音開きをした。

晶は鋭い瞳を丸くした。壁の中には、隠し部屋。

元々はそれなりに広い部屋なのだろうが、三面ある壁のうちの二面には天井近くまで本やファイルが乱雑に積み上げられて、そうでない唯一の壁には大きなモニターを中心にしていくつかの小型モニターが据え付けられており、とにかく狭く感じてしまう。

宍戸は資料や本で埋もれかけている事務机の椅子にどっかりと腰を降ろす。

「適当なとこに座ってくれ」

小さいながらも小洒落たアンティーク調のソファとローテーブルがあるが、ファストフードの包み紙や弁当惣菜（そうざい）の空き箱やコーヒーショップの紙カップやらが山となっていて単純に汚い。できるだけそれらと距離を取って晶はソファの端に腰かける。

宍戸は机に鎮座する紙の山の中からマウスとキーボードを救い出そうとして、盛大な雪崩を起こしてしまう。ばさばさ落ちて床に撒かれていくそれらを晶は反射的に目で追って、ぎょっとした。それらはすべてパークヒルに関わる資料だった。

旧地図なんかはわかる。

そこは元々園丘（そのおか）家が所有する小山であったらしい。好景気の始まりと共にいの一番に建てられたのがパークヒルで、それから遅れて雨後の筍（たけのこ）のようにマンションが乱立していくのが見て取れる。これは過去数十年程度なら調べる手段はある。

記事の切り抜きなんかも、まあわかる。

古いのは以前見せてもらった十五年前の心中事件の記事だけ。他は近年の眉唾ものの心霊体験特集ばかりだが、中には実際にあの二〇〇号室の写真に加工を施して載せているものまであった。これも根気を要するものの調べられるのだろう。

しかし、過去の歴々の住人の情報はどうだろう。

二〇〇号室に住んだのは全部で七人、その契約時期と逃げ出していった大まかな日付、彼ら彼女らの身分証明書の写しや何人かは履歴書のコピーまである。彼は全員と接触したらしく聞き取りした内容や推察まで詳しく加えられていた。

「こんな個人情報、どうやって調べるんですか――」

よくよく考えれば、この前の凶器の写真だってそうだ。そもそも警察の捜査資料だ。全部ではなく一部といえど、それをどうやって手に入れられるのか。

「ん？　そりゃまあ――企業秘密さ。官庁なんで企業じゃないが」

宍戸は一人楽しげに笑い飛ばす。晶は思う。仮に厚労省所属の公務員というのが本当だとしても、こんなことまで調べられるなんてやっぱり普通じゃない。

――いったい、この人、何者なんだろう。

宍戸はやっと見つけたキーボードで異様に長い文字列を流れるように打ち込み、スキャナーに指紋と網膜を読み込ませる念の入れようでパソコンを立ち上げる。

現れたのは、この前のノートパソコンに表示されていた詳細なデータ。

「さて、それじゃあ状況を整理しよう」

仮称：ポルターガイスト
概要：パークヒル二〇〇号室は、数年前よりネット上にて地縛霊が現れる等の不穏な噂があり。入居者は長続きせずにすぐに出ていくというのを繰り返していた。観測された異常性の発露は夜十時から早朝までの時間帯に不定期に響く原因不明の音。階段を昇る内容の「謎の声」と、部屋のあちこちを叩くような「異音」。隣人はその部屋にて十五年前に無理心中事件が起きたと言い、それが事実だと裏付ける新聞記事や捜査資料の一部は確認済み。なお、「謎の声」は隣人による悪戯であったことが判明するも、「異音」の原因は未だ摑めず。なお、隣人の発言から「異音」の発露はその部屋に人が住んでいる時にのみ起こると思われ――。

「こんなことして、何になるっていうんですか」

打ち込まれていく文章を眺める晶は、宍戸の広い背中にそう問いかける。

「人間はちょいとした仕掛けがあるだけで、容易に事実を捉えられなくなる。バスケのパスの回数を数えていたらゴリラの登場を見逃したりな」

どういう言い回しかと思う。

「そんな人間の特性を突くのに特化したのが奇術だよ。あらゆる手で意識を誘導し、思考を惑わせる。単純な事実に気づかせないためにな——ほら、見てみろ」

宍戸はおもむろに振り返り、一本の万年筆を引き出しから取り出した。

ほい、という気の抜けた掛け声と共に、それは彼の掌から消失する。

「サプライズ、ってな」

「いや、そんなの袖にでも隠しただけでしょう」

「そんなことないさ。俺の万年筆は次元の隙間に突如発生したワームホールを通過し、限りなく光に近いスピードで現在は水星近辺にテレポートしちまった」

馬鹿じゃないかと本気で思った。

「——馬鹿じゃないですか」

「本当だよ。おっと、そろそろ戻ってくるな。別のワームホールを経由したせいか、元の座標と若干のズレが生じたみたいだが。まあ、過酷な旅路をどうにか帰ってきたことを褒め称えよう——お嬢ちゃん。上着のポケットを見てみろ」

まだこの茶番に付き合わなければならないかと眉根を寄せながら、仕方なしに飾り気のないジャケットのポケットを右手で探ると、こつんと硬いものが指先に当たる。

何か入れていたかと思って取り出して、全身に鳥肌が立つ。

ところどころ焼け焦げた、ボロボロの万年筆だった。

「――え⁉」

「ほうら、騙された」

宍戸はしたり顔で、袖に隠していた万年筆を机の中に戻す。

「いや、違、――え、というか、いつの間にこんなもの私のポケットに」

「誤認誘導（ミスディレクション）はどこにでも取り入れられる。逆に言えば俺たちはいついかなる時も誤認がないか気にする必要がある。このできあがっちまったポルターガイスト現象に対しても、どこかで思い違いをしているんじゃないか、ってな」

勝手に忍ばされていた古い万年筆をローテーブル上のゴミの隙間に放り、晶は恨みがましい視線を宍戸に向ける。彼は意に介さず椅子にふんぞり返って腕組みをして、くるくる回転して何事かを思案する。ううむ、という唸り声の後、

「お嬢ちゃん。試しにもう一回、その左手を現場に触れさせてみないか？」

「――はあ？　嫌、絶対嫌です。お断りします」

あんな恐ろしい幻覚をまた見たらと思うだけで、震えがくる。

「駄目か？　サイコメトリーってのは過程をすっ飛ばして事実を垣間見ることができるんだ。それにしか解けない謎だってあるはずだ、有効活用しないか？」

「何言ってるんですか。そもそも私はサイコメトリーだなんて認めてないですから」

宍戸は残念そうに「そうか」と呟き、モニターを見直し始めた。

思いのほかあっさりと引き下がったことに驚きつつ、晶も画面に目を遣る。データ化した旧地図、心中事件の記事の切り抜き、過去の七人の住人の個人情報。二〇〇号室に関係あると思われるSNS上に載せられた怖い噂。それらを何度も読み返し唸る宍戸。

手持ち無沙汰な晶は、それを眺めてふと呟く。

「――たった、七人なんですね」

「ん？　そうか？　七人も入れ替わりがあれば多いほうだろ――――ちょっと待て。お嬢ちゃん、今、どうして七人で少ないって感じたんだ？」

椅子から起き上がる宍戸に、晶は戸惑いつつ、

「だって、心中事件が起きたのが十五年前でしょう。十五年間でたった七人しか出入りしてないなんて、こんな条件の良い部屋なのに珍しいなって」

「いや、二〇〇号室として貸し出し始めたのはリフォームされた二年前からだ」

「ああ、なんだ。それなら二年間で七人ってことなんですね」

晶の呟きに、宍戸は口の端を歪ませてモニターに齧りつくように眺め始める。

「ど、どうしたんですか？　そんな取り憑かれたみたいに」

宍戸はSNSに投稿された数々の噂の投稿日付を確認していき、ひとりごちる。

「事件が起きたのは十五年前。二〇〇号室にリフォームされたのは二年前。ネット上で

妙な噂話が流れ始めたのは一番古い投稿でも二年未満。――それじゃあ、リフォーム前は、何の部屋として使われてたんだ？」

※

朝が来るやいなや、不動産会社へと赴いた。宍戸も晶も着の身着のままでろくに眠らず目の下に隈を作っての訪問だったからか、禿頭で高齢の担当者はなかなかに驚いていた。ただその反面「ああ、やっぱりか」という妙に納得した雰囲気も滲ませていた。

「その、部屋に〝何か〟ありましたかねえ？」

「あったんですが――それについて尋ねたいわけじゃなくてね」

宍戸の言葉に、担当者は戸惑った。

「あの二〇〇号室。リフォームされる前はいったいなんの部屋だったんです？」

「なんの部屋、と言われましても。こちらは二年前にオーナーの園丘様から依頼があって、マンション管理と運営を代理するという契約をし始めたものでねえ。それより前のこととなると、すみません。わからないのですよお」

「それじゃ、オーナーと話をさせてくれませんか」

「手前どもはオーナー様との契約で全対応を代理することになってましてて、できないんです。どうか、何かあれば手前どもに仰ってもらえませんでしょうかねぇ」

何かがおかしい。晶がそう感じたのだから、宍戸はすでに察していた。

「そうか——それじゃ俺たちはこれで失礼します」

宍戸はすぐに踵を返して、車の中のダッシュボードを漁り始める。何をしているのかと思ったら、取り出したのは彼が保証人欄を記入してくれた賃貸契約書の写しであった。契約書に記されたオーナーの名は『園丘湊』。

乱雑で癖のある筆跡で、その人物の現住所が記されていた。


仮にもマンションオーナーならば、それなりに裕福な生活を送っているのだろうと晶は思っていたが、辿り着いた園丘湊の住み処はあのパークヒル二〇〇号室より新しくはあるがずいぶんと狭そうなワンルームマンションの一室だった。

宍戸は部屋の扉が見える位置に車を停めた。

本人の部屋に訪ねに行くのかと思いきや出てくるところを待つという。疲れ果てた晶がそのわけを尋ねる気力もなく微睡み始めた頃だった。ドアの開閉音に目を覚ました晶が慌てて後を追うと、宍戸はすでにその人物を呼び止めたところであった。

「園丘湊さん——？」

立ち止まったのは、小柄で細身で、作業着を着た若い男であった。晶は思う。おそらく自分とそう変わらない年齢なんじゃないかと。彼は俯きがちにこちらを振り向いて、見知らぬ二人に対して懐疑的に睨みつける無愛想な青年だった。

「なんすかアンタたち」

だというのに、晶は何故か彼にある種の共感を覚えた。

宍戸は惚れ惚れするような営業スマイルを浮かべながら、

「貴方がパークヒルのオーナーの、園丘湊さんですね。実は俺たち、そこの二〇〇号室に住んでいまして、いくつか聞きたいことがあって――」

「オーナーって、好きでしてるんじゃないんすけど」

突き放した物言い。園丘氏は苛々しながら「なにやってんだよ管理会社は」とぶつぶつ文句を呟きながら側頭部をバリバリと掻きむしった。

「失礼、もしや貴方はオーナーではない、と？」

「オーナーっていうか――勝手に生前贈与されてたんすよ。知らねえうちにさ。事前に言われてりゃあ絶対に拒否したってのに」

「ん？　収入になる不動産なら、あるに越したことないんじゃないか？」

宍戸の問いかけには独特のテンポの良さがある。相手にそれを保たせなければと思わせる、独特の間と滑らかな質問。傍から聞くだけの立場だから晶はそれに気づく。宍戸は意図してやっているのだろう、つくづく胡散臭い人間だと思った。

「はん、産むだけ産んですぐにオレを施設に捨てて、ろくに連絡も寄越さねえ奴の持ち物だぜ？　オレには親なんていねえと思って生きてきたし、これからもそのつもりだってのに――勝手に押し付けてきやがって。こっちは迷惑してんすよ」

園丘氏はいったいどういう人生を送ってきたのだろうか。毒づく彼だが、その瞳にはひどく寂しい感情が透けて見える気がして、晶は共感の理由にもしやと思い至る。

――この人も、一人で生きてきた人だから、なのかな。

「勝手に生前贈与されてたってわかったのは、二年前のこと？」

「ああ、そうすね。あの女が病気悪化させて要介護になったっつって入院して、そしたらまだそん時は施設にいたオレんとこ連絡来てさ。それでわかったんすよ」

「ってことは、あの部屋がリフォームされて二〇〇号室として貸し出されたのは、貴方がそう依頼したからってことだ。いったい、どういう意図で？」

「――なに？　アンタら、刑事かなんかなの」

冷たく鼻で笑う園丘氏は、続けて言う。

「そりゃあ、――あの女が住んだ部屋なんかに関わりたくないからっすよ。顔を合わせるのも、奴の痕跡が残る部屋に住むのもゴメンだ。だったらテキトーな業者にテキトーにキレイにしてもらって貸し出したほうがよっぽどマシだろ」

彼は言うべきことは言い終えたといわんばかりに、歩き始める。

その部屋ではかつて無理心中が起き、その後に住んだと思しき園丘湊の母親は介護が必要になるほどに身体を壊し、リフォームをして貸し出された後も不可解な出来事が続き、今のオーナーである園丘湊氏本人はそこに近づこうとしない。

まるで噂どおりの、避けられない不幸をもたらす部屋。

しかし、と晶は思う。園丘氏の反応に忌々しさこそあれど、恐怖の色はなさそうだった。どうしてだろう、と思う。それが不思議で気になるのに、どうすればそれを解き明かせるのかわからない。やきもきとする晶をよそに、

「うん、ちょっと強引にいくしかないか」

小さく呟いた宍戸は、晶のほうを向いて人差し指を口元の前で立てた。何かあっても黙っていろよ、のジェスチャー。上手いウインクが返って怪しさを引き立てる。

「待ってくれ、もう少し話を」大股歩きで追いすがって、

「だあ――ったく、うるせえな。オレもう現場(シゴト)行かなきゃなんねえんすよ。もう話すこたあねえし、なんかあんなら管理業者に言って」

「それじゃあ最後に一つだけ、これらの写真に見覚えはないか？」

宍戸はそう言いながら懐から小さな写真を数枚取り出し、男と肩を組めるくらいの距離に近づいて並走した。わずらわしそうに視線を寄越した園丘氏は仕方なく目を細めて

一瞥、「ん？　なんだコレ」と驚いた。

晶も同様のタイミングで驚いていた。写真の内容に、ではない。

それは宍戸が手に入れた、昔の心中事件の現場検証用に撮影された写真の一部だった。しかし写真の内容自体はなんでも良かっただろうし、いっそ写真以外の別物でも良かったはずだ。ただ、手近にある注意を惹けるものとしてそれを選んだにすぎない。

宍戸の行動は洗練されていた。

おそらく初めからあたりをつけていたのだろう。

園丘氏の右ポケットにあるわずかな膨らみが彼の携帯端末だと。

宍戸は右手に写真を持って彼の注意を惹いて、並走する瞬間に軽く身体を当てた。ちょっと目測を誤ってぶつかってしまったとしか思えないくらいに。しかし次の瞬間には宍戸の左手には、彼のポケットから抜き取った携帯端末が収まっていた。

「ほら、このあたりとか。見覚えはない？」

宍戸は左手で写真の一部を指し示す。その動作の中で彼は、抜き取った端末を園丘氏の右手指に軽く触れさせる。指紋認証を突破された己の端末が目前の男の左掌に上手く隠されていることにも気づかず、園丘氏はただ写真を凝視する。

左手をするりと戻した宍戸は園丘氏の死角で彼の携帯端末を操作、その中身を一通り視界の隅でチェックしたあとに、再びそれを彼のポケットへと戻していた。

「何の写真だコレ。気味悪ぃな、見覚えなんてねえよ」

園丘氏は、最後まで気づかなかった。疑念を抱くことさえなかった。

それがどんな類のものであれ、『極められた技術』にはある種の神々しさが宿るという。晶はそれを目の当たりにし心の底から実感した。魔法にしか見えなかった。

これが超一流と謳われた奇術師、グランドフェイクの業。

踊るような鮮やかさで、ぞっとするほどの円滑洒脱ぶり。

晶は状況も何もかも忘れて拍手をし始めようとしている自分に気づいて、すんでのところでその手を止める。危ないところだった。

「そうですか。失礼、時間を取らせてしまって」

「アンタたちが何を知りたいのか知らねえすけど、もうオレに聞きに来るのはやめろよな。本当迷惑なんだよ。あのマンションのことは管理会社に任せてんだから」

園丘氏はぶつぶつと文句を言いながら、今度こそこの場を去る。

彼が充分に遠のくのを待って、晶は咳払いをする。宍戸の技巧に見惚れていたことを気取られるのがなんだか小っ恥ずかしく、あえて冷たい声を装って、

「宍戸さん――――他人の携帯を勝手に見るなんて、犯罪ですよ」

「そうだな。しかし、そのおかげで収穫はあった」

宍戸は得意げになる様子も悪びれた様子さえなく、己の端末に数字を打ち込む。

「――彼の携帯、何を確認したんです？」

「色々な。家族らしき連絡先は一切登録なし、代わりに児童養護施設の登録とそれ関連の人とはたまに連絡取ってた。親に捨てられて育ったってのは本当なんだろ。――少々気になったところと言えば、これだ」

宍戸は携帯端末の画面を晶にずいと見せてきた。

検索エンジンに入力されている、十桁の電話番号。

「この番号から何度も電話がかかってきているのに、園丘湊は出ようとしない」

検索結果が表示される。医療介護施設の電話番号だったらしい。

「――折り合いの悪い母親が、そこに入院してるってこと？」

「だろうな。二〇〇号室となる前のあの部屋は園丘湊の母、つまり前のオーナーが使用していたわけだ。事故物件になった部屋を所有者が使うなんてありがちだしな。今は入院中らしいその前オーナーと接触すれば、新たな情報が手に入るかもしれない」

結果を先に言えば、宍戸の目論見(もくろみ)は頓挫した。

その医療介護施設の受付で園丘湊の名前を出して、彼の代理で見舞いに来たことを話す。物言いたげな看護師は結局何を言うこともなく、ただ部屋へと通すだけだった。

そこは、西向きの病室だった。傾き始めた陽が窓辺から差し込んでいる。

紅色に染まるその風景に、晶はふとこの前見た衝撃的な幻覚を連想して身震いする。

湧き出た考えを振り払う。吊られた男も血溜まりに伏せる女も、こんなところにいるわけがない。静寂を壊さないように宍戸の後に続き歩みを進める。

そこには一人、横たわる姿があった。

清潔なベッドに埋もれるかのように。飾り気とはまったく無縁の単色の病衣を着せられ、服の上からもわかるほどの骨と筋のみのシルエットは死期を否応なく意識させる。規則的な電子音。腕から延びるいくつもの管。少しも乱れていないブランケット。

何より目立つのは、その肌であった。

毒々しく色づいている、蠢くかのようなケロイド状の腫れ。ミミズの大群が集り人の形を保っていると言ったほうが正しく思える凄惨なその姿に、晶は思わず目を伏せる。

「彼女——園丘さんに、意識はあるんですか」

宍戸は案内してくれた女性看護師に尋ねる。

「今はほとんど夢の中にいるような状態で——正直、もう時間の問題かと。息子さんに今後の方針を確認したいのですが、一度も連絡が取れておらず」

園丘湊の母親は、薄く目を開けてこそいるが、どこも見ていない。

突然の来訪者に対してもほんのわずかな反応も示さず、胸の鼓動を測る器具が付いていなければ彼女が生きているのかどうかなんてすぐにわからなくなるだろう。

さすがの宍戸も言葉を失うも、しかし。

「浅学で失礼しますが、彼女はなんて病気なんでしょうか。こんなミミズ腫れだらけになる病気だなんて、俺は見たことも聞いたこともないもんで」

女性看護師は少し困ったような顔をしてあたりを見回した後、小声で呟く。

「私の立場からご説明するのは良くないんですが——園丘さんの身体に残るこれは、彼女の病気とは直接関係ありませんよ。おそらく昔、ひどい大怪我をするようなことがあったんじゃないでしょうか。その時にできたものかと思います」

思いも寄らないその答えに晶は顔を上げる。何か、予感がした。

「それじゃあ、これは、いわゆる——古傷？」

晶の問いに、女性看護師は不思議そうに頷く。

もう一度だけ、きちんと見なくてはならなかった。当たり前の大きさなのに妙に広く感じるベッド、ブランケットからはみ出た土気色の爪先、やせ細った身体が辛うじて作る影、管だらけの左腕、脆い首筋、古傷だけが主張する肌。無表情な顔。

比較的無事なその口元が、記憶の中のそれと一致した。

あの時唯一赤色に汚されておらず、どす黒く苦悶に歪んでいた唇。夕焼け部屋の血溜まりに伏す彼女に、よく似ていないか。晶の中のもう一人の自分が冷笑する。

――この古傷を見て、すぐに気づいてもいいでしょうに。

名前を確認しようとして、それが彼女の左手首のリストバンドにも、点滴のパックにも、生年月日と共にご丁寧に記されていることに気がつく。その風貌とは裏腹に、彼女はまだ四十代後半であることに驚きつつ、名前を読み上げる。

「園丘、智子――」

晶は、神妙な顔の宍戸に問いかける。

「宍戸さん。十五年前の無理心中事件の被害者って」

宍戸の色付き眼鏡の隙間から見える深い瞳は、ある気づきによってその深さを収縮させていた。一瞬にして取り出された、あの事件の記事の切り抜き。

三十代女性。北宮リョウマ容疑者。妻・北宮智子さんと見られ。

どれだけその文章を読もうと『被害者』の安否は記されておらず。そしてわざわざ自らを滅多刺しにして自殺した夫の名字を名乗り続けたがる人は少ないだろう。公的手続きを経れば名字は変わる。そして年齢的にも合致する。

「無理心中じゃあない。無理心中〝未遂〟だったのか――」

あの惨劇を生き延びて、我が子を捨てて、一人であの部屋で過ごしていた、被害者・北宮智子こと――園丘智子。彼女はベッドの上で、何一つ応えない。

誰が「無理心中」だと言ったのかといえば、二〇一号室の藤川だった。

パークヒルに戻って宍戸が二〇一号室の扉を叩いた時は、捜査を攪乱する原因になった彼女の振る舞いに対して文句の一つでも言うのかと晶は思った。

きっと藤川も何かしら因縁をつけられるとでも思ったのだろう。チェーンロックをつけたまま扉を開け、青い顔ですみませんすみませんと小声で平謝りする彼女に対して、

「藤川さん。交換条件といきませんか」

宍戸は悪そうに言った。彼はできるだけコトをぼかしつつも、藤川の悪行を警察や管理会社や裁判所に訴え出ることなんて考えていないし、こちらの目的を果たしたならばすぐにでもあの二〇〇号室から出ていく、猫なで声でそう彼女に言い聞かせた。

「だから——二年前までここに住んでた、園丘智子のことを教えてくれないかな」

藤川は歪めて伝えこそしたが、パークヒルの過去には詳しかった。

隣の部屋にて無理心中〝未遂〟が起きたことも。部屋がリフォームされて貸し出されるようになったことも。だとすると、園丘智子のことも知っているのではないか。

宍戸の問いかけに対して、観念したかのように藤川は語る。

「あの女はね。命拾いこそしたけれど、おかしくなっちゃったのよ——」

藤川はその事件現場に居合わせなかったが、その頃からすでにパークヒルに住んでいたそうだ。事件後しばらく経ってから管理人室に戻ってきた園丘智子は、幼い我が子を施設に預けて引きこもるようになったのだと言う。

「身体に障害が残ったみたいでね。髪は伸ばし放題、風呂もろくに入らない、夜になればブツブツ言って啜り泣く。そりゃ気の毒ではあるけれどね、それを毎日毎月毎年、十数年間ずっと繰り返されるこちらの身にもなってほしいわ」

藤川は小声ながらつばを飛ばしかねない勢いの早口だった。

憎々しげな語りぶりを見て、晶はなんとなく思う。彼女が聴覚過敏で神経質になったのは、もしかしたらその日々が原因の一つなのかな、と。

「人間ああなったらおしまいね。結局不摂生が祟って倒れて、行政のほうから唯一の血縁の息子に連絡行ったみたいだけど、一度も顔を出さなかったみたい。当然よね、物心つくかつかないかのうちから施設に預けて放ったらかしにしたんですもの」

藤川は小さく息を吐いて、

「これであの女について知ってることは全部よ。あいつが出ていってホッとしたら、もっと大騒ぎする奴らが次々に入居してきて、私は我慢できずにいけないことをしてしまいました——でも、もう許してくれるのよね？」

宍戸はいつのまにかに取り出していた手帳に何かを書き付けながら、

「園丘智子が啜り泣く時、なんて言っていたか覚えていないか？」

「勘弁してちょうだい。頭のおかしな人の言ってることを真面目に聞いてたら、こちらまでおかしくなるわ。きっと支離滅裂なことしか言ってなかったわよ」

「そこをなんとかさ、どんな些細なことでもいいんだ」

宍戸は食らいつく。そこが肝要だというかのように。

「——ああ、でも。〝みなと〟がどうとか？　呟いてたかしら」

結局のところ、二〇〇号室に戻るしかなかった。

日は暮れており、窓の向こうには濃紺の空が広がっている。

丸一日外を駆けずり回ったせいか、かなり疲弊していた。晶はベッドに横たわりたいという欲に駆られたが、宍戸の目がある手前我慢して腰をかけるくらいで留めておく。

宍戸もどことなくいつもの軽やかさを失っており、物静かにコーヒーを入れる。

「核心に迫りつつある、とは思うんだがな」

晶もそう思う。得るもの自体は今日一日で多かったと思う。

しかし同時にどうしようもなく何かが抜け落ちているような、妙な感覚。

もう少しで真実が摑めそうなのに、あと一歩二歩が届かないもどかしさ。

無理心中を生き延びた彼女は、おかしくなって我が子を捨てた。息子である園丘湊は彼女を忌み嫌っている。しかし彼女は毎夜のように泣いて息子の名を呼んでいた。そして、彼女が病気で部屋を出た後から噂されるようになった〝ポルターガイスト〟。

「ポルターガイストを起こしているのは十中八九、園丘智子だろうな」

断定的に言う宍戸に、晶は驚きはしなかった。

「起こり始めたタイミング的にもそうだし、園丘智子が今置かれている現状だっておそらく本意ではないはずだ。推察は容易い。後はその望みさえわかれば解決することもできるんだが——しかし、彼女は何も答えられない状態にある」

そう、問題はもう一つ。

超常現象——ポルターガイストが、誰かの望みによって引き起こされるものだとしたら、それはいったいどのような望みなのか。何か訴えたいことがあるのか。何をだろう。

例えば、身体の自由を奪った相手への恨みを伝えたい、だとか。

しかし訴えるべき加害者は、とっくにこの世を一抜けしている。

例えば、施設に捨ててしまった息子に対して謝りたい、だとか。

だとすれば、この二〇〇号室で起こるのはおかしい。園丘湊が住む部屋で起こっているのならまだわかるがそうではないし、そもそも彼に怯えた雰囲気はなかった。

晶は悩む。おかしくなってしまった人の思考など、理解可能なものではないのだろうか。しかし人は、どうしようもなく持て余した感情によっておかしくなるのではないか。

「なあ、嬢ちゃん」

「はい？　なんですか」

「怯えが抜けたな。だいぶそれらしい顔つきになったじゃないか」

言い返したいことは山ほどあったが、しかし宍戸の言うとおりだった。だからやめておいた。不可解な状況に対する恐怖よりも、たしかに今は『知りたい』という気持ちが強かった。どうしてこんなことが起きるに至ったのか、と。

「それを大きな収穫として、今回の捜査はもう終わりにしよう」

丸テーブルの上に二つのカップを置いて宍戸は言った。

あまりに自然とそう言うものだから、聞き逃しかけた。

「え、なな、何言ってるんですか、せっかくここまで調べておいて」

「手は尽くしたが、解決できなかった――そういう超常現象は人目につかないようその異常性を〝封印〟して捜査終了とするしかない。俺たちの仕事にも優先順位ってもんがあるからな、いつまでも解きようのない謎と戯れてはいられないのさ」

宍戸はそう言いながら、いくつもの機器類をいそいそと片付け始める。

「ふ、封印って」

「今回の場合だと――この二〇〇号室を買い上げて封鎖する形になるな。〝ポルターガイスト〟を発現した者の望みが風化するか、発現した者が死亡するのを待てば、その超常現象だって勝手に消失する。無念ではあるが、それも一つの解決方法だ」

その時、ちょうど音が響く。


ばたん、ぎい、ぎいぎい、ぎいいぎいい。


訴えるかのように、もしくは縋るかのように。

宍戸は冷めた目で見つめる。いつもの軽薄さはない。寂しげな子供のようでもあり、憐れみと罪悪感が混じってもいそうで、昔の失敗を思い返す時の苦々しさもある、ちぐはぐでざらついた雰囲気。見捨てるつもりだと思った。だから晶は慌てて、

「――そういう前振りなんですよね？　宍戸さんお得意の奇術を盛り上げるための演出で、わざわざもう八方塞がりだって強調してるだけなんでしょ。きっとそう、本当は状況を打破する方法をわかってるのに隠してるんだ。そうですすよね？」

「いいや、手を尽くして一縷の望みも潰えたのがこの現状だよ」

戸惑う晶に、宍戸は諭すように言う。

「あのな。奇術ってのは、不可能を可能にしてくれるわけじゃあない。多くの準備で不

可能をあたかも可能であるように見せかけ、人間の気持ちをほんの少しだけ揺り動かしているだけさ。どれだけいってもただの紛い物(フェイク)だよ」

そしておざなりに一本の造花を何もないところから取り出して、その花の色を赤、青、白と変えてみせた後にまた消してみせた。変な期待をするなと言いたいらしい。

ぎいぎい、ばたん、どん、どんどん、がたん、がた。

今なお鳴り続ける騒がしい音を聞きながら、晶は心の中がひどくもやもやとした。いつぞや宍戸に説明されたことを反芻(はんすう)する。だってこれは。

ばたばた、ばたん、ぎいぎいぎいぎいぎい。

世界の法則を思わず無視してしまうほどの。

ぎいぎいぎいぎいいぎいいぎいいぎいいぎい。

頭がおかしくなるくらいに切実な望みによって。

ぎいいいいぎいぎいぎいぎいいぎいいいぎぎっぎいぎ。


引き起こされている〝超常現象〟なんじゃないのか。

いいんだろうか、と晶は思う。たしかに明日になれば水漏れ修理の終わった自宅で、落ち着くいつもの布団の上で眠りにつくことができる。この一週間にも満たない不思議な体験を忘れて、この二〇〇号室の怪奇現象のことも、世界の法則を書き換えてしまうほどの切望を抱く者のことも、何もかも忘れて元の生活に戻ることはできる。

「ああ、残念だが、俺がわかるところはここまでだ――」

宍戸は晶を横目に見て、もう少し詳しく言えばその左手を見ていた。

「はあ――――――、もう」

長い溜息の末に晶は静かに立ち上がり、

「そういうことですか。わかりましたよまったくもう。つまり宍戸さんは、そうしてほしいっていうわけなんですね。ああもう、ほんと不本意です。不本意極まりないですが、――駄目元でやりますよ。私だってこのまま終わるなんて、寝覚めが悪いですし」

宍戸はもう隠すことなく口の端を吊り上げた。

「そう。サイコメトリーには、それにしか解けない謎がある」

「馬鹿言わないでください。これはサイコメトリーじゃないです。ただの幻覚です。超常現象だとか超能力だとかとはまったく無関係で、もしも事実と符合することがあったって、それはただの偶然の一致なだけですからね」

わかったわかった、と全然わかっていない口ぶりの宍戸を放っておいて、晶は左手の袖を捲り、ポルターガイストが異音を響かせる六畳の壁に手を伸ばす。

左手で、触れる。視界がジャックされる。

土足の作業着の男たち数人が語っている。リフォームを依頼した若いオーナーは見えだけ整えてくれればそれでいいと施工主に話していたのだと言う。

「だからって、さすがにこりゃ雑すぎませんかね？」

「いいんだよ、こっちは言われたとおりやるだけだ」

傷んだ壁も床もそのままに、安価な素材シートを上から貼り付けていくだけの乱暴な作業。埋め込み式の棚を丁寧に取り外そうと算段していた若い作業員は、その上司とみられるふてぶてしい中年に拳骨を食らっていた。

「バカヤロウ！　そんな面倒なことしなくていいからテキトーに埋めちまえ。あの根暗な若造なら文句も言わねえだろ。さっさと終わらして飲み行くぞ!!」

晶が見たものを見たとおりに伝えたら、宍戸は何の迷いもなくバリバリと壁紙を破り捨ててその下地を露わにさせた。もう一度試してくれと指し示される。ポルターガイストの振動が直に伝わる、古く色褪せて染みができた壁に、そっと触れる。

それはきっと、この部屋でもっとも幸せな時間の光景だった。

薬缶から出る湯気と石油ストーブが、部屋の空気を香ばしくも暖かなものにしている。壁に貼られた幼児の写真。床に半端に立てられた積み木の城。遊んでいるうちに眠ってしまった男の子は、天使のような寝顔で丸くなっている。世界に不安など一つもないかのように、すう、すう、と規則的な寝息を立てている。それを優しく抱き上げた母親はそっと男児をベッドに運び上げて、その柔らかな頬を慈しむ。

「おやすみ、みなとくん」

彼女はまだ傷のない顔を綻ばせて、そう言った。

結露に濡れた窓の外には、昼下がりの穏やかな冬空。

恐怖はあったし、隠れた事実を暴くことに背徳感がないといえば嘘になる。

しかしそれよりも何よりも、どんな運命が園丘智子をベッドに横たわるだけの存在に変えて、どんな切望がこの部屋に異常を起こすようになったのか、それが知りたかった。

宍戸はどこかから断ち切りバサミを探してきて床に突き立てる。ソーセージを剝くかのように、床材のシートをぺりぺりと手早く剝がしていく。

正体不明の異音は、ふいにキッチンへと移動した。

晶は導かれるようにして音の鳴る箇所に左手を触れさせる。

「ごらあ見つけたぞ、智子、開けろぉ」

いの一番でチェーンロックの隙間から伸びてきた出刃包丁で、彼女は額から耳元にかけて深い傷を負った。慌てて身を翻す。どぽどぽとけっこうな量の血を垂らしながらキッチンでうろたえていたら、物音に起きてきた幼子と目が合った。

がちゃんがちゃん、と扉を無理くり開けようとする音にその目が見開く。

どうにか安心させようと彼女は笑顔を浮かべようとするが、筋が切られたのか上手く笑えない。幼子は全身を硬直させて、痙攣と見紛うほどに震え始める。

「神様、お願い――どうか、この子だけは」

そう呟いて、首を振る。自分が守らずして誰が守るのか。次に彼女が浮かべたのは決意の表情だった。震える声を必死に抑えながら、幼子の肩にそっと手を添える。

「――みなとくん。ゲームしよっか。今日はベランダからお外に出るの。ちょっとだけ高いけど大丈夫。下に降りたらすぐに近くの人に助けてって言うゲームね。いい？」

幼子の顔が、くしゃくしゃに歪み始める。

「大丈夫。みなとくん良い子だもん。できるよね？」

いやいやと首を振る幼子をベランダに押し出した瞬間、ばつんという音。

チェーンロックの留め具が弾けた音だった。彼女はすぐに扉へ向かった。


晶は左手を触れさせるたびに、視えたものを宍戸に説明していく。

それは園丘智子の人生の一部を追体験するのとほとんど同義であった。次に音が鳴ったのは、部屋の中で一番古そうに見える鉄の扉だった。ああ、と晶は思う。

それはいったい、どれほどの覚悟が必要だったのだろうか。


一度刺されてしまったら、その後の痛みはさほど気にならなくなった。

意味のわからない恨み言をダラダラと喚く目の前の小男は、刃物を振り回すたびに自分が切られているかのような情けない声を出している。彼女は何度も刺されてくぐもった声を漏らしつつ小さく呟いた。「弱虫ね」、と。

そう、この男は弱かった。その弱さ故に、人を傷つけようとする。

だからこそ彼女は、血溜まりに伏しながらも最後までベランダを見なかった。

もしも自分のわずかな視線によってこの男がベランダのことを気にしてしまったら。

もしも未だにあの子がベランダの隅で縮こまっていたりでもしたら。きっとこのクソ野郎は、その弱さ故にあの子にも刃を突き立ててしまうだろう。

だから彼女は、ベランダを見なかった。

逃げられるだけの時間は稼ぐことができたはずだった。それこそ言葉どおりに身体を張って。ただし、本当に逃げられたかどうかを知る術が、彼女にはない。

そして「我が子がまだベランダにいる」という確率がほんの一兆分の一の確率でも残っているのならば、彼女は過酷で孤独な時間稼ぎを続けなければならなかった。

彼女は血溜まりの中で妙案をひらめいた。

視界の隅に荷造り用の紐(ひも)が転がっている。

その音は、今度は小さな洗面台の鏡へと移る。

家に戻れるようになるには、長い時間がかかった。

それでも彼女が不自由な身体を押して帰ったのは、再び愛する我が子と一緒に暮らせるという希望があるからだった。目深に被った帽子と季節外れのコートを脱ぐ気力もなく、今までの倍以上の時間をかけて玄関を上がっていく。

不在の間、色々と面倒を見てくれた家政婦が迎えてくれた。

しかし家政婦は、彼女を前にして何故か顔をひきつらせた。

その意味をよく理解しないまま、死ぬほど聞きたかった規則的な寝息が聞こえる部屋へと向かう。忍ぶことができなくなった彼女の足音で、その天使は目を覚ました。

「みなとくん、おはよう。ママ、帰ったよ」

寝ぼけ眼をこする幼子は、やがて彼女の姿に気づいて顔を上げる。すぐに笑って抱きついてくると思った。目を見開いて、妙な顔をする。彼女は帽子を外してもう一度、

「ママだよ、ねえ、みなとくん」

一瞬の間の後。幼子は、嘔吐(おうと)した。

慌てて手を伸ばそうとすると、部屋の外まで聞こえるほどの絶叫。そして、あの時と同じ震え方。目の焦点もろくに合っていないまま、幼子は彼女から距離をとるように逃げ出す。意味がわからなかった。慌てて追いかけると、その叫び声は限界を知らないかのように大きくなる。洗面台の下に逃げ込んでいくのをよたよたと追って、気づく。

鏡に映っているのは、赤黒く歪んだ自らの顔。

悪夢のように悍ましいあの夕焼け色の恐怖が。

その顔に深く深く刻み込まれてしまっていた。

半ば呆然としながら、叫び声が急に止まったことを不審に思って足元をそっと覗く。

愛(いと)しい我が子は、その小さな手足を、柔らかな頬を、くりくりした瞳を、変なふうに

ひきつらせて、口元から細かな泡を吹いていた。

悲劇、だった。

幼子は、彼女を見ると〝あの時〟を思い出して、必ず発作を起こすようになってしまった。彼女は悩みに悩んだ末に、我が子を施設へ預けるという決断をした。我が子があの時の恐怖を忘れて過ごせるのなら、これほど良いことはないだろう。

そう自らに言い聞かせる彼女は、傷跡だらけの頬を濡らし続けていた。

それでも音は移動し続ける。

部屋はあっと言う間に荒んで、彼女は正気を失いつつあった。

生き甲斐の喪失が彼女の心と身体を蝕んでいることを、大量の薬の包みが示している。

一人きりの部屋。単調な日々。外に出るのも億劫になる。ただ窓辺に座って、外を眺めるだけの日々。いつまでもいつまでも、答えの出ない自問自答を繰り返す。

愛しい我が子にほんの一瞬だけでも会いたい、燻る感情。

そうすることであの子の発作が再発したら、という恐怖。

だからこういう結論に落ち着く。自らのことを忘れる代わりに、あの恐怖から逃れられたのならそれで良い、と。その反面、自らのことを忘れてほしくなんてないに決まっていて、どうしようもない自己矛盾が嗚咽となって漏れる。

そのたびに宍戸は部屋の薄皮を剝いて、晶はその過去を覗いていく。

十年としばらくという月日よりも、その心労が彼女を実年齢以上に老いさせた。毎夜繰り返す感情の反芻だけは少しも色褪せてくれない。どれだけ思い悩みに悩もうと、しかしそれでも彼女はついぞ愛しい我が子に会いに行くことはなかった。寸前まで行ったことは幾度もある。しかし、すぐに思い直して帰った。どうして彼女は、それを我慢し続けることができたのだろうか。

彼女があの夕焼け色の悪夢の瞬間において、我が子を生き延びさせた上で自らも生き延びることができるほど、賢明で意志の強い人間だったことも関係していよう。

しかし、それよりも何よりも。

我が子の幸せを、願っていたからだった。

「みなと――」

もうずいぶんと大人びているはずだ。どんな表情をしているだろう。

少しも想像のつかない我が子のことを想いながら、彼女は気まぐれに手記に思いを書き連ねる。それが彼女にとって精神の安定を保たせる唯一の手段であった。大事なものをまとめている埋め込み棚へと手記を仕舞おうとした時、一枚の写真が見えた。

彼女は思わず、涙を溢れさせた。写真が汚れてしまわないよう、大事に大事に埋め込み棚へと戻す。それからしばらくした後に、彼女は突然呻き、床に倒れた。


ポルターガイストは、今までで一番大きな音を出している。ここだ、ここだ、と壁の中から示すように。晶はようやく理解した。その異音が示す望みを。

洋服箪笥を押し倒した、その裏の壁。宍戸と二人で外す。

現れたのは、二年前の粗雑なリフォームで隠されてしまった、埋め込み式の棚。

晶は何度も袖で目元を拭ったあと、丁寧に丁寧にその中をあらためていく。

一番最後の段に、それらは残されていた。

彼女の手記と、そして一枚の写真。

そこには、たしかに幸せが写っていた。何にも代えられない幸せな日々。

若き日の園丘智子と、彼女に抱かれた幼い園丘湊。

※

再び園丘智子の病室を訪れると、彼女は変わらずベッドに埋もれるように横たわっていた。何を話そうとも、何も答えない。抜け殻のように。

晶は彼女の身体に残るいくつもの傷を見て、あることを思い出していた。

それは左手が見せた幻覚の中で唯一宍戸に伝えなかったことである。

あの衝撃的な無理心中〝未遂〟の瞬間を垣間見てしまった時から、晶は些細な違和感を覚えていた。刺された被害者は園丘智子で、犯人である夫は首吊りをした。

ならば怯えて助けを乞うのは女性の声で、死へと導こうとするのは男性の声のはずだ。

しかし晶が最初に見たあの凄惨な血溜まりの光景は、逆だった。

怯えて助けを乞う男性と、死へと導こうとする女性で――。

彼女は血溜まりの中で妙案をひらめいた。

視界の隅に荷造り用の紐が転がっている。

男はひどく弱っていた。呼吸はろくにできていない。喋ることだってそうだ。自らやらかしておいて、なんでこんなことになったのかとでも言いたげな、今にも泣き出しそうな目。すべての罪の責任から逃げる手段を教えれば、実行するかもしれないほどで。

彼女は満身創痍だった。しかし、勝つための戦いをすることに決めた。

「私はもう、死ぬみたい」

（ぜえぜえぜえぜえ——）

「もう、どうしようもない」

唾を飲み込む音の後、男の荒々しい呼吸。

（っ、ぜえぜえぜえぜえ、誰か、た、助け）

「助かるわけないよ、こんなになっちゃったんだから」

（ぜい、ぜえぜえぜえぜえ）

木の床は赤く染まっている。夕陽ではない。血の鉄臭さが臭う。

「終わりだよ、終わり。ぜんぶおしまいだ。もう逃げられない、絶対に」

（ぜええぜえぜえぜえ、お、おしまい、うう）

血溜まりの中心に横たわる彼女は、それでもいくばくかの命の猶予が残っている。伸びた細い腕はその赤さを纏い周囲に色を延ばしては、いくつもの傷口からさらに温かさを溢れさせる。唯一赤色に汚されていない唇はどす黒い上に苦悶に歪んでいる。

しかしどうにか捻り出す。悪魔のような、誘惑の言葉を。

「そう、おしまい。ふふ——最期の最期までドジなんだねえ。こうなっちゃった以上さ、逃げらんないんだからさ、一緒に逝くしかないんだってば」

（ぜええぜえっぜえ、怖、怖いよ、怖い、怖いよお）

示唆した。外のドアノブにかけた縄は、鉄扉の上部を通して内側へと垂らされている。その先端の輪っかに頭を通す男は小さな台の上に乗っていた。後もうひと押しだ。

「大丈夫だよ、一緒だから。二人で逝けば、怖くないからね」

その言葉でついに、男はその誘惑へと駆られた。

がたん、と何かを蹴る音。もしくは、踏み外す音。

「しね、しね、しね、し——」

一転して、呪詛（じゅそ）の言葉を撒き散らす。一分一秒でも早く死んでもらうために。身体中を軋ませて倒れた踏み台をどかして、真っ赤なその手で男の足を引っ張った。こいつが死ねばすべては丸く収まる。そうすれば、あの子が逃げていなくたって関係ない。


本当に、どれほどの覚悟が必要だったのだろう。

あの瞬間に園丘智子がした行いが善だとか悪だとか、下らない結果論なんて本当に心底どうでも良いことだと晶は思う。あれは、彼女の闘いだった。

すべては、我が子を凶刃から守るため。

その苦難に満ちた闘いに辛くも勝った彼女が、現在に至るまでずっと心の平穏を与えられることなく、今こうしてベッドで横たわっている。どれだけ不幸なことだろう。

取り返しがつかないことはもうどうしようもない。でも、そうでないものはできる限りのことを尽くしてあげたいと思う。それでほんのわずかでも彼女の心が救われることがあるのであれば――だから晶は、宍戸と共にこうして彼女の病室を訪れた。

抜け殻のような園丘智子を前に、宍戸はおもむろに言う。

「サプライズ、ってやつです」

棚にあった手記と写真を出して、どこを見ているかわからない彼女に示す。

「これを、貴方の息子さん――園丘湊さんにお渡ししようと思います。これで貴女の想いが伝わるかどうかはわかりません。しかし、これが埋もれたまま忘れ去られるのが心残りだったとするなら、やはり彼に渡したほうがいいんでしょう」

宍戸が何を話そうとも、彼女は何も答えない。

しかしその瞳からは、小さく一筋の涙が零れていた。

これは後になって確認されたことであるが、その時からパークヒル二〇〇号室において不可解なポルターガイスト現象が起きることは、二度となかった。


病室を後にして出口へと向かう中で、宍戸はふいに、

「ありがとな。晶がいなけりゃ彼女の心は救われなかった」

そんなこと言うんだと晶は驚く。しかし同時に思う。この胡散臭い男は何もかもを計算ずくで行動している節がある。自分の進めたい方向に物事を進めるために。

「――それ、本気で言ってます？　実際のところ、別に宍戸さん一人でもその気になれば、こういうことだったってわかったんじゃないですか？」

晶は自らの目の赤さと腫れぼったい目蓋が照れ臭くて、それを誤魔化そうと意地悪な軽口を叩いたつもりだった。しかしそう言ってみて自分で納得する。

きっと彼なら、独力でもできたに違いない。

なのにわざわざこの件に自分を巻き込んだのは何故か。

それはきっと、この〝左手〟がどういう類のものかを見定めるためだったんじゃないか。すべてを終えた晶がそんな邪推に近い推測をぶち上げたのは、今回の件に関して宍戸の言うとおりにしたところ何もかもが丸く収まっていったからだ。

晶はまだ、自らの左手を「サイコメトリー」だとは信じたくはない。

しかし、この左手に対する忌々しさはほんの少しだけ緩和している。

「はは――そりゃあ俺を買いかぶりすぎだろ」

謙遜しつつ、宍戸はニヤリと怪しく微笑む。

「人間の気持ちをほんの少しだけ揺り動かす、それがお得意なんですもんね」

やっぱり本当にそうかも、と晶はつんとした表情を形作る。

この男はすごいことをやってのける人間だとわかった。そこは評価すべきことだと思う。だけれどやっぱり懸念してしまうのは、どうにも謎めきすぎているというか怪しすぎるというか、胡散臭すぎというか。とにかく全幅の信頼を置けない相手だった。

「それで、どうする？　今回ので俺たちの仕事がどういうものかわかったはずだ。試用期間を終えて正式に加わるんであれば、いくつか契約書を書いてもらわないと――」

正直、ちょっと迷った。しかし。

「やっぱり私、辞退します。普通の人生を送りたいし」

そうか、と宍戸は思いのほかあっさりと引き下がった。

あれこれ話しているうちに、その医療介護施設の出入り口にまで来ていた。

ふいにすれ違った女性が「あ」と言って戻ってきた。彼女は前回、園丘智子の病室まで案内してくれた看護師であった。彼女は目を丸くして、

「園丘さんのお見舞いですか？」

「先日はどうも。ちょっとだけ、顔出してきたとこです」

「それはきっと、園丘さんも喜んだと思います。あまりお知り合いもいないようで――息子さんがあいう方ですし、お見舞いに来てくれる方がいないんですよね」

「もしかすると、息子さんは近いうちに来るかもしれませんよ」

「え！　そうなんですか？　それは朗報ですね」

看護師は胡散臭くも顔だけは良い宍戸に気でもあるのか、それともただ単純に喋り好きなのかなかなかに饒舌であった。晶はなんとなく黙り込んでしまう。

「それにしても二度もいらしたのは貴方たちが初めてじゃないかしら。入院当初は眼帯をつけた男性がお見舞いに来たんですが、その方も一度きりでしたし――」

一瞬。宍戸の身体がびくく、と大きく動いた。

いきなりのことに晶は驚いて顔を上げる。宍戸の表情には、何かものすごい感情の余韻が残っていた。残ってこそいたがそれがどの類の感情なのかまでは、読み取れない。

「眼帯をつけた男――その人の名前、覚えてます？」

「え？　いや、かなり前のことなので」

雰囲気が突然変わった宍戸に看護師は戸惑った。

「思い出してください。思い出せないのなら、――受付窓口で名前を書いているでしょう。探してもらえないですか。二年前なら記録が残っているはずだ」

冷ややかで機械的な口調がむしろその本気度を物語っていた。問答無用で言いくるめ本当に台帳を持ってきてもらった。個人情報なのに良いのかと思う晶をよそに、

「世良め、ここにも現れていたか」

指し示された名前を見て、宍戸は苦々しく呟く。

晶はふと思い出す。宍戸は自分にも「眼帯の男」について尋ねてきたことがあった。何故その人物を探しているのだろう。その眼帯の男――〝世良〟とやらと、いったい何があったのだろうか。

彼のその冷たい視線に、尋ねることはできない。

第二話　深川通りの水掛け魔

本日の日直係である岡崎大輝は、奇妙な違和感を覚えていた。

あと三分もすると担任で社会科教師の柳沢がチンピラに見紛うド派手な社会派柄シャツで肩で風を切って現れ、あまりに言い慣れすぎて聞き取れない「おらオメェら大人しくせぇよ」とお決まりの社会的定型文が繰り出され、ここ南深川中学校一年三組の生徒は最低限の社会規範に則って朝礼を始めるというのがいつもの流れであった。

前回の授業の数式が薄く残る黒板。

毎日掃除している割にはざらつく床。

窓という窓を全開にしても蒸し暑い教室。

クラスメイトの在り方は様々で、携帯端末を隠しもせずいじる者もいれば、カメラを向けられ小躍りする者、昨夜のお笑い番組を真似て猿の如き馬鹿笑いをする者もいる。それを冷ややかに眺める者、漫画雑誌を貸し借りする者、朝練に疲れ果てて眠りこける者もいる。それらは日常といって相違ない普段どおりの光景だった。

そんな中、岡崎の座る席目がけて近づく一人の少女の姿があった。

見世物の匂いを感じ取った幾人かが、好奇の目でその動向を追う。

「ねえ、岡崎」少女は言う。

「――――っ、なに」

「昨日の夕方、深川通りのコンビニにいた？」

「いや。行ってない」

岡崎はそっぽを向いたまま、そう答えた。

特に続く言葉はないのに、目力のある少女は探るように見つめる。二人の間の空気が張り詰めていく。伝播する緊迫感に気圧された周囲が声のボリュームを落とす。

「ガラの悪い人たちと揉めてなかった？」

「いや、知らないってば」

少女は何か言いたげだったが、何も言わずに自席へ戻っていく。霧散する緊迫感。雑然としたざわめきは勢いを取り戻す。その中に混じる、岡崎ってあんな声してるんだ、という誰かの呟き。長めの前髪に視線を隠して岡崎は聞こえないふりを決め込む。

頬杖をついて黒板を見つめ、ふとその右隅のおかしさに気づく。

日付、その下に日直である自らの名前。登校してきて一番最初の仕事はその表記を最新の状態に更新することだった。何も考えずに一日付け加えた「六月三十一日」。

あ、と思う。席を立って、黒板消しでなぞって、書き直す。

六月三十一日、ではなくて。今日は七月一日。

その時、突風が吹いた。乱雑にまとめられた防火カーテンが揺らめき、くらくらするような夏の匂いがわっと流れ込んでくる。教室の生徒たちはそれを感じ取り、青くて眩しくてどこか落ち着かない、そんな形容し難い気分に染められていく。

夏、だった。もっと言えば、もう少しで夏休みだった。

※

都心のコンクリートジャングルは本場のジャングルよりよっぽど暑苦しく、拷問のように熱されたビル風に閉口する。宍戸は上着を指にかけて背負い、袖を捲り上げて大股歩きで駅へと向かっていた。胸ポケットの携帯端末が鳴る。一コール以内に出る。

「定時連絡には五分早いぞ。どうした」

電話口からギャハハという笑い声。若くて口の悪そうな男の声。

『いいだろ細けえなァ。仮称「時空の歪み」でも起きたんじゃねェの？』

「は——冗談でも勘弁してくれ。時空間干渉系の案件はもう懲り懲りだ」

『馬鹿言うなよ色男。それがアジア随一の解決実績を持つ局員の台詞か』

「そんなものは捜査案件の前にはクソの役にも立たないし——山城さんが今も現場専門だったなら、その勲章は絶対にあの人のモンになってるだろうさ」

再びギャハハと響いた後、一段声を落として、

『——こちとらまったく動きがねぇぞ。誰だよ「ＵＭＡ」なんて仮称認定したアホは。何が悲しくて乾のおっさんと二人で真夏の野山に潜らなきゃなんねえんだ。いるか

わからんチュパカブラなんかより、蚊とか蛇とか熊のほうがよっぽど実害あるっての』

電話口から聞こえる魂の叫びに、宍戸は思わず口の端を吊り上げる。

「安心したよ。それを聞いたらこっちの『妖精』のほうがまだマシだったな」

『あァ、あの六本木の妖精騒ぎ。どうだった、アタリか？』

「誤認も誤認、なんとまあ関係者全員がハッパ臭いお薬中毒のあっぱらぱーだったたってオチだぞ。楽しんでるとこ悪いが大人しくお縄についてもらったよ」

三度目のギャハハハ。釣られて笑いそうになる。電話相手は態度も口も悪いが、日々『世界の不安定さ』と対峙するならその精神性で良いと宍戸は思う。真面目くさって耐えられなくなり辞められたりすれば、局員不足も加速化してしまう。

『――しっかし聞いたぜェ、宍戸センセ。アンタ何も知らない若いオンナノコを特務局にスカウトしようとしたんだって？　無茶だろォそんなガキにゃあ』

「耳ざといじゃないか。したってよりしてるって段階だよ」

『うわ、けっこうマジ？　山城局長一筋のアンタがどんな心変わりだよ元ＣＩＡとか軍隊上がりとか忍者とかじゃなくて、ただのガキだろ？　――まさか美人だとか？』

「まあ、強いていうなら、氷のような――」そこまで言いかけて、止まる。

『どうした、山城局長以外のオンナを褒めたからダメージ喰らったかァ』

鼻孔をくすぐるそれのせいで、宍戸はすぐに返事ができなかった。

前触れなく危機に陥る仕事柄か電話主はすぐに危機感を帯びて、

『もしもし？　宍戸さん？　おい、おいってば、大丈夫かァ⁉』

「いや、すまん。なんか——ちょっとびっくりしちまった」

『ンだよ。アンタを驚かすなんざそうそうねェだろ』

「いやなに、今、シナモンの香りがしてな」

日差しに焦がされながら宍戸は視線で探る。甘くエキゾチックなその香りの元を辿ると、幾人かのOLの列があった。移動販売車だった。棚には色々な菓子パンがみっちり並び、その中でも目を引く「焼きたてシナモンロール」の大きなポップ。

『——はあァ⁉　アジアナンバーワン局員が思わずビビっちまうのが、シナモンの香りだァ？　まったく妙なもんが苦手だな、そんな繊細なタマかっつうの』

好き嫌いくらいさせろと適当にあしらうが、同時に疑問に思う。自分はそんなにこの香りが苦手だっただろうか、と。何かを思い出しそうになったところで——思考を断ち切るように、携帯端末が小さく震える。また別の着信が入ったことを知らせている。

「おっと、噂をすればなんとやらだな。一回切るぞ」

『なんだなんだ、件（くだん）のオンナか——』有無を言わせず宍戸は画面を操作して回線を切り替える。木々のざわめきと口の悪い男の声は聞こえなくなり、その代わりに、

『宍戸さんっ！　話が違うじゃないですか‼』

「おお――元気いいな、どうかしたか晶」思わず笑みを漏らす。

『パークヒルのことですよ!!　契約金まで出してもらって部屋の再リフォーム代まで支払ってもらって、気が引けるから家賃くらいは私に払わせてくださいって話をして「おう」って答えたでしょ、なんで何もかも勝手に払っちゃうんですかっ！』

「ああ、そうだっけ？　いいよいいよ気にすんなって」

わざとらしく、すっとぼけたふりをしてみる。

『駄目です嬉しくないですきちんと払うんで受け取ってください！　それであの件の貸し借りはスッキリ解消するんです、貴方みたいな胡散臭い人に借りを残すの嫌なんです私は！　後で何を要求されるかわからないじゃないですか！』

難儀な律儀さの彼女をからかうのは正直面白かった。払わなくていい、いや払う、の応酬は驚くべき平行線を辿り、やがて次の案件のことを思い出した宍戸は、

「そこまで言うなら、ちょっとこれから手伝ってほしいことがあってな――」


抜けるような青空の下でも、この雑居ビルの怪しさは拭えない。

ざらついた階段を昇り、電球の切れた「Ｂａｒ　ＰＡＲＡＮＯＲＭＡＬ」の案内板を見もせず晶は入る。開けっぱなしの隠し扉の奥から、響く声。

「いやさ本当に、君にしかお願いできなくて——有給消化中だって？　すまん、仰るとおりだ。橘のバカの尻拭いも。ああ必ず約束させる。ただ奴も乾さんと山籠もりだとかで、そう。そういうわけでの無理なお願いだったんだ。そう、すまない」

宍戸は電話口の誰かにこれでもかというほどに困り果てたふうに喋ってこそいるが、その実態は真逆だった。冷房の効いた部屋でシャツの胸元を開け、革張りのソファに寝転がって足を組んでアイスを齧る。まるでバカンス中のような趣きだ。

「いいか？　いつも悪いな。すぐ？　助かる、恩に着るよ」

そんなこととは露知らずの電話相手は押し切られてしまったらしい。本当に信用ならない人だとじっとりとした視線を向けていると、宍戸は軽く手を振ってくる。

「よく来てくれたな、晶。サイコメトリーは今日も健在か？」

「あのですね。私の左手はサイコメトリーじゃありませんから。断じてただ幻覚を見がちなだけであって、それがたまたま事実と一致してただけですから」

眉間に皺を寄せる晶に対し、宍戸はアイスを根本まで齧って引き抜く。何も書かれていない棒を確認した後、ハズレかと呟いてゴミ箱に放り入れつつ、

「幻覚っておい、その言い訳は苦し——」瞬間、晶の視線に強い怒気が混じったことを機敏に感じ取り「——苦しくない。うん。全然これっぽっちも苦しくない。この話はやめよう。というよりも実は、今回はそういうの抜きで力を貸してほしくてな」

「――――はあ」それは晶にとって、意外な言葉だった。

宍戸に頼られるとすれば〝左手〟関連以外にはないと思っていた。己のどこを認められたのか気にならないと言えば嘘になる。人間関係が希薄な晶は必要とされることに慣れておらず、そして宍戸は何もかもお見通しと言わんばかりに口の端を吊り上げる。

「まあ、まずはこれを見てくれるか」

そう言って、宍戸はマウスを操作しモニターにある動画を流し始めた。

それは、誰かが携帯端末で撮った動画らしかった。

夕方、店の明かり――コンビニの前。他愛もないことを楽しそうに喋っては笑い、軽く小突き合う体格の良い若者たち。撮影自体が目的じゃなく、撮るという行動によって彼らの間で面白みが発生するらしい。そのため映像はひどくぶれ、彼らがコンビニの前でたむろし駄弁(だべ)っていること以外の情報を読み取りにくい。

そこに近づく、制服姿で円筒のようなものを持つ少年。

『ん？　なにオマエ』おそらく撮影者だろう、そう言った刹那。

びしゃん、ぽたたっぽた、という水音。瞬間、携帯端末を取り落としたのか。宙を舞って転げ落ち、地面から見上げるようなアングルとなる。水浸しになった撮影者の男が画面の端に映る。怒鳴りつけて、その実行犯に摑みかかろうとしたところ。

銀色のタンブラーを手に持つ――長めの前髪で表情が隠れた少年は、すぐに踵を返して逃げた。若者のうちの一人が追いかけていき、動画はそこで終了する。

「先月半ば、この動画の撮影者のＳＮＳアカウントから投稿されたもんだ。水を掛けてきた少年は逃げ切り、撮影してた携帯端末の画面にヒビが入ってて、踏んだり蹴ったりの撮影者は腹いせに動画をアップしたそうだ」

不可解さに眉根を寄せる晶。動画のコメント欄にはこうも記されていた。

「ええと——『深川通りの水掛け魔』？」

「梅雨時からしばらく同様の被害報告が多く入っているそうだ。通りを歩いていたら突然見知らぬ少年から水を掛けられた——ってな。水掛け魔を見た者の証言は一致していて、前髪長めなこと以外はあまり特徴のない少年なんだと」

「迷惑行為の通り魔ですか？　今どきの子って怖いもの知らずですね」

面白半分でやるには度が過ぎている。そんな迷惑行為を繰り返していればいつか必ず捕まって痛い目を見るに決まっているだろうに、と晶は思う。

「ただ、確認できる限りこの〝水掛け魔〟は直近二週間で十九件の犯行をしているんだが、そのいずれにおいても一度だって捕まらずに逃げ切っているそうだ」

晶は疑問で眉を寄せる。動画の水掛け魔の少年は体格が優れているふうでもなく、スポーツエリートの雰囲気だってない。生白くひょろひょろのその身体は控えめに見ても足が速いと思えず、運動とは無縁のただの少年にしか見えなかった。

「調べてみりゃあこの動画を投稿した奴らは元陸上部でな。昨年の国体の四百メートル走で準優勝を果たした筋金入りのスプリンターもいたそうだ。それにもかかわらず、ほんの一瞬目を離した隙に忽然と姿を消して逃げ果せたんだとさ。妙な話だろ」

「――まあ。変だとは思いますけど。偶然なんじゃないですか？」

「十九回も連続して同じ面を出し続けるコインがあったら、それに種や仕掛けがあるか、もしくは何らかの異常性を帯びているか、疑って然るべきだろ」

　宍戸の色付き眼鏡の隙間から覗く瞳は爛々と輝き、どこか楽しげに見えた。

「超常現象だか超能力が絡んでいるって、言いたげですね」

「可能性はある。水掛け魔が現れる時間帯は休日にはバラツキがあるが、平日であれば朝か夕方が多い。彼が見た目どおりに学生ならば、登下校の時間だな」

　その時、ぴろんと音が鳴る。モニターには新着メッセージの表示。宍戸が「さっすが仕事が早いね」と呟きつつ、添付されてきたデータを表示させる。

　それは、深川周辺の監視カメラの映像を繋ぎ合わせた動画であるらしい。

「これが、件の水かけ魔とスプリンターの追いかけっこの続きだよ」

　人通りの少ない裏道の映像。制服の少年が走って横切る。あまりに急いでいるからか灰色のスラックスからシャツの後ろ裾が半端に出たままだった。それを綺麗なフォームで追尾する、先程の動画の若者の一人。カメラの視点が切り替わるたびに二人の距離は縮まって、ついに肩を摑まれるその寸前、少年は突然方向転換する。

切羽詰まったのか、公園の一人用公衆トイレにその身を滑り込ませる。

次いですかさずトイレの扉を開ける若者だが、その勢いは突如止まる。不可解そうに中を見渡し、おまけにトイレの周囲を回り込んだりもするが、ただ首をかしげるのみ。

少年は、消え失せてしまったようだった。

画質の粗さも鮮明さも、視点の遠近もまちまちな映像。しかしそうであるが故に、作り物とは違う妙な生々しさのようなものがあって、晶は気味が悪くなる。

宍戸はそれをもう一度再生しながら、何事かを検索し始める。

「近隣の学校でこういうスラックスを採用してるのは、潮実高と南深川中だけ。前者は上がポロシャツ指定だから、——この少年は南深川中の生徒の可能性が高いな」

宍戸は動画の中から少年の顔が一番鮮明に映っている場面を携帯端末に保存する。

「さあ、晶。さっそく〝水掛け魔〟を探しに行こうじゃないか」

宍戸の足取りはお祭りにでも向かうかのように軽い。水掛け魔に会いたがるかのような彼は、水掛け魔そのものよりもよっぽど奇人変人だと、晶は密かに思う。

※

四階建て校舎の正門前には、「南深川中学校」の銘板。

同じ通りに面したコンビニの駐車場からそれを見る。冷房の効きが悪く開け放した車窓からは、下校時刻に喜び勇んだ多くの生徒たちのはしゃぎ声。ぶかぶかで折り目が残るその制服姿はきっと一年生で、ぴかぴか光り輝く希望に満ちた眼差しが多い。

眩しさに晶はふと思い出す。自分にもたしかにこんな時期があったっけ、と。

最悪だと感じることなど親に叱られたり友達と喧嘩する程度のもので、それさえなければ人生は素晴らしいと思っていられる、温かな時間。遠い昔な気もするが――考えてみれば〝人生最悪の日〟からだってまだ七年しか経っていない。

あの日よりさらに昔のことなど思い出そうともしない晶は、ひどく懐かしい想いに苛まれた。宍戸はシートベルトを外しつつちらりと視線だけ寄越して、

「どうした？　過去は遠くなりにけり、みたいな顔して」

生まれた時から常に浮かべ続けていそうな、妙に様になる含みある笑み。

「いえ、別に。――そんなことより、そうニヤニヤして中学生見てると不審者として通報されちゃいますよ。ただでさえ胡散臭い雰囲気醸し出してるんですから」

軽口のつもりだった。言ってみて、晶は気づく。

「――まさか。宍戸さん。私を呼び出した理由って」

「そりゃホラ。男一人より、男女でいたほうが不審者扱いされにくいだろ」

長い溜息の後に、晶は腹が立ってきた。何が力を貸してほしいなのか本当に口先ばかりで信用ならない男だな、と晶は口をへの字に曲げてむすっとする。

「ようし、それじゃあ探すとするか。晶、ついてこい」

晶は車を降りる宍戸に嫌々従う。学校特有の空気。給食の残り香。校庭の奥から聞こえる賑わい。金属バットが球を捉え、スパイクが粗い土を踏みしめボールを蹴り、ラケット片手に上がる掛け声に混じるまだ甲高い声。間延びした鐘の音が響いている。

どうやって探すつもりだろうか。宍戸は大真面目な顔で目につく生徒を呼び止め、

「この子って南深川中の生徒だろ。何年何組の誰かわからないか？」

携帯端末で水掛け魔の画像を見せ、何の捻りもなく尋ね始めた。

その行動は、不審者以外の何物でもないと晶は思う。

もちろん道行く中学生は容赦なく怪訝な表情をぶつけてきた。今すぐ通報される気がして、晶は宍戸を置いて逃げ出そうか本気で迷う。しかし、やって当然の行動をしているだけと言わんばかりの堂々とした宍戸の態度と振る舞いに釣られる者はいた。

やがて、冗談ばっかり言い合ってそうな二人組の少年が現れる。

「おい、これお前じゃねえの？」そう片割れに言い、

「あほ、こんな前髪長くねえよ」坊主頭が返答する。

そうなると後は早かった。三人四人と増えて額を寄せ合い、ああでもないこうでもな

いとなる中で、新たに加わった少女が「三組の岡崎くんじゃん？」と言う。

「岡崎って岡崎先輩？　違う違う、同じ一年だって。いたっけそんな奴。あっ俺選択授業で一緒だったわ。あのクールぶった？　たしかにぽいかも。愛想悪いあの男？　ああこの前同小の女子から話しかけられてんのにほぼ無視してたぜ。ええマジか。

怪しい人と話すのもどうかと思うし、ましてや誰かの個人情報を与えるなんて駄目だと大人として説くべきでは——立場も忘れてそう悩む晶をよそに、宍戸は言う。

「ほほう。その岡崎くんとやらはどこにいる？」

少年少女らが「さあ？」「まだいるっけ？」「わかんね」などと思い思いの回答をする中、そのうちの一人が「うわっ」と言った。校門の奥の人影へと視線が集まる。一瞬の間を置いて、彼らはバツの悪そうな顔で足早に散開していく。

そこにいるのは小柄な少年だった。似ている、と晶は思う。

「——やあ。君が一年三組の岡崎くん？」

宍戸の問いに、長めの前髪に視線を隠す少年は見上げもせず「はあ」と言う。

「どうして君は、他人に水を掛けてまわるんだ？」

「だから僕じゃないって。この前、人違いだってわかったでしょ」

微妙な話の噛み合わなさに、宍戸は片眉を上げる。

「冤罪（えんざい）だって言ったのにさ。休日の朝から拘束しといて。もしもあの時本当の犯人が水掛け事件を起こさなかったら、僕は未だに尋問されてるんじゃないの？　ゴニンタイホってやつじゃんか、ちゃんと謝罪してもらってないのに――」

黙り込む二人を不審に思ったのか、岡崎は前髪を指先で分けて直視して、

「――あれ。おじさんたち。ケーサツの人じゃ、ない？」

「似たようなもんかもしれないが、警察庁とは幾分か違う管轄の人間でね。――それより今の話、もう少し詳しく聞かせてくれないか？」

厚労省特務局と書かれた名刺を見せて、宍戸は口の端を歪めた。


岡崎少年がたどたどしく言うのをまとめると、こういうことらしい。

創立記念日で平日休みとなることから、夜通しネットゲームを続けて迎えた早朝だった。突然二人組の警官が家に現れてこう言ったそうだ――お宅のお子さんにはある嫌疑がかかっている。ついては少しお話をさせてもらえないか、と。

出勤前の母は頭を抱えてしまい、身に覚えがない彼は戸惑った。

何度も繰り返されるあの日あの時どの場所で何をしていたという問いに正直にゲームしてた旨を答えるも、「そんなゲームばかりしてるなんておかしいよね？　何か隠してるんじゃない？」と勘ぐられ、困り果てていたところだった。

警官の無線に通信が入る。『——深川通りの病院交差点にて通行人に水を掛ける迷惑行為が発生——犯人は少年である目撃証言あり。例の〝連続水掛け魔〟の仕業と思われる——近隣の警察官は』あれだけしつこかった警官は突然追及を中止し、「ご協力どうも。嫌疑は晴れましたのでこれで失礼します」と去っていったのだという。

「いっ、いい迷惑だよ。他人の空似でさ、僕の休日が潰されて」

暑さからコンビニの庇の下に避難し、宍戸に奢られた炭酸飲料の缶をべこべこさせながら声を上擦らせる。車の後部に腰かけて対峙する宍戸はおもむろに言う。

「それじゃ、いくつか質問をしていいか」

その長身と低く響く声に、岡崎はたじろぐ。晶は何かデジャブを感じた。

「——医師を名乗る男。眼帯をする男。愛想の良い男。思い当たることはあるか？」

「え？　どういうこと、心理テストかなんかなの？」

宍戸は答えず、間髪入れずに次の質問を叩き込む。

「自分は普通の人間とは違うと感じた経験はある？」

強い日差しは必要以上に宍戸の陰影を濃くし、一言一言を意味深長なものにする。青く透き通った空に浮かぶ入道雲を見上げた後、キザったらしく髪を掻き上げて色付き眼鏡を外す。深い双眸に見据えられた岡崎少年は緊張で喉を鳴らした。

広がる独特の空気感を前に晶は思う。あ、まーた始まったな、と。

「目的地に着くまでの所要時間が異様に短かったことはある？　こうなればいいと考えたことが勝手に実現したことは？　嫌いになった相手が不運に見舞われることは多い？　肉体から精神が抜け出した経験は？　平行世界の存在を信じている？　世界のどこかに自分以外の自分がいるという妄想に駆られたことは？」

　宍戸は何かを見通そうとするかのように視線を逸らさない。その重圧による緊張で視線を彷徨わせ呼吸を浅くしていく岡崎が気の毒だった。晶は溜息混じりに、

「岡崎くん、だったっけ。そんなに不安がらなくていいからね、宍戸（このひと）さんただ思わせぶりなことを言いたがりなだけの、ちょっと変な人なの。気にしないで」

「――おいおい晶、そんな雰囲気壊すようなこと言うなよな」

　緩和された空気に、岡崎は少しだけ肩の力を抜く。

「あっあの、あなたたちはいったい、何者なんですか？」

「厚労省の直轄組織なんだが、ちょっと言えない秘密のトコの者でね」

　無駄に謎めいた雰囲気を滲ませる宍戸に、岡崎は意外にも目に輝きを灯（とも）していた。それはきっと年齢相応の好奇心と警戒心がないまぜになったもので、

「――あの、水掛け魔って何なの？　そんなに僕に似てる？」

「規則上詳細は答えられないが――俺の主観としては、かなり似ている。なあ岡崎くん。よく考えてみてくれ。君にはこうなって然るべき理由があるんじゃないのか？」

「わっわかんないよ。そんなの突然、言われても――」

意味深で謎多き長身男。冷めたふうの物静かな美人。見知らぬ二人の存在は、岡崎少年に否応なしに非日常の入り口を強く強く予感させた。しかし繰り返される日常に飽き果てた者でも、実際目前で非日常が幅を利かせ始めると尻込みしてしまうのが人間の性でもあった。岡崎は困惑し切っていて、そしてふいに顔を青ざめさせる。

彼の変化にいち早く気づいたのは、宍戸だった。

死人のような顔色だった。宍戸は少年が何らかの要因で急激に体調を悪化させたと確信した。熱中症なんかの病気でも藁人形に五寸釘を刺して起こる超常現象でも、人は死ぬ時は呆気なく死ぬ。だからすでに携帯端末に一、一、九まで押していた。

次に気づいたのは晶であった。

目付きは悪いが視力はすこぶる良い彼女は、岡崎少年の顔色の悪さよりもその長めの前髪の下、わずかに外気に触れさせる片目が一瞬強烈な集中を見せたことが気になった。凶器片手の殺人鬼でも目撃したのではと思えるほどの視線、その先を辿っていくと。

「――岡崎、なにしてんの。こんなところで」

彼の同級生と思しき、制服姿の少女だった。身長は岡崎よりも少し高いが、華奢で儚げな身体つき。顔立ちの中で印象的なのはその目力で、意志の強さを感じさせるそれには何故か敵意が含まれており、一歩また一歩と晶たちへ近づいてくる。

屈するように、岡崎はすぐに俯いた。前髪に瞳は隠れる。

「――――――べ、別に」

「別にってことないでしょ。このお二人とは知り合い？」

抑揚なくされた質問だが、それには尋問に近い圧力が込められていた。

「ち、ち、ちょっと話してただけだって！　関係ないだろ、雨宮(あまみや)には」

絞り出すようにそう言いこそしたが、岡崎はこれ以上この場にいることに耐えられなくなったらしい。宍戸と晶を置いて慌てて逃げ去るその姿は動画の〝水掛け魔〟とそっくりながら、十九度もの逃走に成功するとは思えない凡庸な速度だった。

岡崎少年のその振る舞いに、晶は違和感を抱く。この少女といったい何があればその姿を視ただけで顔を青ざめさせて、泡を食って逃げ出すようになるのか。

晶の中のもう一人の自分が、冷笑気味に呟く。

――何度か殺されかけないと、あれほどまでにはならないでしょ。

そんな馬鹿なと思うが、岡崎の態度はそれほどに凄まじいものだった。

雨宮と呼ばれた少女は、逃げていく背中をじいっと見つめた後。

「あなたたちは、岡崎とどういうご関係ですか――」

それから不信感を微塵も隠そうともせず、宍戸と晶のほうを睨む。

そして、スクールバッグのポケットから紐付きの電子機器を取り出す。

「――場合によっては警察に、あることないこと言ってしまいますけど」

それは優れモノで、リングを引き抜くとけたたましい警報音が鳴りその位置情報が最寄りの警察署へと送信される防犯グッズだった。少女の発言は明確な脅しであって、そして宍戸と晶の首筋を伝う汗は暑さによって流れるものではなかった。緊張によって浮かばせる、精神性の発汗。

※

少女は、雨宮芽衣と名乗った。彼女は不審そうな目と構えた警報装置をなかなか解こうとせず、そして同じく女性であるはずの晶にも同様の態度を向けてきた。

宍戸はそんな雨宮を前に、不敵な笑みを崩すことはなかった。

自身が厚労省の役人であること、今現在は児童相談所と提携しての少年少女の非行問題に対応する仕事をしていること、ひいてはこの深川通り周辺に水掛けの迷惑行為を繰り返す少年がいること、そしてその少年が岡崎大輝によく似ていること――それらを丁寧に、そしてもっともらしく伝えていった。やがて少女の警報装置は高度を下げて、すべてを話し終えた頃には元のスクールバッグのポケットの中へと戻っていた。

今日ほど宍戸の口先の上手さに感謝する日はないだろうと、晶は強く思う。

「あの。おじさんたちは、何か勘違いをしています」

晶は年下が得意でない。どの年代なら得意なのかというと全年齢を対象として得意でないが、怪しげな宍戸よりは同性で年の近い自分のほうが話しやすかろうと思い、

「そうなの？　勘違いってどういうこと？」

雨宮は極端に不機嫌な顔をする。たじろぐ晶を余所に宍戸は宥めつつ、

「お嬢ちゃんは何か知ってるわけだ。なあに、君の言うとおりに勘違いであることが確認さえできれば、俺たちもすぐに引き下がるさ。確認さえできれば、な」

雨宮は逡巡していた。宍戸は口の端を吊り上げ、わざとらしく手で自らを扇ぎながら、

「しかし今日はいやに暑い——なあ君、こんなとこでじりじり肌を焦がして話すより、涼しいとこで甘いもんでも食べながらのほうが、気分良いんじゃないか？」


住宅街にある南深川中学校から一番近い〝涼しくて甘いものが食べられるところ〟は、深川通り商店街にある喫茶店だった。雨宮は店前に掲げられた「季節限定ぜいたく夏みかんケーキ」にたしかに気分を高揚させていたが、しかし自動ドアが開いたその瞬間。

「——やっぱり、いいです」

晶は雨宮がお金のことを心配したのかと推察して言う。

「気にしないでいいのよ？　宍戸さん、奢ってくれるし」

おーう奢るぞう、と宍戸が適当に言うのも構わず、彼女は首を横に振る。

どこなら良いかと尋ねた末に向かったのは、近所の大きな児童公園だった。

舌を出した犬を抱く老人、水鉄砲片手に騒ぐ幼児と母親たちの談笑、冷たい缶コーヒーで小休止するスーツ姿に交じり、三人は冷房も甘いものもない熱を帯びたベンチに並んで座る。雨宮の表情は、今なお硬い。

宍戸は一瞬席を外し、そしてそれまで小脇に抱えていた上着に、何故かきちんと袖を通して帰ってきた。日陰でも暑いなあ、と呟く宍戸にだったら上着を脱げと晶は思う。

「そうだ——雨宮ちゃんはさ、アイスで言ったら何味が好きなんだ？」

宍戸は何かを企(たくら)む顔で雨宮のほうを向き、どこからともなく袋に入った細いアイスバーを取り出して彼女の前に差し出した。雨宮は意表を突かれたような面持ちをする。

「ん？　ソーダ味は嫌いか？　それならレモン味は？」

宍戸は右手で一瞬覆うと、アイスの色が黄色になる。背後から眺める晶は、それが上着の袖に隠した何種類かのアイスを次々出し入れするだけのチャチな奇術だと気づく。

「ほら、遠慮せずに好きな味を言いな。リンゴ？　ブドウ？　イチゴ？」

雨宮少女もなんとなくそれを察したのだろうか。曖昧にひきつった顔で、

「えっと。あずき味が好き——ですけど。でもわたし、冷たいもの食べれなくて」

　その言葉に気を取られたのか、温度差で汗をかいたアイスバーで手が滑ったのか、宍戸は袖に隠していた六つ七つのアイスバーをぽろぽろと少女の膝上に落とした。

　呆気ない失敗。気まずい沈黙が流れた、次の瞬間。

「え、え、え、うそ、おじさん、今なにしたの!?」

　共感性羞恥に耐えられず目を逸らした晶は、雨宮の素っ頓狂な声に驚いた。

　まず見えたのは「サプライズ、ってな」としたり顔でピースサインの宍戸。その奥、雨宮は目力ある瞳を丸くさせている。彼女の膝上のアイスの山から掘り起こされたのは――どら焼きだった。彼女は手に持つそれと宍戸を何度も交互に見比べる。

「約束の甘いもの、テレポートさせたぞ――さ、そろそろ話してくれないか」

　雨宮の態度を和らげるためにずいぶん回りくどいことを、と晶は当て馬にされたアイスバーを頬張りつつ思う。しかしそれはある程度効果があったらしい。

「元々、わたしの家と岡崎の家はお隣りさん同士だったの」

　雨宮は語る。同時期に建てられた家に同じタイミングで越してきて、同じ幼稚園、同じ小学校に通い、暇があればいつも一緒で双子の兄妹（きょうだい）のように育ったそうだ。そして小学校卒業と共に岡崎家が突然の引っ越しをする前まで、その関係は続いた。

「昔から子供っぽいとこあるけど、わけもなく迷惑なことなんてしないし――」

「植木鉢とかお道具箱、授業で使った重い物を代わりに持って帰ってくれたり――」

雨宮少女の語りに、宍戸は丁寧に相槌を打っていく。

「へえ――なんだよ岡崎少年、いい奴じゃあないか」

「そうなの。校外学習に行った時もね、わたしが迷子になったところを探しに――」

雨宮は気を良くして顔を綻ばせながら、岡崎と経験したエピソードを連ね続ける。語る内容が嘘っぽいというわけではないが、しかし晶はどこか違和感を覚えていた。

「――ってこともあったの。優しいでしょ？　ほんと悪いことできない性格で」

語られる話すべてが、制服姿の岡崎と雨宮の姿を当て嵌めてもしっくりこない。

晶が言い表せないその違和感を、宍戸はしっかりと言語化して問いかける。

「なるほどな、小学生の頃の話はよくわかった。中学に上がってからはどうだ？」

「――――ふうん。おじさん、ずいぶん勘がいいんだ」

「発言内容もそうだが、君の視線の左寄りの動きに、考えてから語り出すまでの時間差が長すぎる。そりゃ最近の話題ではないことくらいなんとなくわかる」

雨宮はバッグからペットボトルを取り出し、その中の生ぬるいであろうお茶を飲んで一息ついた後、

「勘違いしないでよね。別に何か隠そうとしたつもりじゃないんだから。岡崎は他人に迷惑をかける人じゃないって、それを知ってもらいたいだけなんだもん」

「そう努めるさ。ただ俺たちが知りたいのは最近の岡崎少年の様子なもんでな」

　雨宮は小さな溜息の後に、みるみるうちに表情を曇らせ、

「岡崎、学校でほとんど喋らないの。同じクラスの子たちは一匹狼気取ってるって言うけど、わたしからするとなんか浮かない顔っていうか、心ここに在らずみたいな」

「彼に、何か悩みごとでもある可能性は？」

「――わかんない。だって、わたしにすら、喋ってくれないんだもん」

　雨宮少女の力ある瞳は不機嫌なようにも、心配しているようにも捉えられる。会話に生まれた一瞬の隙が不安になったのか、彼女は慌てて取り繕うように、

「でも岡崎は悪いことできっこないから！　きっとあいつのことだもん、遅くまでゲームしすぎて寝不足でぼーっとしてるのよ。そう、そうに決まってる、絶対そう」

「へえ、あいつゲーム好きなのか。なんてやつかな」

「名前は忘れたけど。オンラインでチーム作って、銃みたいなの撃ち合って戦うの。ゲームで知り合った〝センセイ〟って人とボイスチャットしながらやってるみたい」

「〝センセイ〟――先生、か。その人物の特徴はわかるか？」

「妙に聞き心地の良い柔らかい声だとか、優しげな顔つきの男だとか、眼帯をしてるだとか」

　妙なところに食いついた宍戸に、雨宮は戸惑いを見せた。

「ええ？　知らないよ。わたしだってちらっと聞いただけだし」

「それじゃあ、彼はいつからそのゲームをやり始めたかわかるか？」

「えっと。入学前に新作が出るから楽しみーって話してたから、春休みとか？」

宍戸は春に発売された大作を携帯端末で検索、雨宮に見せてそのゲームを特定した。何やらプレイヤー同士でコミュニケーションが取りやすく、ＳＮＳ的要素も強いＦＰＳゲームらしく――その内容に今一つついていけない晶は公園内を眺める。

蛇口で水鉄砲の弾薬と水分を同時補給する幼児。その先の公園と歩道の狭間。内容物を冷やすべくうんうん唸る自販機。空いている屋根付きの駐輪スペース。どこのどいつがデザインしたのか楽しみ方も伝えたいことも不明なモニュメント。

そこに隠れるように佇む恰幅（かっぷく）の良い中年男性の姿。

汗染みのできた彼の背中が、晶の目に入った。

何をしているのかと思った刹那、黒い影がタタタと彼のほうに走り寄った。それは少年の姿で、その手にタンブラーらしき蓋のない大きな銀色のコップが握られて、制服姿でなく襟元の弛（ゆる）くなったＴシャツ短パン姿になっている。

ただ、その長めの前髪は、南深川中学校一年三組の岡崎少年に似ていた。

「え――、あれって」晶は目を凝らす。

似ているというか、あれは本人そのものじゃないか、と。中年男性の前で人影は立ち止まる。水音。その人影は何の迷いもなく、男性の顔に水をぶちまけた。

「宍戸さん！　あれ！」

その一言で、宍戸はすべてを理解した。

「──今すぐ岡崎に連絡取ってもらえ、いいな！」

すでに、その長躯が抉るように地面を蹴り上げていた。足の長さはアドバンテージで、一歩一歩がものすごく遠い。勢いそのまま弾丸の如く広場を抜ける。水を掛けられた中年男性はそのこと自体よりも、全速力で向かってくる宍戸のほうに驚き尻餅をつく。

その前を素通りして猛進する宍戸を、雨宮は怪訝そうに眺める。

「あの、雨宮さん。岡崎くんに電話──いや、ビデオ通話してもらえないかな」

晶の問いかけに対し、雨宮はあからさまに「なんでそんなことを」という顔をした。

年下相手の対応に未だに慣れない晶は黙してぐるぐると思考を続けて、

「水掛け魔が現れたの。あなたは岡崎くんの疑いを晴らしたいんでしょ。もしも今、彼と連絡が取れて、どこにいるかわかれば、それが叶うんだけれど」

考えすぎて、つっけんどんな喋り方になってしまった。雨宮は再び敵意を灯す。

「──だ、か、ら！　そんなの確認しなくたって、岡崎は悪いことするような奴じゃあないってさっきから言ってるでしょ⁉　何聞いてたんですか⁉」

晶は宍戸の半分ほども上手くこなせない己の不器用さに頭が痛くなる。しかし今さら後に引くこともできない。できるだけ威圧感を与えることのないよう冷静を取り繕おうとした結果、氷の如き冷たい表情になっていることに気づかぬまま、

「ええと――雨宮さんは、彼のことを信じているんでしょう？」

晶が他人を信じなくなったのは、十四歳の誕生日(あるひ)からである。

当時の晶に頼れる相手は一人もおらず、金銭的精神的支えとなるものもなく、小娘以下の孤独な子供だった。そうにもかかわらず、悪しき大人に翻弄されずに現在に至るのは何故か。大きな要因は、人間不信故に鍛えられた鋭い観察眼だった。

人を信じず生きれば必然的に疑ってかかる回数が増え、人間関係を構築できない代償に他人の〝本質〟に敏感となる。晶は自らのことを正確には理解できていない。己の美貌も、そこから繰り出される無愛想な表情の威力の強烈さも、自らが人一倍他人の〝本質〟に触れてしまいがちなことも、自覚が薄かった。

だから、無遠慮に突いてしまう。それも痛みを伴うほどに。

「だったら、連絡を取れない理由はないよね。貴女が本当に岡崎くんを信じているのならね。それとも、――何かできないわけがあるのかな？」

晶の言葉に、雨宮は蛇に睨まれた蛙(かえる)のようになった。

ろくな虚勢も張れず携帯端末で岡崎にテレビ電話をかける。晶はほっとしつつも、雨宮が祈るような深刻さで画面を見つめるのが不思議だった。

『――――なに、急に』

　画面内にぶすっとした岡崎が現れた。薄暗いそこは自室らしい。学習机と漫画本の棚。顔だけが白浮きするのはパソコンのモニターからの光を受けているからか。ヘッドセットを気怠げに外す彼は、襟元の弛くなったTシャツ短パン姿だった。

　雨宮はそれを見て、がちがちに入った肩の力を一気に抜いて、

「ちょっと、その――間違って、押しちゃった」

『今、ゲームしてるから。用ないなら切るよ』

　通話の切断と同時に、雨宮は花が咲いたかのように顔が明るくなり、

「ほら岡崎じゃなかったでしょ⁉　だから言ったの勘違いだって、おじさんにも説明してよ岡崎はちゃんと家にいたって！　もう変な疑いかけるのはやめてよね！」

　そのキンキン声の半分も頭に入ってこず、晶は思う。

　たしかに、岡崎少年は公園の周辺ではなく自室にいた。

　ならば水掛け魔は別人なのだろう。だとすればどうして彼らはまったく同じ服装で同じ見た目をしていたのか。他人の空似で済まされず、その猫背ぶりさえ同じだった。

「――あの。岡崎くんって、生き別れの双子とかいたりする？」

「いないってばぁ！　もういい加減にしてよお！」

水掛け魔は歩道を抜け、大通りの交差点の信号を無視し、トラックに大きなクラクションを連打され、道行く人々の奇異の視線を集めた。それらをなんら気にせず逃げ、人通りの少なそうな脇道を見つけると速度を緩めずに左折していく。

左手にはホームセンターの駐車場、右手には広い日本家屋の高い塀が続く。小型車でも通るのに難儀しそうな細い道には一人の老人が水を撒いていて、突然走り込んできた人影を見た途端に鬼のような形相で「こらあっ!!」と一喝。

「鬼ごっこなら他の場所でせんか!!」

無視して路地を走っていく。飛び抜けて速くはないが、息が切れることのないのが奇妙だった。追いかけてきている気配を振り切るべく、彼は狭そうな曲がり角を幾つも選んだ。出合い頭の郵便局員とぶつかりかけるが飛び退いて避ける。もう少しで振り切れそうなことを背中で感じ取りながら、人目につかない場所を探して走り続ける。

やがて辿り着いた、誰からも見落とされていそうな小路。

木造アパートの階段と古びた町工場の、そのわずかな狭間。

いつポイ捨てされたのかわからない、細々としたゴミと埃が薄く積もっているそこは暑い日差しもほとんど届かない。その暗闇へと身体をねじ込まんとした瞬間。

その頭上から、宍戸が降ってきた。

着地音を鳴らす前から彼は水掛け魔の右肩をしっかり摑むことに成功。それを起点に勢いそのまま組み伏せ馬乗りとなって固める。彼が握りしめていたタンブラーはカランカランと音を立てて地面を転がっていって、塀にぶつかって戻ってきた。

「ふう——捕まえたぜ、少年」

前髪に隠れがちな表情。どう見ても、岡崎大輝以外の何者でもなかった。

アスファルトに仰向けにされてなお、彼は笑みを浮かべていた。張り付いたような笑み。まるでその一つしか感情表現が許されていないかのような、奇妙な表情。

「どうして、そんな、顔してんだ？」汗を滴らせて宍戸は問う。

その時だった。風に流された、濃厚な入道雲が日差しを遮る。

急に薄暗くなったことに気を取られ、少年から目を外した瞬間——宍戸はがくんと一段落ちる感覚に襲われた。宍戸の顎から落ちた雫が、アスファルトを点々と濡らす。

「——おいおいおい、勘弁してくれよ」

宍戸は視線を下ろす。少年の姿は、煙のように消え失せていた。

「——消え失せて逃げるってのは、俺の専売特許だったんだがなあ」

手の甲で汗を拭って、宍戸は周囲を見回す。逃げ去る足音も聞こえず、人の気配さえもまったく感じられない。視界の隅に転がっていたタンブラーもご丁寧に消えていた。

薄暗闇の中、岡崎大輝はじっと手元の画面を眺めた。
携帯端末は雨宮とのテレビ通話を切断し終えたことを表示し、まもなく暗くなってい
く。それを見届けた岡崎は端末をパソコンモニターの前に放り投げるように置く。
自然と目に入ってくるのは、点きっぱなしの画面。
武器と装備を選んでワンクリックすれば血湧き肉躍る戦闘が始まる。有事の際には自
らが操作する筋骨隆々の狂戦士が、モニターの中できたるその時を待っていた。岡崎は
重苦しい溜息を一つつきながらヘッドセットを再装着すると、通信相手の声が響く。
『早かったね。上手くいったのかい』
「いや、よくわかんない」
『わからない？　わからないなんてことがあるかい』
「上手く演れたかわかる余裕があるなら、いちいち先生に相談しないよ」
『あっはっは。そうか、それもそうだね』
「はあ――――先生。僕、どうすればいいんですかね」
『君は本当に面白いね。そんなこと、自分でもどうするべきかなんて理解しているんじ
ゃないのかな。それとも、いつまでもわからないふりをするつもり？』
岡崎は何かを言い返そうと口を開くが、しかし結局言葉は出てこない。

『まあいいさ。どちらに転ぼうと私は楽しめる』

「先生――、僕は」

『細かなことはいいじゃない。継続は力なり――さあ、気晴らしにもう一プレイだ』

モニターはデータを読み込みはじめて、やがて薄暗い部屋の隅々にどぎつくギラギラとしたた光を漏れさせた。脳幹の奥底にまで響く大きく派手な音。

疲れ果てた顔の岡崎は、しかしその高揚の中に身を任せていく。
※

翌日、呼び出された晶は新深川駅のロータリーに停まる小さな外車に歩み寄る。器用に身体を折りたたみハンドルに身体を預けて待っていた宍戸は「おう」と片手を上げた。

助手席に乗り込んだ瞬間、彼は分厚いファイルを押し付けてきた。

「えっと、なんですかコレ」

がこがこがこんとシフトレバーを操作しつつ宍戸は、

「採取した水掛け魔と岡崎少年の指紋を比較検証した。見事に一致だよ――同一人物が同一時間帯に別々の場所に存在する、そういう現象をなんて言うか知ってるか」

「それくらい聞いたことあります。ドッペルゲンガー、ですよね」

「そのとおり。今回の案件は、仮称〝ドッペルゲンガー〟と認定される。被疑者・岡崎大輝少年はドッペルゲンガーを発現している可能性が極めて高い」

車を走らせる宍戸の横顔はいつもよりわずかに不敵な笑みが薄い。

そのわずかな差異が最近わかり始めてきた晶は気になって、

「どうしたんですか。宍戸さんが大大大好きな〝超常現象〟である可能性が高いって認められたんでしょう？　もっとニヤニヤ喜ばないんですか？」

「ばか。むしろ俺は超常現象も超能力もまったく存在しない世の中であってほしかったと常々思ってる側だぞ？　存在しちまうから解決しなくちゃと思ってるだけ——なんだが、まあそうだな。いつもよりも気がかりなことが多いってのは正解だ」

彼にしては浮かない顔、というのが一番正しいかと晶は思う。

「私からすると地縛霊騒ぎなんかよりよっぽどマシだと思いますけどね。死んだとか殺されたとかじゃないなら、自分とよく似た人がいるくらい許容範囲でしょう」

宍戸は口の端を歪めて、苦笑した。

「死んだとか殺されたとかに発展する可能性、あるぞ」

晶はまた宍戸がタチの悪い冗談を言い出したと思って「はいはい、そうですか」と流したが、いつまで経っても宍戸は苦味成分が強めな笑みを解こうとしない。

「——本気で言ってるんですか？　ただ似た人物がいるだけで？」

「ドッペルゲンガーを知ってて、その〝逸話〟を知らないのか？」

大昔に読んだ気がした。学校の怪談を集めた子供向けのオカルト本。

「え。まさか、自分のドッペルゲンガーを見ると死ぬ――ってやつですか」

「ああ。本人がドッペルゲンガーと直接出会うと死ぬ、ドッペルゲンガーが本人と入れ替わるべく殺しに来る、ドッペルゲンガーが現れた人間は死期が近い――表現方法には揺らぎがあるが、総じてそれは死の前兆として扱われているな」

「そんなの、ただの――」謂れのない俗説だと言おうとして、晶は止まる。

信じるに値しない数多の俗説の中には、本当に起こるものが混じっている。先日それを実体験してしまったのは自分だった。疑り深さ故に回転の早い晶の頭がぐるぐると回る。世界各地の怪奇譚や伝承が時折奇妙な一致を見せることがあるのは、偶然でなくて元となる現象が本当に起こっていたから――なのだとしたら。

「俺たち――特務局の歴史は元の元を辿るとけっこう古くてな。戦争だとか大恐慌なんかの大きなごたごたで幾度かその在り方や名称を変えさせられて、蓄えた資料を散逸させたりもしたらしいが、それでも一番古くて明治頃からのレポートが残ってる」

何を言い出したのかと思った。

「ファイルの中盤以降――おっと、扱いに注意してくれよ。うっかり外にでも落としちまえば、晶だけでなく俺の首もすっぱり飛んじまうような機密文書だからな」

言われて、晶はおそるおそる紙を捲っていく。ホチキス留めされたコピー用紙には、古い和紙に記された読み難い旧字体の文章が写っている。現代語で注釈が書かれていなければ読む気も起きないそのコピー用紙の一枚目をじっと睨んでみると。

一九二七年四月ヨリ同年七月　超常現象発現ノ被疑者、作家・芥川龍之介
被疑者ノ服毒死以後〝ドッペルゲンゲル〟ノ目撃皆無トナリ捜査終了トス

「芥川、――あの文豪の⁉　あの人が、ドッペルゲンガーの発現者だったと？」

「当時の特務局の前身組織は、その可能性が高いと見て調べてたそうだ。これがドッペルゲンガーと仮称認定された現存する最古の報告書だが――解決前に被疑者死亡、結果的に超常現象は収まったからそうだったんじゃないか、ってレベルだ」

晶は手元の紙束をそれ以上捲る気になれなかった。信じる信じない以前に、覗くべきでない舞台裏を覗いてしまうかのようで恐ろしかった。

「ドッペルゲンガー案件ってのは思いのほか少なくてな。できる範囲の重要機密をさらうだけさらっても、類似事例はたったの六件。何より悩みどころなのが――」

宍戸の大きくしなやかな左掌がハンドルから離れ、晶の手元のファイルを漁り始める。取り出されたのはまた別の報告書。飛び飛びの年号と日付の記された、五冊。

あれ、と晶は眉根を寄せる。これも、これも、これもだった。

そのすべての表紙に、例外なくでかでかと赤文字で記された印がある。

「〝被疑者死亡により、捜査打ち切り〟──？　これって、」

「そう。ドッペルゲンガーの超常現象の解決はよっぽど難問らしい。発現したと思しき人物の特定に至る頃には、皆が皆自殺や不審死しちまって捜査打ち切りになっている。国内じゃ公式に解決できたって事例は一つも残されてない」

宍戸が浮かべる苦々しい表情の理由は、それであるらしい。

「でも、どうして。もう一人の自分が現れるだけなら」

命を失うような結末に発展するものだろうか。想像がつかない。

「わからん。ドッペルゲンガーという超常現象自体に何らかの精神汚染が付随する特性があるのか──それとも、人間の精神は我々が思っているより脆くて、もう一人の自分という存在に耐えられないのか。過去の事例はそれすら解き明かせていない」

「それが本当だとしたら、あの岡崎くんも、そのうち──？」

水を掛けて回る奇妙な連続迷惑行為のはずが、それには思いがけずある少年の生命の危機が内包されていた。晶は分厚いファイルをダッシュボードに置いて、くらくらとしてきた頭で考える。岡崎少年は中学一年生と言っていた。つまりは十二歳か十三歳で、数ヶ月前にはランドセルを背負っていたのだろう。

晶は子供が得意でない。しかし、嫌っているわけではない。

子供は泣き顔より笑顔のほうが似合うと思うし、不幸に遭うより幸せに恵まれて然るべきで、無論恐ろしい思いをした末に命を落とすなんて経験をしてほしくなどなかった。

――なによそれ、偽善者ぶっちゃって。

その声は、内から浮かび上がってきた。

――あの子たちと同じくらいの年頃に、私は子供でいられなかったのに。

内なるもう一人の自分が恨めしげに言った。晶はそれを意志の力で捩じ切って己に言い聞かせる。自分に刻まれた苦しみは自分だけのもので、他人にわかってもらえるものではなく、ましてや誰かが同じ思いを味わえばいいなんて考えは以ての外だ、と。

そこを履き違えれば、自分は正しい道から外れて堕ちていく。

だから晶は、至極真っ当な言葉を捻り出す。

「宍戸さん、――どうすれば岡崎くんを助けられるんですか」

彼女の心情を知る由もない宍戸は、意外そうな、もしくはどこか嬉しそうな顔をする。

直後、今度こそいつものような不敵な笑みを湛えてみせた。

「まずは岡崎の身柄保護が最優先だが、並行して彼がドッペルゲンガーを発現する要因がないか探るべきだ。――解決した前例がないのなら、俺たちが作らないとな」

使命感に燃えるその言葉に、晶もまた意外だなと内心で思っていた。

いつもの色付き眼鏡に暑さからか胸元を一つ開けたその格好は胡散臭さと危険な雰囲気を増長させている。喋る言葉すべてが本心かどうか疑わしいところもある彼だが――

しかし、ある一点においてはスタンスをまったくぶれさせることはない。

あり得ないとされる超常現象の実在を確信し、発見次第解決すべく奮進する。

それがどういう想いによって形作られた立ち位置なのか、晶はまだ知らない。

二人は未だ、互いの本心を理解していない。他人を信用したがらない晶と、あまりに信用できない怪しさのある宍戸。本来は混ざり合うことなく、今もほんのわずかの均衡が崩れればふいになる綱渡りのような間柄なのかもしれない。

ただ現時点においては、進む方向が同じであることはわかっている。

抜けるように青く眩しい空の下、二人を乗せた車は深川通りを南下していく。

※

この世の物理法則を無視する超常現象を、宍戸は次のように語った。

「起こる現象はそりゃ何でもありだが――、あくまで発現者の強烈な〝願い〟がインプットになって発生するだろ？　人間だって所詮は動物で、共通の習性がある。人間が抱く願いが根底にある以上、いやでも一定の法則性が出てくるもんだ」

車を駐車場に停めた。

「気にするべきは、発現者の倫理観や性格によってその願い方に差異があるってことだな。金持ちになりたいっていっても——誰かから奪ったり盗みたいのか、ゼロから湧き出させたいのか、金稼ぎの手法を知りたいのか、色々あるだろ」

降車して鍵をかける。

「解決を目指すにあたって何より重要なのは発現者を知ることだ。そいつのことをよく知れば、そいつがどう願った結果のこの現状なのかが推測しやすくなり、さすれば発生原因である願いを止めさせることもできる——かもしれない」

二人は目の前にそびえる団地を見上げていた。

「水掛け魔のドッペルゲンガーが現れるような願い——、ですか。思春期特有のストレスを誰かにぶつけて発散したいとか、そういうのしか思いつきませんけど」

「水を掛けるって行為は、岡崎の願いを知るために重要な鍵ではあるだろう。しかし、どうかな。それだけ単純な話であればこっちも楽なんだが」

宍戸のセーフハウスより幾分かマシだが、この団地もなかなかに古そうだった。褪せてひび割れのある白い外壁を横目に二人は進んでいく。暑さのせいか、人の気配が薄い。似たような扉と似たような窓と似たような階段が並ぶ中を進んでいく。

「岡崎くんのことを調べるって、どうするつもりですか？　口からでまかせで話を聞き出すにしても、家まで訪ねられたらさすがに警戒するんじゃないですかね」

「なあに、心配するな。俺には秘策がある」

にやりと笑う宍戸。胡散臭さに晶は思わず眉間に皺を寄せる。

「昔取った杵柄でな——実は俺には視ただけで他人の情報がわかるリーディングってスーパーパワーがある。君のサイコメトリーほど便利じゃないが、まあ任せてくれ」

軽い口調で両手を構えてくるくる回す。ふざけているようにしか見えなかった。

「色々言いたいところですが、まずは左手をサイコメトリーと扱わないでください」

視線の温度をぐんぐんと下げていく晶をよそに、宍戸はからからと笑って、

「どれ、俺のリーディングを一度試してみせようか？　むうっ——」

謎の気合を入れ見得でも切るような妙な動きで廊下を進む。暑さで脳をやられたとしか思えぬ奇行。晶は勘弁してほしいと思う。人の目がないのは本当に幸いだった。

「むむ——。岡崎家は、何か金銭的な問題を抱えているな」

「なんですかその当てずっぽう。失礼でしょう」

宍戸は突然居住まいを正した後、色付き眼鏡を胸ポケットに仕舞う。

「嘘じゃあないさ。岡崎家の前の住所は雨宮少女の隣の家って言ってたろ？　昨晩探して見に行ったんだが、なかなか立地の良い一軒家だったぜ。駅近くで二十三区内なのに庭付きの家を売りに出してここに越してくるんだったら、まあそりゃそうだろ」

晶は一瞬言葉を失うが、

「——な、何が大見得切って〝すーぱーぱわー〟なんですか。ただ集めた情報から推理

したことを、それっぽく思わせぶりに話してるだけじゃない」

「ああ。リーディングっていうのはそういう技術のことだからな」

平然とそう言ってのける宍戸。彼の広い肩を殴るのを我慢するのに晶は難儀した。


岡崎家が住むのは団地の五階にある一室だった。

呼び鈴を鳴らして出てきたのは、品はあるがどこか疲れた中年女性だった。もうじき夕方ながら出かける用事があるのか、アイロンで伸ばされたワイシャツと埃一つない落ち着いた色のジャケットを羽織って、やや生活感の漂う玄関に佇む。

「マスコミの方、――ですか？ やっと、やっと落ち着いてきたんです。どうかご近所様の迷惑にだけはならないよう、お願いできませんか」

か細い早口に、宍戸はゆっくりと一礼して名刺を差し出す。

「私は厚労省特務局の家庭福祉担当者の宍戸と申します。隣は補佐の鹿野です。突然の訪問失礼いたしました。岡崎大輝くんのお母様でいらっしゃいますか」

低く落ち着いた声は、先程までのおちゃらけを微塵も感じさせないそれらしい雰囲気を醸し出している。彼を知る晶でさえそう思ってしまうほどの振る舞いなのだから、目の前の女性も戸惑いつつも「そうですが」と素直に答える。

真実の中に嘘を織り交ぜながら、もっともらしく宍戸は語っていく。

近隣の生活安全課に人に水を掛ける迷惑行為をする少年について相談が入り、岡崎少年の関与が疑われた。しかし我々は家庭福祉と子供の人権尊重の観点から生活安全課に適切で慎重な対応を求めるべく、独自に話の聞き取りを行っており——。

「ついては、最近の大輝くんのご様子をお聞かせ頂ければと思うのですが」

彼女が視線を逸らし考え込む瞬間、玄関先から部屋の中に視線を走らせる。埃っぽい部屋、靴箱の上に溜め込んだ郵便物、いくつかは開封済み。狭い廊下に買い物袋に入ったままの品々、ポールハンガーには帽子や大きなコートが掛けっぱなしだった。

「ご家族のことで大変な思いをなさっているかと存じますが、どうかご協力を」

どうして宍戸はそう言ったのか、晶にはわからなかった。

後になって晶は彼に問いかけた。下調べでもしていなければ他人の心を読むフリなんてできないのに、どうして岡崎母にそう尋ねることができたのか、と。

「人間ってのは存外知ってもらいたがりだ。何げない会話にも、些細な反応にも、それこそ見た目や部屋にだって心理は表れる。難しいことじゃあない」

それではあの時何を見てそう思ったのか、と問えば。

「埃を被った大きな男物のコート。きっと父親のだろ。身なりに気を使うタイプの母親が、夏場になっても処分も片付けもせず玄関に放置するの、気にならないか？」

　それは——忙しいとか何か理由があるのでは、と呟くと。

「そう。母親がどこか忙しそうで疲弊しているのと繋がるんじゃないか？　いつか父親も帰るから残してるんだろうが、逆に言えば今すぐは帰宅できないわけがあるとか」

　そんな当てずっぽうみたいな、と驚いたところ。

「リーディングにはそういう要素もある。占い師がよくやるだろ、どうとでも解釈できる言い回しで『何か悩みがおありですね』なんて最大公約数的な質問。悩みがあるから相談に来るんだし、そもそも人は大なり小なり悩みを抱えてるもんさ」

　今一つ晶は納得できなかった。しかし事実、宍戸のその問いかけによって知り難い他人の家の実情を知ったのだから、晶は言い返すことはできなかった。

　宍戸の言葉に岡崎母は、緊張の糸が切れたかのように語り出す。

「すみません。夫が事故を起こし入院してから——各所へのお詫びと、私の稼ぎだけで生きられるよう生活を整えるのに必死で、息子と向き合う時間も作れておらず」

　気丈な振る舞いというよりは、疲れ果てた末の懺悔のような趣きがあった。

　宍戸は手際よく、神妙に相槌を打っては情報を引き出していく。

　張り巡らされた彼の仕掛けに絡め取られ、岡崎母は語り続ける。

　岡崎父が複数の車が絡む玉突き事故を起こしたのは、危険運転が原因の交通事故についての報道が加熱していた時期だった。自宅に集う報道関係者の強引な取材で近所には迷惑がかかり、被害者への賠償もあるためいっそと家を売却しここに越したあたりで、事故原因が夫の急病のせいだと判明してマスコミに付け回されることは激減したそうだ。

しかし、中学に上がる直前にそんなことがあった息子は部屋に籠もってゲームばかりするようになって――果ては、このような非行の疑いまでかけられるようになった。

不安を露わにし始めた彼女に、宍戸は優しく諭すように言う。

「息子さんの部屋を見せてもらえませんか。実は、補佐の鹿野は児童心理と行動統計学が専門でして。部屋の状況から子供の心理状態がある程度わかるのですが」

突然の無茶振りに、晶は度肝を抜かれる思いだった。しかし岡崎母は、

「――――少しだけ、なら。私も、次のお勤めに出ないといけないので」

少年の自室は、廊下を進んだすぐ右手にあった。

いつか携帯端末の画面越しに見た時よりも仔細に見て取れる。

シールだらけの学習机には学習に無関係なものが積み上がっていて、本棚は漫画ばかりで法則性など何もなく雑多に突っ込まれている。向かいには背もたれ付きの可動式チェアとパソコンモニター。その隣の背の低いベッドの上には、どうすればこうなるのかわからないくらいにねじれたタオルケット。子供部屋らしい部屋だった。

宍戸は晶に小さく囁く。どこでもいい、サイコメトリーしてみろ、と。

晶は目だけでそれに強く反論する。サイコメトリーとして扱うな、と。

彼らの水面下の攻防など露知らず、不安そうに岡崎母は問いかけてくる。

「あの――どうでしょうか。何か、大輝に問題が？」

二人に、というよりか、晶に対して。

晶は潤滑油不足のぎこちなさで顔を上げる。沈黙が痛い。適当かました宍戸の横っ面を叩く妄想をするほどに恨む。せめて何かフォローしろと思って睨むも、彼は岡崎母の死角でにやにやと左手を軽く上げ、それでも口調だけはものすごく深刻そうに、

「これはどうなのか――専門家としての意見を頼むよ、鹿野さん」

抱いた妄想を現実のものにしてしまおうか晶は本気で悩んだ。いや待て、と思う。何も素直に宍戸の言うことを聞く必要はないのではないか。そう考え始めたところでちょうど岡崎母と目が合って、そしてはたと気づいてしまう。

すでに抱えている日常の苦労で微塵の余裕も残っていない――疲弊しきった岡崎母の、藁にも縋るような切実な視線。彼女は、専門家の言葉を祈るようにして待っている。

ああ、と晶は思う。そんな目で見ないでほしかった。

うなじに冷や汗が流れる。晶は聡く、理解していた。自分には宍戸のようなそれらしい嘘をつくのが無理なことも。適当に誤魔化そうにも己のコミュニケーションの下手さから、ややもすると限界間近の彼女に決定打を与えてしまいかねないことも。

つまるところ、退路はとっくに断たれていた。

宍戸はどこまで狙っていたのだろうか。ほくそ笑む口元が憎らしい。

眉根を寄せつつも晶は周囲をくるりと眺めるふりをして、ざっと左手の指先を触れさせていく。学習机に、漫画本の棚に、チェアに、パソコンラックに。

そのたびにスイッチが切り替わり、視界がジャックされる。

引っ越してきた当日だろうか。机の前で荷解きをしている岡崎少年と、誰かと電話をする母親。父の意識が回復した旨の連絡が来たようで胸を撫でおろした。

何を思ったか気まぐれで漫画本に挟んでおいたらしい千円札が見つからず、「ない」「ない」と焦りながら本棚を漁り続けている岡崎少年の背中。

対戦相手に惜敗し、悔しさに荒れた岡崎少年。背もたれに齧り付き椅子の上で自ら勢いをつけてぐるんぐるんと回転し続け勢い余って転倒。鼻血を垂らしてしょんぼりする。

あまり重要と思えない映像が続き、そして。

ヘッドセットをつけてゲームに興じる岡崎少年。机の銀色のタンブラーには溶けかけた氷。額に浮かぶ汗とその薄着ぶりから、比較的最近の場面だろう。コントローラーの素早い操作とは対照的に、どこか浮かない顔で行う誰かとのボイスチャット。

『例の件は、どうなったんだい――あれから少しは進んだのかな？』

その通話相手の質問に、岡崎はあからさまに言葉に詰まった。

「――あのさ先生。僕は別に、そういうの、したくなくて」

ヘッドセットから、あまり品が良いとは思えない引き笑いが響いてくる。

蚊の鳴くような声で言った「本当だって」という言葉は、その笑いに掻き消される。

岡崎少年は長い前髪で殊更に表情を暗くして、強く唇を噛んだ。


不穏な空気に、晶はびくりと身体を震わせた。

その振動はラック上のマウスに伝わり、スリープ状態が解除されてモニターが点灯する。そこにはプレイヤーキャラクターが表示されており、装備の換装画面が開いていた。首をかしげてどうするか悩むような振る舞いを延々と繰り返す、筋骨隆々の狂戦士。

「――〝先生〟に、何か強要されている？」

晶は思わず、小さく呟いた。岡崎の母はそれを聞き取れなかったのかわけがわからなかったのか「え？」と聞き直してくる。察した宍戸はすかさず、

「お母様。お知り合いの中で大輝くんが〝先生〟と呼ぶ相手を知りませんか？　その人

物と通話しながら、よくオンラインゲームをしていると聞きましたが」

「先生？　一緒にゲームをするなら、担任の柳沢先生とは違うでしょうし――どうかしら。あの子そもそも、そんなに年上の人と仲良くするタイプでもないですし」

「何か思い当たる相手は？　通っている塾や習いごとで知り合った人だとか、小学校時代に特別仲が良かった相手だとか、かかりつけの医療機関だとか」

「ええと、雨宮さんとこのお嬢さん――前の家のお隣さんとは、仲良くしてもらっておりましたけれど。あの子のことを先生と呼ぶことはないと思いますが」

宍戸は岡崎母の話に頷きながら、軽くラックに腰かけようとする。

背中でできた死角で、彼は筐体（きょうたい）のポートに〝何か〟を差し入れた。

半導体メモリを用いた補助記憶装置でも最小級のそれは宍戸の小指の先程度のサイズだが、その分記憶できる容量も些細なものだった。データを引っこ抜いて持ち帰るには力不足なことこの上ないものの、特定のデータを残していく分には十全に役目を果たす。

ごくわずかな駆動音の後、すぐにあるツールを自動的にダウンロードさせた。

スタンドアローンでない限り活用可能な、クラッキング用のバックドア。

「――ありがとうございます。私どものほうでも、もう少し詳しく調べさせていただきますね。誠心誠意解決に向けて努力いたしますので、どうかご安心ください」

不安そうな岡崎母に、宍戸はそう言って深く頭を下げた。

岡崎母が働きに出かけていったのを見計らって、宍戸と晶は再び岡崎家の部屋の前へと舞い戻り、この場で岡崎少年が帰ってくるのを待つこととなった。腕組みして壁に背を預ける宍戸はどことなく落ち着きがなく、思わず晶は問いかける。

「どうしたんです、そんなにそわそわして」

いつからそうなったかと言えば、晶が読み取った映像の詳細を伝えてからだ。

「〝先生〟ってのが、そんなに重要なことだったんですか？」

軽く咳払いをした宍戸は、晶を見て口の端を歪めた。

「いや何、俺らの業界での都市伝説じみた話になるんだが——ここ七年ほど、超常現象や超能力を発現する者が右肩上がりに増えててな。発現者の行動履歴を辿っていくと、〝ある男〟が何かしらの形で接触してたって事実が浮かび上がることが多いんだ」

そういえば、と思う。宍戸はいつも、誰かを探している節がある。

「正体不明のその怪人物は、周囲からよく〝先生〟と呼ばれてる。医者や学者を名乗るからかね。話す分には人柄の良さそうな感じだが、話し終えると不思議なことに、どれだけ思い出そうとしても、そいつが眼帯をした男だってことくらいしか思い出せない」

宍戸は飄々と語り続けるが、晶は戸惑った。

「ただ、発現者と接触してることが多いってのは妙な話だろ？　そいつに発現者を見抜く力があるか、それともそいつ自身が発現者を増やせる力でもない限りな。だから――俺たち組織は、そいつを重要参考人かつ危険人物として追っているのさ」

宍戸はいつものように笑っている――ように見える。

ただ、その色付き眼鏡の隙間から覗く目は、微塵も笑っていない。

※

行きよりも重さの増したスイムバッグを持て余し気味に引っ提げて、岡崎大輝は下校道を行く。五限目の水泳の後に行った数学は内容なんか頭に入りようもなく、地獄のような眠さからクラスメイトたちの舟漕ぎ大会と化していた。何を考えてそんな時間割にしたのか甚だ疑問に思いつつ、眠気の残り香を大あくびで散らす。

むわっと来る熱風が肺の中に忍び込んで、

「――――ねえ」

突然かけられた一言に思わず咳き込んだ。

岡崎は首を振って声の主を探す。火傷しそうなくらいに熱された車が並ぶ店舗裏手の駐車場、地区予選の中継音が漏れ聞こえてくる民家の開け放たれた窓、打ち水の痕跡が残る集会所からは太鼓の練習音こそ聞こえるが、目の届く範囲に人の姿は見えない。

向き直ったところの先にある、神社の楼門（ろうもん）の下だった。

妙に深くて濃く感じられるその影の中、ぬるりと蠢く人影――雨宮、だった。

「ねえ、おかざき」

切り抜かれたような濃紺の中で佇む彼女は、顔はこちらを向いているのにその視線のみをゆらりゆらりと揺らしていて、どことなく危うげな印象を受ける。

何よりも先に疑問が湧いて出て、岡崎は気取る余裕もなく、

「な――、何してんの、そんなところで」

「待ってた、の」

意味がわからなかった。

「いつも帰りの会が終わったら、すぐどこか行っちゃうでしょ。下駄箱に外履き入ったままだし、校内にいるんだなって思ったんだけど、でも探してたら入れ違っちゃいそうだし。でも、下駄箱にずっといるのもなって思って――だから、ここで、待ってた」

揺れる瞳は岡崎の足元あたりに収束し、やがて据わった状態で静止した。

つられて足を見る。別段異変らしい異変はない。爪先が少し汚れてへたり始めたいつものスニーカーがあるのみで、岡崎は彼女のその振る舞いが不思議だった。

岡崎がどこで何をしていたかと言えば、人民大移動と言わんばかりの下校ラッシュに

巻き込まれるのが嫌で、校舎裏に行ったり空き教室に行ったり図書館を覗いたりとぶらぶら時間を潰していた。言うまでもないことだと思って説明はしなかった。

沈黙の最中で、雨宮は静かに深呼吸をした後、

「岡崎さ、わたしに隠しごとしてる。そうだよね？」

「え、や、は――？　隠しごと？　特に何も」

蟬時雨が、胸騒ぎを掻き立てる。

彼女の様子はどこかおかしかった。岡崎は訝しむ。いつもの負けん気の強そうな表情は鳴りを潜め、姿勢の良さも漲る活力も少しハスキーな声もすべてが弱まって、無表情に俯くだけ。具合でも悪いのかと不安になったが、呼吸は乱れていない。

だとすると、よほど腹に据えかねることがあったんじゃないか。そっちのほうが可能性が高い気がする。そう考えてみると雨宮の無表情は猛烈な怒りを我慢しているかのように見える。自分では気づかぬうちに、何かをやらかしてしまったのかもしれない。

岡崎は、ことの重大さを認識して緊張感を増していった。

「――だったら昨日、帰ってから、なにしてたの？」

雨宮のその問いかけに、思い当たることが一つあった。

昨日の放課後、いつものように時間を潰した後に家に帰って日課に勤しんでいたら突然かかってきたテレビ電話。ものすごく珍しいことで、出るかどうか迷ったほどだった。

「昨日って——急に電話かけてきたあれのこと？　言ったろ、ゲームしてたって」

「嘘つかないでよっ！」

その迫力に、岡崎はちびりそうになった。

何をそんなにピリピリしているのかがわからず、焦りに拍車がかかる。焦りは岡崎の血の気を引かせ、彼の顔を真夏に似つかわしくない不健康な青白さにした。

でも、嘘も何も、と思う。あの時、本当に自分の部屋でゲームをしていた。

「岡崎、通りの公園にいたでしょ⁉　私が気づかないとでも思った⁉　この前絡まれてたあの二人組からねちねち話聞かれて、誤魔化すの大変だったんだから！」

「ちょ、落ち着けって。何言ってんのかホントわかんないって」

「嘘だ嘘だ嘘だ！　遠目に見たってわかるもん！　あの走り方も横顔も後ろ姿も、絶対ゼッタイ、ダイキくんだった！　見間違えるわけないもん！」

懐かしささえ感じた。そうだった。いつぞやまでは「ダイキくん」と呼ばれていたし、「メイちゃん」と呼んでいた。小学四年生で大きなクラス替えがあった時にそう呼び合ってるのをどこかの誰かにからかわれて、二人きりの時以外は名字で呼び合おうという秘密協定を結んだ、そんな香ばしい記憶が転がり出てくる。

いつの間にか二人きりでも名字で呼び合うようになったが——などと物思いに耽って（ふけ）いる余裕などない状況に自らがいることに気づいて、岡崎は慌てて言う。

「あのさ雨宮」

その一言で、彼女の強気な瞳は大きく見開かれる。

「テレビ電話したんだし、わかってるでしょ？　あの時普通に僕、自分ちの部屋にいたんだって。公園なんて行ってないし寄ってもないって。他人の空似だろ——ああ、そうだよ。なんか最近さ、僕によく似た人がいるみたいで」

そう語りながら、岡崎はあることに気づいて絶句する。大きく見開かれた雨宮の瞳が、じわりと濡れ始めていた。汗かと思った。汗ではなかった。

雨宮はすん、と一度鼻を鳴らす。そしてか細い溜息をついて、

「あのね。一回しか聞かないから、正直に、答えてくれない？」

次の瞬間には嗚咽が混じり涙も零れそうな、そんな震えた声だった。意志の強さを感じさせたはずのその双眸にはこんもりと水分が溜まり始めて、表面張力だけを頼りとして辛うじて保たれていた。言うまでもなく岡崎はものすごく狼狽した。

狼狽も極みに極まると息もできなくなることを身を以て知ったし、そして表面張力を壊すようなアクシデントが彼女に起きないよう本気で神に願った。もしもこれでぼろぼろと泣かれでもしたら、狼狽のしすぎで死にかねなかった。

岡崎は緊張でお腹が痛くなってきたのを我慢しつつ、壊れたおもちゃのような頷きをしながら「ああ」と「うん」の中間の微妙な返事をする。

「――もしかしてなんだけどね」

唾を飲み込んで、待つ。

「――わたしのこと、避けてる？」

そよ風というにはあまりに熱を持ちすぎた空気が、二人の間を通り抜けていく。薄暗い境内で揺れる新緑がざわざわと葉擦れを響かせる。どこか遠くから間延びした、何十にも重なって聞き取り難い光化学スモッグ注意報の放送。

雨宮の発した言葉は、それらに溶けるように消えていく。

岡崎は頭をがつんと殴られたのかと思った。それぐらい衝撃的だった。なにがどうなってこうなったのかわからず、彼女に何を言うべきかもわからず、標本にされた昆虫のように固まる。彼をその場に貼り付けるマチ針は、強大な自意識だった。

いくつもの不安があった。こんなところを誰かに見られたら、冷やかされるに決まっている。ただでさえクラスでも浮いてしまっているのだ。その上で同級生の女子を泣かせたなんて噂が広まってしまえば、弄り倒していい奴だという消えない烙印（らくいん）が押されてしまって――己の中学生時代は暗黒の日々となるだろう。

それらのことなんかより、もっともっと恐ろしいのは。

このまま黙っていたら、彼女の涙の表面張力はもう耐えきれないのではないか。

誰かに助けてほしかった。しかしここにはヘッドセットもないし〝先生〟との通信も叶わない。すべて独力で切り抜けなければならず、仮に切り抜けようとした結果何かしら問題が発生した場合には、自己責任という名の十字架を背負うことになるのだ。

雨宮の堤防は、もう決壊寸前だった。

放置すればあと五秒だって保たないだろう。岡崎はほとんど確定している数秒先の未来を見届けるのが怖くて怖くて、目を逸らして俯いて後退りして、

「ちっ――ちがうから、別に、そんな」

どうにか絞り出した言葉を最後まで伝えもせず、踵を返して駆け出す。ただただ背後に感じる恐ろしく圧倒的な気配から逃れたい一心で、その正体を確かめもせずに家路を急ぐ。敗残兵もかくやという逃走ぶりは、誰にも信憑性を与えはしない。

小さくなっていく、岡崎の後ろ姿。

巷を騒がす水掛け魔にそっくりなその走り方。アスファルトを照らす光は日に日に凄まじくなっていて、去っていく彼を取り囲むように陽炎が立ち始めていた。

門下の深い影の中から、雨宮はそれを眺めている。

なんの前触れもなく、ゴホッと嫌な咳を一つした。

彼女は予感した。岡崎が逃げ去ったほうとは逆側に目を遣る。遅い昼食を済ました後なのか、界隈ではそこそこ名の知れた中華料理店から出てきた人影。

あまり品が良さそうには見えない、白髪混じりの横柄な男。

吊り上がった目で雨宮を怪訝そうに見た後、ふいと視線を逸らした。二歩三歩と軽く歩いた後に、彼は流れるようにポケットの中身をまさぐって口元に手を遣り、諸動作を済ませようとする。急いでその場を後にしなくてはと雨宮が焦った瞬間。

驚くべきことに、男のその顔目がけて、思い切り水が掛けられていた。

首元あたりまで水を滴らせた男をよそに、全力で駆け出す岡崎にしか見えない人影。たしかに去っていったはずだ。なのに別方向から突如現れて、そしてまた逃げていく。

雨宮は理解できなかった。焦心と混乱の最中で、だけど、と彼女は思う。

その行動が意味することは〝そういうこと〟なのかな、と。

情けなくて仕方がなかった。全身に汗を滴らせながら、団地の階段を一段飛ばしで昇っていく。振り払いたい真新しい嫌な記憶が彼を限界まで急き立てた。脇腹の痛みも暑さと寝不足から来る目眩も無視して、みっともなくバタバタと駆けていく。

肩で息をする岡崎は、そこでピタリと止まる。部屋の前に、人影。

「よお、少年。毎日暑くて嫌になるな」

軽く手を上げた背の高い男は、怪しい雰囲気を纏っている。

厚労省で、特務局で、秘密組織の、宍戸なんとかと言っていた人物。

彼の背後にはこの前会った時とまったく同じように、美人ではあるのだけれどもものすごく冷たい表情を浮かべているとっつきにくい女性が佇んでいる。

「な、なんでここに――」

「ちょっと聞きたいことがあってさ。邪魔させてもらってたんだ」

なんだか様子がおかしかった。怪しい男も、後ろの美人もそうだった。表面上は取り繕っているが、この前会った時よりも余裕がないというか、焦っているというか、そんな雰囲気があった。じろりと向けられた二人の視線からなんとなくそう感じた。

よくよく考えれば、この二人組が現れてからではないか。

岡崎は思う。平穏が崩れ始めた発端は、彼らなんじゃないか。それは自分のあずかり知らぬところで巡り巡って、さっきの雨宮の異変に繋がったんじゃないか。空恐ろしくなる。どうして彼らは家にまで来たのか。どうやって住所を突き止めたのか。

「なあ、少年。君は〝先生〟と、直接会ったことがあるのか？」

「え――ないけど。ゲームで知り合っただけだし、って、え？」

予想だにしない質問。何故〝先生〟のことを知っているのか。

「〝先生〟とよく話している『例の件』って、水掛けと何か関係があるのか？」

背筋が凍る。言葉が出ない。美人が険しい表情で宍戸に諫（いさ）めるように「良いんですか、そんな直接的に聞いて」と問いかけるが、彼は無視して続けて言う。

「それじゃあ、ドッペルゲンガーって知ってるか？」

どこかで聞いたことくらいはあった。

「タチの悪い分身ができちまう不可思議な現象でな。連続水掛け魔の正体はどうやら君の〝それ〟らしい。本当はもっと慎重に調べていきたいところだったが――君の命に危険が及ぶ可能性が高くてね。単刀直入に尋ねることにしたんだ」

宍戸という男は、いつも悪い冗談ばかり飛ばしていそうな顔をしていた。

だから岡崎は、今彼が言っていることもきっとそうなのだろうと思うが、しかし。

「どうか、正直に答えてくれ――」

ついさっきも、雨宮から似たようなことを言われた。

「――君のドッペルゲンガーが通行人に水を掛けて回る理由、心当たりないか？」

壁の薄さから常に何かしら物音がするこの団地から音が遠のく。よく似た別世界に迷い込んだんじゃないかと岡崎は本気で不安になる。大の大人から向けられる探るような視線に怯む。何が起こっているのか。この夏は、どこかおかしかった。

「なあ少年、――本気で心当たりがないってのか？」

そうだった。本気で、心当たりがなかった。

岡崎はひきつった顔で頷く。男は苦笑いを浮かべつつ「無自覚か、こりゃ難題だな」とぼやくように呟く。仕事に疲れた大人がよくやる深めの溜息をついた後に、

「まあ――お母様の了承は取ってある。悪いが君はこれからしばらく自宅軟禁となる。家の中から出なければ何をしててもいいが、電話や携帯端末で誰かと連絡を取るのも駄目、誰かから連絡が来てもすべて無視してもらうぞ」

「そっ、そんな、なんで⁉」

「ドッペルゲンガーとの鉢合わせを避けるための措置だ。ああ後な、窓の外やインターホンを覗くのも禁止。死にたくなけりゃどこの誰が訪ねてきても何度チャイムを鳴らされても居留守を貫けよ。――何かあればすぐに名刺の番号に連絡くれ」

奇妙な迫力に圧倒され、岡崎は呆然自失気味に黙り込んだ。

有無を言わせぬその物言いを、目の前の男はやりすぎたとでも思ったのだろうか。

「まあ――――心配するな。気の早い夏休みだと思って寛いでてくれよ」

口の端を軽く歪ませて去っていく。連れの美人も一礼して後に続く。

独り取り残された岡崎は、恐怖と戸惑いで途方に暮れた。

※

宍戸は駐車場の車内に戻るなり、ノートパソコンを立ち上げる。指先が切れそうなほどにピンとした万札を指先に挟んで晶に差し出して、

「悪いが近くでアイスコーヒー買ってきてくれ。最悪コンビニでも自販機でもいい、とにかく一番大きくて濃そうなやつな。晶も好きなやつ買ってきていいぞ」

そう言われたものだから素直にてくてくと大通りまで出ていって、値が張るので普段は行けないようなコーヒーショップを意地で探し出した。

言われたとおりに誰が飲むんだと思うくらいにどでかい本日のコーヒーと、それと同じサイズのモカフラッペにフォームドミルクやチョコチップなんかのカスタマイズを加えに加えてパフェの如き様相となったそれと、おまけに身体が冷えた時のために小さなサイズのホットコーヒーにシナモンシュガーを振りかけた。

車に戻ってみると、宍戸は携帯端末で誰かと話していた。

「――毎度悪いとは思ってるがな、眼帯男に繋がるかもしれない手がかりだ。そう。対象のパソコンにはすでにドアの設置は済ませた。後は君がしてくれるかどうか」

ノートパソコンをいじる宍戸の怪しげな会話内容に晶は思わず様子を窺(うかが)ってしまったが、彼女の存在に気づいた宍戸は特に焦る様子もなく軽く手を上げる。

「そう。そうだ。君だって俺だって、それこそ橘のバカも乾さんも局長も、同じ思いだろ――だな。ああ、恩に着る。ドアの在り処は送ってある。頼んだぞ」

通信を切った宍戸は大きな紙袋を抱えた晶を二度見した。

「マジかよ、だいぶ攻めたな」

晶は助手席に乗り込んで「わははっ」と馬鹿みたいに笑う宍戸にお釣りを返し、紙袋の中から取り出したものをずいと手渡しする。自分用の二カップを取り出してダッシュボードの上に置いて、まずは冷たいほうからありつこうとしたところ。

宍戸の動きが、突然固まった。

「えっと、二つも買うのは反則でした？」

アイスコーヒーのストローを突き刺す直前でピタリと止まる彼に、晶はおずおずと、

「いや、構わないが——そうか。シナモンシュガー入りの、ホットコーヒーか」

そうかそうか、と先程とはまた違った種類の含み笑いをし始めて、ようやくストローを突き刺した。宍戸がそういう類の笑い方をするのが珍しくて、

「シナモンの香り、苦手だったりします？　あれなら外のベンチで飲んできますけど」

「苦手、——いや、苦手じゃない。苦手じゃあなかったんだな、コレが」

くつくつと笑って一人納得している宍戸に対して、

「気味が悪いですね。なんなんですか？」

「いや。昔かなり世話になった女性がさ、よくそういう飲み方をしててな。その人のことを思い出すから——無意識にシナモンを避けてた自分を、ふと自覚したというか」

「なにそれ。別れた恋人の話か何かですか？」

「そんなご大層なもんならすぐにわかったさ。もう亡くなった、前の仕事の仲間だよ。

ふふ、ホント、人間なんて、自分のことですらよくわかってないもんだよなぁ」

宍戸は軽く目を押さえてしみじみと呟き、ふうと一息つく。

晶がもう少しその話題を振ってみようかと思った次の瞬間には、宍戸はいつもの表情に戻っていた。「さて」とノートパソコンの画面を見せてくる。

薄型の割に大きな画面のそこには、監視カメラの映像がリアルタイムで流れているようだった。先程自分たちがいた岡崎家の廊下が映っている。

「いつの間に仕掛けたんですか――というか犯罪では？」

「少年の部屋に仕掛けないだけ良心的だろ？　超法規的措置さ。ドッペルゲンガーと本人が鉢合わせする最悪の事態を避けるためなら彼を軟禁状態にもするし盗撮だってするさ――それが根本的な解決にはならないのも、またたしかではあるがな」

宍戸は画面の端でニュースサイトを開く。大破した車の画像とそこの文面に混じる岡崎という名を見つけて、甘くて冷たいのを頬張りつつ晶は「それって」と言う。

「岡崎父の事故当時の速報だな。春の東名高速で多重玉突き事故。死亡者こそ出なかったが、六台も絡む事故で本人含め重軽傷者多数。急激に速度が上がったことから、無謀運転による事故だとみなされワイドショーなんかの餌食になったようだ」

宍戸はポインタを動かし、次の画面を開く。

「これがそのしばらく後に出た記事だ。加害者は出張先から戻る運転中、突如心筋梗塞を発症。それが原因で事故が起きちまったと判明。危険な無謀運転だと煽るだけ煽っていたメディアは知らんぷりでろくに報道しなかったみたいだが」

「気の毒な話だとは思いますが――でもそれって、あの少年が水掛け魔のドッペルゲンガーを発生させる理由と、結びつくようなものなんですかね」

晶は横を向くと、勢い良くコーヒーを飲む宍戸は意味深な笑みを浮かべていた。

「ああ、なんだ。宍戸さんはもう目星がついてるんですね」

「――実を言うとな。今のところ、ぜんぜんピンと来ていない」

車内に流れる、濃厚な沈黙。

「――は、はあ⁉　なんですか今の思わせぶりな雰囲気は」

「少年のあの反応見たろ？　ありゃ嘘偽りなく〝心当たりがない〟んだ。時折あるんだよこういうケース、自らの願望に無自覚なのに超常現象を起こす奴。本人すら気づかない何かが原因となるとな、経験上これを解決するのは骨が折れるぞ」

晶は開いた口が塞がらなかった。

「宍戸さん、あれだけ大見得切っておいて、そんな」

唖然とする晶に、宍戸はストローをずこずこさせながら、

「唯一の収穫は、中学に上がった岡崎少年が暗い性格になって然るべき出来事があったってことくらいだ。父親が事故加害者になって、引っ越しを余儀なくされるほどマスコ

ミに追われて生活環境も変われば塞ぎ込みもするだろうし」

だけどそれじゃあ、と晶は思う。

「あの、大丈夫なんですか。ドッペルゲンガーってすぐに〝被疑者死亡〟で〝捜査打ち切り〟になる危ないものって言ったの、宍戸さんでしょ」

気が急く晶は、思わずパフェじみたカップの切り崩しも速くなる。

「正直、状況は芳しくない。滅茶苦茶にな。だからこうして法に触れるやり方であろうと、岡崎少年を監視するマネまでしてるんだが」

宍戸はカップをホルダーにねじ込み、シートを倒してモニターを眺め、

「いやはや、うん。もう少し解決の糸口が見えないとなあ」

「そんな悠長な――宍戸さんお得意の奇術で、どうにかすることできないんですか。リーディングだかなんだかで、あの子の深層心理でも何でも探ってみれば」

「奇術は所詮奇術だよ。それが通用するのは限定的状況下のみさ」

かつて一時代を席巻した奇術師の言葉とは思えなかった。そこに特別な感情はこもっていない。ただ端的に事実を言ったのみという、どこか乾いた雰囲気。

晶は引っ込みがつかず、口の中でフラッペを溶かしながら、

「――いつも誰にでも、何でもかんでもお見通しですよって顔して思わせぶりに喋っておいて、土壇場になってそんな弱音吐かないでくださいよ」

「そんなことしてるか？　そりゃ悪かった。前の職業病が抜けなくてな」

宍戸は口の端を吊り上げて笑みを作る。ほらその顔だ、と晶は内心で思う。

「しかしまあ、いい機会だから言っておくが——他人様の心の内を理解できるなんて思わないほうが良い。当事者でさえ持て余しがちなあやふやなモノを、部外者が真の意味で理解するなんて無理さ。それこそたとえサイコメトリーを用いたってな」

「——いや、だから。サイコメトリーじゃないですってば」

脊髄反射の呟きは綺麗に無視される。

「わかったフリで慰められて救われる程度ならいくらでもそうしてやりゃあいい。だけどな、自覚があろうとなかろうと超常現象を発現しちまうくらい切実な想いを抱えた奴にそうするのは、ちょっと違う——と、俺は思っている」

突き放したような言い方にも捉えられるがその反面、彼の口調はどこまでも穏やかだった。それはおそらく彼なりの思いやりなのかも、と晶は思う。たとえ年端もいかない子供であろうともその心の内に抱いている気持ちを軽んじるべきではない、という考え。

それはきっと、他者への敬意のようなものだった。

「はあ————切実な想い、ですか」

晶は改めて考える。超常現象の発現は、強烈な願望が要因となるという。

どういう強い願いを抱けば、通行人に水を掛ける分身を生み出すのだろうか。通り魔なのに暴力に訴えず水を掛けるのは、きっと本気で傷つけるつもりはなくて。分身を生み出して行うということは、それを自らの手ではやりたくなくて。

そしてなにより、その願望に無自覚的となると、

「わからないですよ。いったい、どういうことなんですかね」

変化のない閉められたままの扉の映像を見つつ、宍戸は溜息をつく。

「理解できないもんだと知った上で、理解しようと努力し続けるのが重要なんだが――しかし〝中一の少年〟だもんなあ。格好つけたり悪ぶったり馬鹿ばっかする少年時代は俺にもあったはずだが、その時の心持ちなんてもう正確には思い出せんよ」

にわかには信じ難い言葉に、晶は目を剝く。

胡散臭さを競うコンテストがあれば日の丸を背負って凱旋するに違いない逸材の宍戸も、一人の人間だったらしい。彼にだって幼い頃があって、両親と同じ布団で寝たり、膝小僧に絆創膏を貼って校庭を駆け回ってみたり、制服に身を包んで惚れた腫れたで校舎裏に呼び出したり呼び出されたり、そんな時代もあったのかもしれない。

――まったくもって、想像つかないけれど。

晶の中のもう一人の自分が思わずそう呟く。

しかしそれもきっと、お互い様なのだと晶は思う。彼だってそうで、こんなに愛想悪くて冷たい表情ばかりしている自分が、黄色い帽子でランドセルを背負ってきゃっきゃ

と友達とはしゃいでいた時期があったなんて想像できないだろう。

車の窓の外では、日が傾き始めている。

人の気配が薄い団地だと思っていたが、今はたくさんの明かりが灯っていた。

車のウィンドウを開けると、いつの間にかに蟬時雨と暑さが落ち着いていた。どこかから聞こえる子供たちの歓声。食欲をそそるカレーの香り。バケツと花火のパックを抱えて移動する親子。自転車に二人乗りして楽しげに去っていく、制服姿のカップル。

※

善戦むなしく狙撃手の餌食となって、唸り声を上げて倒れる筋骨隆々の狂戦士。リザルト画面でそのやられっぷりにうんざりしてしまう。今一つ集中力に欠けていた。

「――ねえ。ドッペルゲンガーって、知ってる？」

部屋の電気も点けずにパソコンに向かう岡崎は、マイクにそう問う。

『珍しいね、君がそういうオカルト談義を振るなんて。あ、夏だから？　いいよねえ。夏といえばやっぱり謎のＵＦＯ特集や、写真に写り込む怪奇現象だとか』

岡崎は乾いた喉を銀色のタンブラーに入れた麦茶で潤しつつ、

「先生は、そういうの詳しい？　ドッペルゲンガーって結局何なの？」

『実際に現れるもう一人の自分、かな。平行世界から迷い込んできた自分だったり、自分の思念体が実体化しただとか、はたまた別の時間軸の自分だったりって説もあるそうだよ。どうしたのさ、まさか——君のドッペルゲンガーでも現れたのかい？』

「——っ、いや、その、ちょっとね」

曖昧に濁しこそしたものの、岡崎の手は震えていた。

『謂れは色々あるけれど、ドッペルゲンガーには気をつけたほうが良いんだってね。それと出会ってしまったら、自らの死期が近い証でもあるんだとか』

「な、なんで？　もう一人の自分と出会うだけで、なんで死ぬのさ」

『同一時空に同じ人物が二人存在する矛盾を修正するため、世界がその人物を消去するってのが定説だけど、ちょっとトンデモだね。例えばそう——ドッペルゲンガーが本物と入れ替わって生活するために殺そうとしてくる、とかのほうが現実的かな？』

どこか楽しそうに語る彼を余所に、岡崎は沈む。

そんなこと、あり得るはずがないと思っていた。

思っていたが、宍戸と名乗ったあの怪しげな男——からかいや悪戯にしては、手が込みすぎている。何より事実、自分とよく似た人物が通行人に水を掛けて回っている。警察官に誤認逮捕されかけて、幼馴染みにさえ間違われてしまうくらいに。

気持ちが悪くなってくる。楽しいゲームも、どうにも手に付かない。

「先生、ごめん。ちょっと、今日はこれくらいにするよ」

『おいおい、どうしたんだい？　戦いはこれからじゃないか――』

彼の声を最後まで聞かずにゲームをログアウトする。ヘッドセットを外してベッドに身体を投げる。目の奥がずんと重く、気怠かった。さっさと眠ってしまいたいのに、脳が変な冴え方をして一向に眠気が訪れない。真夏の夜の薄らぼんやりとした空気が満ちる部屋の中、やがて脳みそは今日一日の出来事を遡って整理していく。

美人連れの長身男が問いかけてくる。どうして水を掛けるのか。

そんなこと、知るわけがない。

近頃ろくに話していない幼馴染みが問いかけてくる。どうして水を掛かけるのか。

脳裏に浮かぶ雨宮芽衣の姿は、宍戸という男より何倍もくっきり視えてしまい、思わず声に出してしまった。ただでさえ日々の悩みは尽きないというのに、もうこれ以上悩みが増えてしまえば頭だって多少なりともおかしくなってしまう。

「そんなこと、知らないんだって――」

そんなの、水を掛けているドッペルゲンガーとやらのほうを問い詰めてほしかった。

自分は逆立ちしたってそんなことができない臆病で意気地なしの人間なのだから。

「――――っ」岡崎は飛び跳ねて起きる。

そう。水を掛けて回るなんて、自分はやりたくたってできっこない。

それを自分そっくりなドッペルゲンガーがやっているということに、ひどく嫌な予感がした。胸の鼓動は瞬く間に速くなって、今や殴打されているかのように痛む。

岡崎は、中学に上がってからろくに友人を作っていない。

それ故に、というのもきっとあるだろうが、しかし。

どうして雨宮だけが水掛け魔にいち早く気づき。

そしてそれを、自分に伝えてきたのだろうか。

岡崎は、確かめなくてはならなくなった。

そして、場合によっては——殺してでも止めないと、と思う。

クーラーも意味を成さないほどに、身体が脈打ち熱くなってくる。岡崎は汗ばみ痒くなってきた頭皮をばりばりと掻いた。いつも丁寧にセットする癖のない前髪が割れ、その瞳の片方が露わになる。爛々と血走っていた。乱心する直前の如き様相。

真っ白で生気のないその肌が、胸の鼓動に伴って紅潮していく。そのまま明け方まで寝ずにどうするべきなのか考えてみるが、それでも岡崎の結論は変わらなかった。

だから、学校へ行く準備を始めた。

自宅軟禁を命じられたということは、きっと何かしらの方法で監視されているのだろうと思う。部屋の扉を出た瞬間に、あの長身男が待ち構えている気がする。一度捕まってしまえば監視はさらに厳しくなり、外に出られるチャンスもなくなるだろう。

寝不足だった。しかしむしろ、普段以上に頭は冴え渡っていく感覚がある。

脳内麻薬がだばだばと溢れている。雲の上の存在であるトップランカークラスのプレイヤーと戦って、ぎりぎり勝つことができたあの時よりも、きっと集中しているんじゃないか。普段ならば思いつかないし思いついても選ばないだろう選択肢も視野に入ってくる。そうでもしないと、己の目的を果たせないからだ。

ずいぶんと薄らいできた濃紺色の窓の外を眺める。

まだ静かだった。しかしあと二時間もすれば設定している目覚ましが鳴り響き、それからもう少しすると夜勤を終えた母親が帰ってくるだろう。だとすれば、やるなら今からのほうがいい。岡崎は窓を努めて静かに開け、下を眺める。

落ちればきっと助からない、五階分の高さ。

いつだったかに見た映画を参考にして、家の中にある長ズボンという長ズボンをかき集めていく。住人たちが起きてくる前に、済ませてしまわないとならない。


俺はこのまま監視しとくから休んどけ――そう言われた晶は手配された近場のビジネスホテルで仮眠を済まし、宍戸の車へと戻ろうとしているところだった。

駐車場の位置を正確に思い出せず、仕方なく目視可能な岡崎の住む団地を経由してその場所を探ろうとする中、早朝の散歩中の老夫婦の話が耳に入った。

「なんですかねえ、あれ。あの映画みたいですね」

「ああ、ああ。あれだ――『幸せの黄色いハンカチ』？」

「そういうのじゃなくて、ほらあの脱獄するやつですよ、ええと」

そのやりとりが気になって、二人が来たほうを一瞥する。団地の棟と棟の狭間、峡谷のような場所だった。たくさんのベランダが並ぶそこには、すでに洗濯物を干してあったり、ちょうど干す最中の人たちの姿が見えた。不思議なのは、通りがかった人もベランダの人物も、皆が皆ある方向を気にしていることだった。

晶もまた彼らと同じく、そのほうへと視線を向ける。

すると、黒や藍色を基調にした、縄状のものがぶら下がっているのが見えた。

目を凝らす。よく見るとそれは、長ズボンを固結びで繋いで作られたものであるらしい。それはちょうど岡崎家が住む五階の部屋、そのベランダの手すりから始まっている。

無論どこをどう見回しても、岡崎少年の姿は見えない。

「ハハ、岡崎め――、ずいぶん気合入ってんじゃないか」

迎えに来てくれたのか、宍戸はいつの間にか隣にいた。持ち主不在で風に揺れている即席の脱出ロープを見上げて、彼は並びの良い歯を露わにして笑みを浮かべていた。

一周回ってどこか楽しそうにさえ見える、そんな不敵な表情だった。

下さえ見なければ、それほど恐ろしいことではなかった。

岡崎は手製の命綱を身体に括り付け、ベランダの手すりから階下の手すりを経由して五階分をどうにか降りきることに成功した。降りてる最中に二階に住むおばさんと窓ガラス越しに目が合った時のほうがよっぽど焦った。

とにかく辿り着いた、中学校の校門。

朝早いからか生徒の数も疎らだった。しかし雨宮も車通りが多くなる時間帯を嫌うために、大体いつもこのくらいの時間には登校を終えているはずだった。勢いそのまま昇降口からばたばた昇り、静かな廊下を走り抜け、教室の扉を思いっきり開ける。

いた。雨宮がぽつんと座り、読書していた。

「――――びっくりした。今日は早いんだね」

岡崎は肩で息をしながら、彼女と対峙する。

二人きりの教室は瞬く間に緊迫感で満ち満ちて、呼吸さえも苦痛を伴うものとなった。張り詰めた空気。それは達人同士の果たし合いによく似ている。どちらが先に刀を抜くのかを、水面下で牽制に牽制を重ね合っている、そんな雰囲気。

先に口火を切ったのは、雨宮のほうだった。

「昨日はごめん。ちょっとモヤモヤしてて、取り乱しちゃった」

気まずくないわけないだろうに、それを感じさせないようにしている。

あまりに臆さぬストレートな物言いに、岡崎は怯む。先手を取り流れを摑んだ彼女に対し、彼は後手後手の対応しか許されない。それでもなにか言わないとと思い、

「う、ううん。気にしないで」

反撃にしては、あまりに弱々しい一手。

いや、と岡崎は頭を振る。この局地戦で勝つ必要はないのだった。雨宮がドッペルゲンガーの真意に気づかないうちに、こちらでドッペルゲンガーを処理さえしてしまえば自動的に勝利は確定する。ならば体力温存のためにこの場を放棄したって――。

岡崎は肝心なところに気づいていなかった。

他者とのコミュニケーションは、戦争ゲームとは違う。

それを弁えていない時点で、窮地に立たされて当然であった。

それから雨宮は背筋を伸ばして向き直り、死角で両手をぎゅうと握りつつ、

「あのねっ、岡崎。あの後、考えてたんだけどさ。その、――水掛けて回ってるのって、つまり、その、わたしのために、やってくれてるってこと、なの、かな？」

岡崎は、緊張による汗を全身から溢れさせた。

とっくに戦況は敗色濃厚となっていて、ものすごくまずかった。

これ以上この場に留まることなどできず、転がるように逃げ出した。

「あっ――ちょっ、岡崎!?」

逃げ込んだのは、男子トイレの一番奥の個室。

破裂しそうな胸を落ち着け落ち着けと手で押さえ、辛うじて忘れなかった学校指定の鞄を震えながら漁り、家から持ってきた一番強そうな武器の柄を強く握る。

絶対に、ドッペルゲンガーを排除しなくてはならなくなった。


すぐに車を出したものの、ついぞ岡崎少年の姿に追いつくことはなかった。

あらゆる可能性を考慮して周辺を捜索したりしたもののその甲斐はなく、まさかと思って保護者を装い学校に連絡するといつもどおりに出席していることが確認された。再び校門からほど近いコンビニの駐車場に辿り着いたのは、昼過ぎのことである。

コンビニ店主が「長時間の駐車は罰金一万円です」と言ってくるのに対して宍戸は寝不足眼で何の迷いもなく万札を二枚三枚押し付けてから、

「――少年のあのぶっとび方からすると、ドッペルゲンガー特有の精神汚染と思われるものが始まったか、もしくは水掛けする理由に勘付いたか。そのどちらかだな」

「構内に忍び込んで、岡崎くんを探します?」

「いや――ドッペルゲンガーの目撃証言は平日の授業時間帯は上がってない。今ことを荒立てて逃げられるよりも、下校してくるのを待ち構えたほうが勝率は高いはずだ」

　やがて校舎から鐘の音が響く。一拍置いて、わっと溢れる生徒たち。

　その中からたった一人の人物を探すのは苦労だった。宍戸はいち早く見知った顔に気づいてすぐに車を降りた。慌てて晶もそれについていくと、

「雨宮ちゃん。奇遇だな――岡崎少年はまだ校内にいるのか？」

　彼女は宍戸に気づくやいなや、思い切り睨み付けてきた。

「岡崎がおかしくなったの、あなたたちのせいじゃないでしょうね！」

「おかしくなった？　待て、それはどういうふうにだ。おかしくなるにも――奇声を上げて暴れるだとか、自傷行為するだとか、誰かに暴力を振るうだとか色々あるだろ」

「そっそんなことしないわよ！　そこまでじゃないけど、でも不良になっちゃったの！　居眠りとかは前もよくしてたけど、でも今まで一度だって、学校途中で抜けたりサボったりなんかしなかったのに、今日は朝からずっと変で」

　宍戸と晶は顔を見合わせ、共に顔色を悪くした。

「岡崎は、学校をフケたのか？」

「そうだって言ってるでしょ、あと一限我慢すればいいだけなのにそれもしないで勝手に帰っちゃったの！　あなたたち、岡崎がどうして変なのか知ってるんでしょ⁉」

「――――どこに行ったか、見当つくか？」

「わっ、わかんない。何聞いても、話してくれなくて」

示し合わせたわけでもないのに、宍戸と晶は同時に溜息をついた。

抜けるような青空の下、賑やかな中学生たちが群れをなす。その中で二人はどうしようもなく異物である。疲れを隠すことも難しくなった宍戸は思わず片手で目頭を押さえて、そんな彼の疲れぶりと事態の切迫ぶりを察した晶は天を仰いだ。

「くそ。年頃の男子特有の行動力と爆発力か。見積もりが甘かったな」

「ど――どうします、宍戸さん。このままじゃ」

「虱潰し(しらみつぶ)しにあたるしかない。俺は家から通学路をあたる。晶はここから探してくれ」

車へ走った宍戸は数秒後にギャリギャリとタイヤを鳴らして去り、何も知らない生徒たちが目を丸くする。晶も慌てて彼が通るであろう下校道のほうへと走る。

雨宮が「待って！　どういうことなの!?」と叫び後ろを追ってくるも、すぐに息が上がってへたり込んで咳をする。晶はそれに構う余裕もなく、道を抜けていった。

大通りを曲がったすぐそこは、深川通りとなる。

宍戸が車に乗り込みエンジンを吹かした瞬間から携帯端末が鳴っていた。緊急時のコール方法だった。忙しい時にと舌打ちしつつ、回線を繋ぎスピーカーへと切り替える。

「どうした⁉　ちょっと今取り込み中だ！」

スピーカーから、怒り狂った女性の声。岡崎が使用しているパソコンのクラッキングを頼んだ同僚だった。物静かな彼女がそこまで声を荒らげるのはよっぽどのことで、

「――――は、何？　どういうことだ⁉」

通話先の彼女は口汚いスラングを交えてこのようなことを言う。

バックドア経由で岡崎少年のアカウントから〝先生〟なる人物のアカウントを特定、本人の割り出しと同時並行で彼らのやり取りの解析を試みた。セキュリティも甘く先んじてその所在地が判明。宍戸がそこまで言うならと思ってわざわざ山城局長にお願いして〝先生〟なる人物のパソコンがある場所に殴り込みをかけてもらったが――。

そこにいたのは、岡崎と同い年の、ただの子供だった。

「デコイへと誘導されたんじゃなくてか？」

そんなことはとっくに考慮して何百回も確認したが、連絡を取り合う〝先生〟はその子供で間違いなかった。有給を潰された上に山城局長に無駄足踏ませることになって、これはいったいどういう了見であるのかと彼女は電話口ながら詰め寄ってきて、

「待て待て。ログも解析できたんだよな？　彼らはいったい何を話して――」

烈火の如く勢いを強め、もはやスピーカーは音割れしていた。

先生なる子供は眼帯男などとは微塵も関係なく、ただ岡崎少年のゲームの指南役をしていただけで、連絡取り合っていることといったらゲームの攻略方法や愚にもつかない馬鹿話、恋愛云々に一歩も至らない青臭くて青臭くて堪らない話ばかり。

「――恋愛にも、至らない、だと？」

宍戸は近道のため裏通りを走りながら、頭の中で咀嚼する。同僚女性の怒り狂った文句を聞き流しながら、幾通りもの可能性を洗い直す。こんなもの論理的に考えてあり得るはずがないと最初のほうで切り捨てていた一案が再び浮上する。

まさかな、と宍戸は思う。そのまさかかもしれなかった。

そう。あの年頃の人間が論理的思考のみで生きているだろうか。よくよく己の黒歴史をほじくり返し、当時の感情の破片を拾い集める。遠い遠い昔のことに思える、自らが初めて女性を意識したあの日あの時あの瞬間。擦り切れ果てたその記憶にはもはや羞恥なんて伴わず、ただただ香ばしくて懐かしいだけだった。

ああ、と呟く。そんなもん、だったかもしれない。

口の端を吊り上げるだけでは、我慢できなかった。

「――っ、はは、わはははははははは！」

思わず身体を仰け反らせる。気分が良かった。

ここが人目のつかない田舎の山奥であったら迷わずクラクションを連打した後にもの

すごく雑に車を停めて地べたに身を投げ腹を抱えながらごろごろ転がっただろう。宍戸はそれができないのがちょっと残念だった。電話口の女性が突然の爆笑に戸惑う。

「――ありがとな。おかげさんで、いい知見を得たぜ」

携帯端末にそう言って通信を切断し、宍戸は道を急ぐ。

迷える若人の相談に乗るというのは、いつだって先達者の役目だった。


隠しようがないほどに息は荒く、脇腹だってちぎれそうなほどに痛い。夕立にでも降られたんじゃないかというくらいに汗が滴っているし、結ぶには少しだけ短い髪が顔に張り付いて気分が悪かった。しかし、晶は走ることをやめない。

どうしてかと言われたら、本人でも正確な説明が難しい。

岡崎少年を放っておいたせいで、ドッペルゲンガーによくあるという最悪の結末を迎えてしまうのは目覚めが悪い。それはたしかにあるだろうが、しかしすべてではない。

晶は〝普通の人間〟に対する憧れのようなものがある。

そして彼女の考える〝普通の人間〟とは、助けられるかもしれない子供を無闇に見捨てることはないというものだった。だからちょっとその気になれば容易く胃の内容物を逆流させられるほどに気持ち悪かろうと、こうして独り必死に走り続けている。

深川通りは門仲大路と呼ばれる大きな道路と交差する場所がある。

そこには都心へのアクセスが良い地下鉄駅への乗り入れ口があって、大手スーパーだけでなく昔ながらの商店街も残っていたりと、利便性が良いものだから食事処や病院や役所の分所なんかも集まり、住宅地とは違って人通りが絶えないところである。

買い物かごを下げた主婦や下校中の学生たちなんかに奇異の目で見られつつも、晶はふらつく身体に活を入れて走り視線をぐりぐりと動かしていくと。

内科に皮膚科に呼吸器内科に耳鼻咽喉科の入った、大きなビル。その前では駐車場の新設工事が行われているらしく、腕っぷしの強そうな監督者が何かヘマをやらかした下っ端職人を怒鳴り散らしている、そんな通りを挟んだ向かい側だった。

細い道の電信柱の陰。そこに隠れている岡崎少年の姿を見落とさなかったのは、本当に幸運だった。これだけ急いだ甲斐もあろうとふらつきながら晶は彼に近づいて、

「岡崎くん、──駄目でしょ、勝手に、外に、出ちゃ」

電信柱の裏に顔を隠す彼は、何も答えようとしない。

晶はその時、自分の目がおかしくなったのかと思った。

その細い道は数メートル先が丁字路となっていて、突き当たりから一つの人影が見えた。岡崎少年と同じ服装で同じ背格好で同じ顔。唯一違う点を挙げるならば、スクールバッグを持っているところで、その人影はバッグの中から棒状の何かを取り出して握る。

金属製の、ネイルハンマーだった。

ギラギラと日差しを反射して光る、釘抜き付きの鈍色。

ドッペルゲンガーに会うと死ぬ、もしくは殺される。宍戸から聞いた話がこうも具体的に展開されつつあるのを間近に見て、晶は身体の疲労感が吹っ飛ぶくらいにぞっとした。ハンマーが、陽炎の中を足早に近づいてくる。

「岡崎くん、うしろ」

彼は無反応だった。死期が足音となり、背後に迫りつつあるにもかかわらず。

蟬のように電柱に張り付く緊張感のない彼に晶は焦る。右手でその腕を掴んで強引に引き剝がそうとする。たぱぱっ、と聞こえた水音が何かを確かめる余裕はない。

「に――逃げるよ、はやく、走ってって、ねえ」

岡崎少年は何がおかしいのか、笑っていた。もうすでに脳天に二発三発入れられておかしくなってしまったのだろうか、そんな嫌な想像が広がる張り付いた笑みだった。

そうしている間にも二人の元に足音は近づいてきて、怖気(おぞけ)が走る。

すでに直視せずとも鈍い輝きが視界の隅に入ってくる、そんな距離感。

近づくハンマーに思わずびくついて、両手で彼の腕を引いてしまう。

スイッチが切り替わる。視界がジャックされる。

それはきっと、たった一つの目的のみによって動く存在であった。

人目のないところに突然発生して、その手には銀色のタンブラーが握られている。迷いも躊躇もない。自分がここに現れた以上は為すべきことを為すだけで、その存在意義をまっとうすることが喜ばしいのか張り付いたような笑みを浮かべている。

それはいつだって、物陰から通りを眺める。

遠くから歩いてくる少女は雨宮芽衣という名前であり、彼女が通るルートの予想はそれにとって容易いことだった。この場所に発生したのなら、ここでその時を待てばいい。己の在り方はそういうものであり、予想ルートの先には――ほら。

取り出して、咥えて、火を点けようとする者がいる。

人影はいつだってその瞬間を狙っていた。路上喫煙者が煙を吐き出す前に近づき、手に持つタンブラーの中身をその相手の顔に目がけて振りかぶって、ぶちまける。

ぽたぽたぽたた、という水滴の音。ミッションコンプリート。

幾人もの相手に行う。その用途を為せなくなった煙草と、それを咥えて唖然とするずぶ濡れの人々の顔、顔、顔。そこに感慨はなく、すぐに踵を返す。自らの目的を果したなら、後は消えるだけだった。生まれた瞬間と同じような、人目のないところに走っていって、あとは生まれた瞬間と同じように消えるだけ。

人影はいつだって、張り付いた笑みを浮かべていた。

その映像で、弾かれるように晶は両手を離す。

ようやく気づく。電柱に隠れる岡崎少年はその右手に大ぶりな銀色のタンブラーを持っていた。つまりこちらが〝水掛け魔〟で〝ドッペルゲンガー〟なのだ、と。

どうすればいいのか。考える時間なんてなかった。

直後。鼻息荒く握りしめたハンマーを、電柱に齧り付く自らの分身の後頭部に目がけて振り下ろす〝本物〟の岡崎少年。もう一人の自分を殺そうとする悍ましい光景。ただ、それはドッペルゲンガーを引っ張る手を晶が離した瞬間だった。

突然解放されれば反動が生まれ、電柱の裏でバランスを崩してつんのめる。結果的に頭目がけて振り下ろされていくハンマーをすんでのところでドッペルゲンガーは避け、代わりにハンマーはその細い左肩にめり込む。くぐもった鈍い音。晶は息を呑む。

無言。しかし、ドッペルゲンガーは目に見えてよろめく。

「――くそっ、邪魔しないでよ！　こいつを殺さないと駄目なんだ！」

岡崎少年が叫ぶ。今度こそと大きく振りかぶって、ドッペルゲンガーの脳天にその鉄の塊を叩き込んだ――と思いきや、想像される嫌な音がいつまでも聞こえてこない。

いつの間にか、岡崎少年の手からハンマーが喪失していた。

「やめとけ少年。自分殺しなんて、ロクなことにならん」

取り上げたハンマーを手で弄ぶ宍戸は余裕綽々の表情をかましてこそいるが、晶以上に汗だくで晶以上に肩で息をしていた。必死こいて間に合わせたようだった。

奇妙な均衡により、各々の動きが止まった瞬間。

「全部やり直しだボケ！」外野で怒鳴りつける声。

通りの向かいからだった。工事現場の騒音に負けずに目立つ野太い叫び。監督者らしき人物の説教が一段落し、下っ端はメットの上から小突かれた後に解放される。血圧の高そうな顔は収まらない苛立ちを誤魔化すべく、ポケットから煙草を取り出す。

その時、ドッペルゲンガーが初めて意志を見せた。

打たれた左肩を垂らしながらも通りに飛び出して、今まさに火を点けようとしている彼の顔目がけて、タンブラーの水をぶちまける。正確無比の狙いだった。

それを目撃した岡崎少年は悔しそうに、宍戸と晶に突っかかってくる。

「なんで邪魔したのさ、このままじゃ奴に盗られちゃうじゃないか！」

言っている意味がよくわからなくて、晶は怪訝な表情をしてしまう。

宍戸も同じ気持ちだろうと思って彼を見るが、何故か訳知り顔で笑っている。

鬼の形相で追いかけていく腕っぷしの強そうな監督者。それをものともせずにドッペルゲンガーは颯爽と逃げていく。放り投げられた銀色のタンブラーは地面に転がっている。そこに歩いてきたのは——、雨宮少女だった。

岡崎少年は顔を強張らせ、慌てて逃げ出そうとする。

宍戸はすぐさま彼の首根っこを摑んで阻止を試みる。細い道の電柱の陰でバタつく二人、雨宮少女は最後まで彼らに気づくことなく、嫌な咳をしながら病院へと入っていく。

タンブラーは、いつの間にかに消えていた。

※

慌ただしい一日の終わりは、思いのほか緩やかなものであった。眩しい夕焼け色に染まる駐車場、そのコンクリートブロックに腰かけて宍戸と晶は語っている。

「――いやその、サイコメトリーじゃないですよ？　じゃないですけど、でもドッペルゲンガーは、雨宮さんの周囲で路上喫煙をしようとする人を狙って水掛けをしてたのかなって。絶対サイコメトリーじゃないんですよ？　ただ、ふとそんな気がして」

左手で読み取った映像のせいか、そうとしか思えなかった。

宍戸は晶の内心を見透かしているかのようにニヤニヤする。

「なんですか。なにか言いたいことでもあるんですか」

「いいや、なにも。別に気にしないでくれ」

含み笑いをやめない宍戸を睨むと、彼は目を細めた。夕陽を眺めるより眩しそうな瞳。

それを向けた先には、車内に確保した岡崎少年がアイスを齧っている姿。

「思春期男子ってやつだよな。うん。そういうもんだったかもなあ」

「――なんですかその、年寄りくさいコメント」

「いやなに。ドッペルゲンガーの発現理由にあたりがついたもんでな」

晶は目を見開く。驚きのあまり溶け始めている抹茶味のアイスを口に運ぶのを忘れ、次の言葉を待った。宍戸はすでに空っぽのバニラアイスの容器を小さく折りたたみつつ、

「まあ、落ち着いて考えればよくある話でさ――まあ、恋ってやつだよな」

馬鹿にしてるのかと思った。

「雨宮ちゃん、いただろ？　相手はその子だ」

馬鹿なのかと思った。

「もしかすると、初恋なのかもな」

馬鹿だと確信した。

「――あのですね宍戸さん。若い子捕まえてなんでもかんでも色恋沙汰と決めつけるの、オジさんっぽい発想だと思いますよ。というかそもそも岡崎くんは、あの子のこと怖がってるっていうか、あからさまに避けてたじゃないですか」

晶は思う。岡崎少年が雨宮少女を嫌っているというのならともかく、好意を抱いているなんて考え難かった。彼女に裏で虐められていて、そのストレスから迷惑行為に及ん

でいたと言われたほうがよっぽど納得しやすい。だがしかし。

「いや、俺だって最初はそう思っていたさ。だから理解できなかった。——雨宮ちゃんな、ありゃたぶん喘息持ちかなんかだ。しかもけっこう症状の重めのやつ」

唐突にそう言われて、晶は記憶を反芻する。

「覚えてるか？　喫茶店に入りたがらなかったのは喫煙スペースがあったからで、冷たいアイスを食べなかったのは気管支への刺激を避けるため。このくそ暑い中でペットボトルに保冷カバーもつけずに生ぬるくなったお茶を飲んでたのも——きっと、煙草の副流煙でもちょっと吸っちまっただけで発作が起きかけちまうくらい、じゃないのかね」

だとしたら、水掛け魔のドッペルゲンガーは。

「雨宮さんを守るために、水を掛けて回ってたってこと？」

いや、だけど、と晶は思う。

「そんなのドッペルゲンガーである必要がないでしょ。本人が一緒に帰ってあげれば済む話じゃないですか。副流煙を避けられるように気を配ったり、発作が起きてもすぐにフォローできるようにしてあげれば——それこそ好きだというなら」

岡崎少年が雨宮少女に好意を抱いているなら、そうするだけで話はまとまる。

ドッペルゲンガーなんかが介在する余地などなく、単純明快に決着がつく。

実際はそうでないのだから、やはり違うのではと言いかけたところで。

「だからまあ、初恋なのかもしれん」

回りまわって一周し、同じような発言。晶は疑った。さっきの一悶着の最中で実は宍戸はネイルハンマーで頭を殴られて思考回路をおかしくしているんじゃないか、と。

「あのな、晶のほうが俺より若いんだから、すぐにピンと来てもいい気もするんだが──ほら、岡崎少年のあの態度さ、『好き避け』だとしたら辻褄が合わないか？」

理解するのに時間がかかった。誰かの口からその言葉を聞くのは、いつぶりだろう。今の今まで忘れていた大昔の友達のあだ名を聞いた時のような、そんな感覚。

溶けたアイスの一滴が手に伝ったことで、ようやく晶は我に返る。

被害を広げないよう慌てて口に放り込んで、

「──好き避け、って。宍戸さん、まさかそんな」

抹茶味のはずが、なんだか甘酸っぱい気がしてしまう。

「諸々の事情で引っ越しして登下校を共にすることもなくなり、おまけに中学に進学してるんだから環境だって嫌でも変わる。いつでも一緒に過ごしていりゃあ気づかないことも、ちょいと離れてみたら意識することもある、だろ？」

「そんなの、当てずっぽうじゃないですか」

宍戸は暮れなずむ空を眺めて、口の端を歪める。

「実はな。少年が〝先生〟と呼ぶ相手はなんてことないただの同年代だったんだが、こんな相談してたそうだ。『最近、幼馴染みと上手く接することができなくなった。なんでだろう』ってな。可愛らしいもんだろ、自分の恋心にも無自覚なんだぜ？」

そうしてくつくつと忍び笑いをしながら、続ける。

「一緒に帰ることもなくなり、ろくに接することもできない少年には一つの懸念事項が生まれる。雨宮少女の持病だ。病状を知ってりゃ心配だろうし、彼女の周辺で路上喫煙する奴がいりゃ水を掛けてでも阻止したい――が、自分にはそれができない」

「それで〝ドッペルゲンガー〟が発現した、と？」

たしかに整合性はあるように思える。しかし、ある一点を除いてだ。

「だったら聞きますが、どうして岡崎くんはさっき、自身のドッペルゲンガーを殺そうとしたんですか？　変じゃないですか。無意識とはいえ、自ら望んだことでしょう。放っておけば雨宮少女は副流煙を吸わずに過ごせるのに」

それが宍戸の説の唯一の矛盾点。しかし彼は微塵の動揺も見せない。

「俺が思うに、ドッペルゲンガーという超常現象の本質はな。自分にゃできないことを分身に押し付けるってもんなんだろう。それで、岡崎少年は気づいたんだ」

「――気づいたって、何をですか」

「惚れた相手を前にしてブルって何にもできない自分と、陰ながら彼女のことを守ろうと行動している自分のドッペルゲンガー。雨宮少女が〝水掛け魔〟の真意に気づいた時にさ、果たしてどちらの自分が選ばれるのか、ってな」

晶は、それはそれは大きな溜息をついた。

季節は夏で、もっと言えば夏休み直前であって。

それはきっと彼らにとって、青春の代名詞に他ならない。

「信じられないなら、確かめてみるか？　強烈な願望というインプットによって、超常現象というアウトプットが発生する。——それならきっと、岡崎少年に何かしらをインプットすれば、明確なアウトプットがあるはずだ」

晶はそんなことしなくてもいいと思ったが、宍戸は悪戯な笑みを浮かべながら立ち上がる。からっからに乾ききって蟬の抜け殻なんかが転がっているアスファルトをざっざと歩いていき、熱を持った車のドアロックを解除して開いて、

「なあ、少年」

「なんすか、いい加減もう家に帰らせてよ。なんかさっきから肩が超痛くて」

「おうおう、後で家でも病院でもなんでも連れていってやるからさ。一つだけ教えてくれ。少年がドッペルゲンガーを排除しようとしたのはさ、——そいつに雨宮少女を盗られちまうのが、嫌だったからだろ？」

ぼぼぼ、と音が聞こえる気さえした。長めの前髪でその目を隠していようと、手にと

るようにわかる。岡崎少年の顔は、真っ赤な夕陽よりも紅潮していた。

「――――はあ。思春期の男子って、皆こうなんですか」

晶は頬杖ついて、思わずそうぼやいてしまった。

※

ドッペルゲンガーを解消する方法は、至極単純だった。

岡崎少年に、雨宮少女への好き避けを克服させること。

彼がそうしさえすれば、わざわざ世界の物理法則を歪めて発生するドッペルゲンガーなんかに頼らずとも、ありふれた青春をありふれた形で満喫できる。

そこに至るまでは、今回の捜査活動に要した日数の二倍も三倍もかかった。

宍戸は十三歳の少年にものすごく真剣に、そして本気で恋愛相談に乗った。それを見た晶は普段笑わないが故に顔に出なかったが、腹が捩くれて死ぬかと思った。

宍戸は語る。

「そうだよな緊張するよな――うんうんわかる。でもハッキリした態度を取らずに相手をモヤモヤばっかさせてたら、ふいに現れる素直な誰かに掻っ攫われちまうもんだぞ？　そりゃ誰だって、きちんと気持ちを示してくれる相手のほうが嬉しいだろうさ」

中学生相手に。

「いやそりゃ――だからな。何度も言うように、何も初っ端から完璧な男である必要なんてないんだって。恥ずかしいのを頑張って乗り越えて話しかける！　そういう行動を起こすのが大事だし、それだけで伝わるもんだってあるだろ？」

本気の恋バナを。

「なあ晶、女性からの意見も言ってやれ――え、わかんないだと？　――くそ、とにかく恋愛ってのはな、ジャブジャブジャブストレート！　防戦一方で勝ち抜けるのは一部の恋愛上級者だけだ。男だったら情熱を持って、戦略を持って、果敢に挑むべきだろっ」

面白くて面白くて、仕方なかった。

探り探りだったのは初日だけで、宍戸のアドバイスは日に日に熱がこもっていった。三日目を過ぎたあたりからは、彼と岡崎少年は奇妙な師弟関係を結んでいた。

晶は内心で思う。見てくれも良く表面上の振る舞いもお上手な宍戸のことだから、それこそ彼は色恋沙汰などちぎっては投げの百戦錬磨の玄人のはずだろう、と。

しかし彼は大人だった。中学生が不相応なダーティな戦い方を学んでほしくないという心理も働いているのか、そのアドバイスは極めて紳士的で努めて誠実で――だからだろうか、岡崎少年と話す宍戸を傍から見ていると時折、年若い少年があだこうだと恋バナに勤しんでいるように見えることさえあった。

宍戸のことは胡散臭い人だと、今でも晶は思っている。

そこは譲れないし変わらない。だがしかし、きっと彼だって岡崎少年のような甘酸っぱい青春時代を過ごした時がある、一人の人間であることに間違いなかった。

——信用できるわけではないけれど、そんなに悪い人でもないのかも。

そんなような紆余曲折（うよきょくせつ）を経た末に、岡崎少年はようやく奮起した。

終業式が終わり、持ち帰るべきものを計画的に持ち帰っておくのを失念し、あまりの荷物に途方に暮れる雨宮少女にいち早く気づき、一緒に運ぶと申し出た。

その帰り道の最中に、夏祭りに誘うことまで成功した。

それ以降の展開は、時間の問題だった。もとより雨宮少女だって岡崎少年を憎からず思っていたのだろう。仲睦（なかむつ）まじく歩く二人の背中を隠れて覗き見しつつ、宍戸と晶は思わず目頭を熱くして小躍りした。当初の目的を忘れかけそうになった彼らだったが、無事その日を境に〝水掛け魔〟のドッペルゲンガーが現れることはなくなった。


数日後、経過観察のために岡崎少年を訪ねることになった。

油蟬がじいじいと鳴く中で彼の住む団地の近くに車を停めて待っていると、少し日焼けをして、瞳が見えるほどに前髪を切った岡崎少年が現れた。

「あ――、宍戸師匠。晶センパイ。こんちわっす」

活き活きとした表情に、晶は軽く手を振る。見違えた雰囲気が眩しかった。

「おう、少年。どうだ夏休みは。毎日楽しいか？」

「おかげさまで。肩の怪我もすっかり良くなったし、め――、じゃなくて雨宮の周囲でも〝ドッペルゲンガー〟も全然出てないみたいだよ」

岡崎少年と宍戸は、奇妙な師弟関係の末に〝ドッペルゲンガー〟という不可思議な現象を自分たちだけの秘密にする、という男の約束を取り付けていた。

いっちょまえの顔をし始めた少年に、宍戸は口の端を緩める。

「良かった。そんならもう大丈夫だろう」

「そういや、師匠――前、眼帯した男のこと知らないかって言ってたよね」

宍戸の色付き眼鏡の奥が、ピクリと動くのを晶は見た。

「このまえ思い出したんだけど、僕、会ってたかも。糸目の優しそうな人でしょ？　たしか梅雨時くらいなんだけど。急に道で話しかけられてさ」

それは、ちょうど彼がドッペルゲンガーを発現した前後の時期ではないか。最初にそれが目撃された証言の日付を思い出そうと晶が試みていると、宍戸は言う。

「何話したか、覚えてるか？」

「あんまり。ただ、なんでかしばらく話してて、それがけっこう長かったのか気づいたらもう夜で暗くなっててさ——最後に、なんか、『仕上がりが微妙なラインだね』って言われて、どっかに去ってったんだ。意味わかんないな、って思ったのだけは覚えてて」

「そうか——、ありがとうな。もしもまた思い出したことがあったり、何か身の周りで異変が起こったなら、必ずすぐに連絡くれよ」

宍戸が動揺していることを、晶だけは気づいていた。

岡崎少年と別れた後、宍戸は晶を家まで送ると言ってくれた。

夕闇の時間はあっという間に過ぎ去って夜が来て、どこかで上がった打ち上げ花火の音だけが響いてくる。微妙に混んできた道すがらで宍戸は、

「まあ、これでひとまずはこの〝ドッペルゲンガー〟も一段落だな。晶のおかげで助かっちまった。あとはこっちで報告書を上げて終了だ」

カーラジオから、二昔くらい前の懐かしの夏の歌。

「——岡崎くんの肩、まだ痣が残ってましたね」

「ああ。やはり、あれがドッペルゲンガーと会うと死ぬって逸話の正体なんだろう。分身につけられた傷は、時間差で本人に反映される。やっかいな超常現象だったな」

そうなのだった。

出現したドッペルゲンガーに敵意や恐怖を抱いた本体が退治しようと試みれば、それ

が自らにも反映されてしまい本体の死に繋がる。そうでなくとも、ドッペルゲンガーに実現困難な願いを託したりすれば、それだけで何かしらのトラブルに巻き込まれる確率が上がり、下手をするとその反映の性質によって本体が死を迎える。

ドッペルゲンガーとは、どうやらそういうものらしい。

岡崎少年がネイルハンマーでドッペルゲンガーの肩を叩いた数時間後、彼のほうにはそれと同じような傷ができ始めてしばらく痛い痛いと騒いでいた。

まかり間違って彼が狙ったとおりに頭を直撃していたら、そしてそれが当たりどころが悪かったりしたら、おそらく岡崎少年は——それを改めて実感して晶は身震いする。

「まあ、とにかく無事解決してよかったよ、おっと」

宍戸は道端に車を停めて出ていき、やがてカップ二つを持って戻ってきた。

どちらも同じくコーヒーフラッペらしい。そのクリームの先には載るのは。

「あれ、シナモンがかかってる。——いいんですか？」

「ん、ああ。かつてのことを偲ぶってのも、たまには悪かないからな」

口元を歪ませつつ、宍戸はどこか遠い目をしながらそう言った。

その時、晶は宍戸にほんのわずかな引っかかりを覚えた。それが何かはわからずとも、その小さな差異に気づけるようになったのは、晶が彼と長く過ごした証だった。

けれども晶が宍戸にそれが何なのかを尋ねる前に、車は彼女の自宅の古アパートに到着した。晶はカップを手に持ったまま降りる。

「そんじゃ、ありがとな」

軽く手を上げる宍戸。その時、晶は何かを言わなければ、そんな気がした。

それはきっと錯覚であり、実際のところは若干の寂しさと名残惜しさを感じているだけなのだと晶は自己分析する。自分がそんな感情を覚えるなんてと驚く反面、それだけこの数日間が慌ただしくも賑やかな真夏の日々だったのだと思う。

たしかに人の心なんて当人でも理解できないものなのかもしれない。

何かを言わなければならないという気持ちを、晶は——無視する。

「さようなら。どうもご馳走様でした」

会釈をすると、ぶるるんとエンジン音が遠ざかっていった。これで良かったのだと晶は思う。誰かを信じることをやめたあの日から、特定の人物とこれだけ長く接することは初めてと言って過言でない。誰かと共に過ごすのは、やっぱり楽しかった。

晶は頭を振って、自分の部屋へと帰っていく。

——私は、静かで孤独な日々に慣れていないといけないの。

——だって、そうでしょ？　私はどうしようもなく、私だもの。

晶の中のもう一人の自分が、そう言ってくる。そのとおりだと思う。

誰かと馴れ合えばろくなことが起きない。身を以て知っていることだった。

第三話　失せモノ探し

明かりの点いていない大観覧車は半ば闇に溶けていて、ただひたすら巨大なナニカにしか見えなかった。どことなく不気味で、見張られている気さえしてくる。

足音を殺して真夜中を駆けていく、二人の男。

この複合施設周辺は、そうまでする必要があるのかと疑念を抱くほどに警備が厚い。

裏手にあたるパークエリア側から攻めたほうが楽なのではと考えたこともあったものの、〝こういうこと〟に手慣れた先導者曰く、そちらは距離がある上に見通しが良すぎるから一度見つかると逃げも隠れもできなくなる、だからこのルートで行くしかないとのことだった。彼が言うのだからそのとおりなのだろう、伊藤はそう思う。

物陰でやりすごし、地べたを這い、廃棄物に隠れ、監視カメラと警備の巡回を掻い潜る。針に糸を通すような行程を踏破できたのは、ひとえにこの案件に誘ってくれた彼のおかげに他ならない。きっと自分独りでは敷地内に侵入する前に捕まっていた。

「ここで合ってますか、村崎さん」

村崎裕士。業界の闇に切り込むのを専門とする、フリージャーナリスト。

伊藤が報道の世界に入った時から、その名前くらいは小耳に挟んでいた。

ジャーナリストにおけるフリーランスの利点はしがらみが少ないこととコンパでややウケる程度のもので、反面欠点は挙げるとキリがない。特に取材を進める中で差し迫った状況に陥った時、身分を保障する後ろ盾の有無は生死に直結するもので——つまり触れてはならないタブーに触れた時、後ろ盾がなければ容易く消されてしまう。

だから、真っ当なフリージャーナリストは真の意味で闇に切り込むことを避ける。編集長と揉めてフリーとして生きることにした伊藤自身もそれは充分に意識してきた。

誰だって自分の命が惜しい。命あっての物種だ。

しかし、村崎は違った。彼は無所属にもかかわらずリスク度外視で、誰もが避ける闇を手段を選ばず暴くのだ。その伝説があまりに人間離れしたものだから、飲み屋で意気投合した中年男性に「ん？　村崎ってオレだぞ」と言われた時は驚いたものだった。

「ここだな。伊藤、ワイヤーカッター出せ」

辿り着いたのは、入り組んだ建物の裏側。夢と希望に満ち溢れた世界にだって、当然現実的に従業員らのバックヤードや事務所が隠されている。遊園地の内と外を分ける境界のような建物の壁から突き出ているのは、古びた小屋。

その前に建てられた、さらに古そうな鎮守社と朱の鳥居。

そして、そこへの侵入を阻まんとする高いフェンスと鉄条網。

誰もが避ける道を行くというのには、奇妙な興奮がある。村崎はわずかに離れた藪（やぶ）の前で荷物をおろし動画撮影用のカメラをセッティングし始め、伊藤は彼に言われたとおりにフェンスの金網のできるだけ目立たない隅のほうをバツンバツンと切断して、人が一人入れる程度の隙間を作る。

「うし。伊藤、先に中入って撮影していいぞ」

「えっ――いいんすか？」

「ここまで荷物持ちしてもらったからな。その程度の役得があって当然だろ」

伊藤は思う。村崎は畜生のような性格だというのは、ただの噂にすぎなかった。仏頂面で感情が読めないが、彼は基本的には親切で話のわかる人間で、学ぶべきところの多い相手だった。彼に礼を言ってフェンスにできた隙間をくぐり抜け、カメラを構える。

「ここに、旧高天原財閥の秘密が――？」

パシャパシャとシャッターの音が響く。奇妙なのはどれだけ文献を漁っても、この鎮守社が何のために設置されたのか説明する公式文章がないことだ。多種多様な噂だけは掃いて捨てるほどあり、悪縁切りの名所だと噂されている時期もあったそうだ。

セッティングを済ませた村崎は、カメラが回っているのを確認して顔を上げ、

「伊藤、地下に行けそうな隠し階段はないか？」

「村崎さんっ！　ちょっとこれ見て」

次の瞬間。村崎が両目で捉えていた伊藤の姿が、前触れなく消えた。

「おい、伊藤？　どこ行った？」

返事はなかった。今まで微動だにしなかった村崎の表情筋がわずかに動く。

「おいおいおいおいマジかよ――〝噂〟は本当だってのか」

彼が浮かべたのは、裂けそうな笑みだった。村崎は次の瞬間、自分が足元に転がしていた荷物もまた忽然と消えていくのを見て、思わず声を出して笑ってしまう。撮影中のカメラだけを引ったくって、彼は駆け出していく。間に合うだろうか。

※

明神通り沿いにある「間宮酒舗」は大正元年から続く由緒正しき地酒屋である。

どれだけ希少な銘柄でも適正価格で販売することをモットーとし、およそ三十坪の店内は全国津々浦々の日本酒を主としつつも本格焼酎、ワインにウィスキー、クラフトビールや果ては珍味等なんでもござれと所狭しと並ぶ、酒飲み垂涎の聖地だ。

夕方四時。買い物帰りの客で忙しくなる前だった。

三代目店主・間宮知一郎の孫娘である梨香は大学の授業を終えて、所属する日本酒同好会の飲み会までの時間潰しに店番をしていた。扉から鐘の音が響く。

「どうも。ジイさまはいるかな？」

危険な雰囲気を纏う、長身の男だった。アウトローだと言われたら納得してしまう細身のスーツから視線を上らせる。意外にも端整な顔だった。

うわ、と梨香は声を漏らす。同年代には感じない大人の魅力に圧倒され、先程の思案事などすべて吹き飛んだ。彼は片眉を上げて微笑み、そして低く通る声で言う。

「ああ、すまない。宍戸が来たって言えば伝わりますんで」

「え、あ、はい。じーちゃ、──じゃなくて、店主ですね。お待ちください」

慌てて裏口を出て併設された住居へと転がり込んで、前掛けを外した作務衣姿で新聞片手に煙草をふかしている祖父を取っ捕まえては揺さぶって、

「ちょ、ちょ、ちょっとじーちゃん、なんかえらい男前が来てるんだけど」

「なんだい騒々しい、俺ァ休憩中だよ。不在だと伝えといてくれ」

「え、でも。じーちゃんの知り合いじゃないの？　オトナな感じの、宍戸って人でさ」

「宍戸、──ああ、宍戸くん。それを早く言いなさいな」

知一郎は目蓋を見開き、煙草を灰皿に捩じ込む。御年七十五の割にはしっかりとした身体つきでのっしのっしと店へ出て、宍戸なる男の肩を親しげに叩いて歓迎する。

──じーちゃんのお客さんに、あんな人いたっけ。

裏口の暖簾に隠れて覗く梨香は、記憶の顧客名簿を探るものの見当がつかない。それでも、祖父がどんな酒を紹介するかで二人の関係性くらいはなんとなくわかる。

「久々のところ悪いけどさ。ジイさま、最近は〝面白いの〟入ってる？」

梨香は耳を大きくして待つが、知一郎は苦々しい顔でから笑いをする。

「ははん、よしなっての。この情報化社会にわざわざ俺を頼るんじゃあないよ」

らしからぬ祖父の発言に、梨香はぎょっとする。

間宮知一郎といえば酒蔵からも意見を求められる酒類業界の御意見番で、酒のことならいくらでも語れるのに、それをしなかった。あの男前はよっぽど酒に精通しているのだろうか。大柄な体格とその風貌を見るに、かなりの酒呑みの風格があるが――。

「頼りもするさ。ジイさまの元に集まる情報だから、特別な価値があるんだ」

その言葉にニヤリと笑う知一郎は、冷蔵棚に並ぶ中からではなく、倉庫に隠してあるものを取り出す。たしかあれは東北で一番ノリにノっている蔵元の試験醸造酒で「俺の許可なく売るんじゃあないぞ」ときつく言われたシロモノだった。

「じゃ、これなんかどう。アンタ好みの味だろうさ」

「ありがとう。頂くよ――それで、〝どうなの？　最近は〟」

「――そうだな。ちょっときな臭い話になって悪いけどな、ここしばらくフリーで色々やらかして名を上げてる村崎裕士ってジャーナリスト、知ってるかい？」

「あの過激中道派を自称してる奴か。ひどい性格してるらしいな」

「そうそれ。やっこさんがどうもな、行方不明なんだとな。噂によりゃあ、あの未解決の『連続一家失踪事件』のことを嗅ぎ回ってたそうだ。連れてた下っ端共々〝当時の黒幕に消された〟んじゃないのかと密かに騒がれてるぜ」

「『連続一家失踪事件』ね。もう八年、いや九年も昔のことになるか――。やっぱり、ジイさまのとこ寄って正解だったな。また来るよ」

「おう。きちんと酒も味わえよ」

会計を済ませ袋を下げて去っていく宍戸なる男の広い背中に、梨香は慌てて声を投げかける。一際気合の入った高音の「ありがとうございました」だ。彼は振り返って軽く手を上げてくれて、梨香はそれだけで思わずはふうと一息ついてしまった。

「――ねえじーちゃん！　何者なのあの男前。仕事は？　独身？」

知一郎はレジを閉めつつ、色めき立った孫娘に苦笑した。

「宍戸くんかい？　まあ――公務員で、独り身だ。稼ぎのいい兄ちゃんだよ」

「えーっ、優良物件！　ちょっとじーちゃん、あの人今度来た時紹介してよ」

「いい男だし紹介しても構わねえけどよ。ただ、梨香ちゃんに合うもんかね」

「何言ってるの、わざわざ地酒屋に通う酒呑み男でしょ？　地酒屋の看板孫娘で美人女子大生の私と釣り合わないハズなくない⁉　私もお酒飲むの大好きだしさ」

自己肯定感の高さはけっこうだが、幼い頃から少々可愛がりすぎたと知一郎は省みる。

「――しかしなあ、酒を呑む量が違いすぎるってのは難しいよなあ」

「なにさじーちゃんったら、私の呑んべえぶり知ってるでしょ？　毎日晩酌欠かさないし、宍戸さんがどれだけ酒豪でもいっくらでも合わせられるんだから！」

察しの悪い梨香を前に、知一郎は豪快に笑う。

勿論（もちろん）よく知っていた。孫娘は酒を呑まぬ日などない、大酒飲みだと。

※

九月一日は晶の誕生日で、なおかつ一年でもっとも忌まわしい厄日でもある。

例年どおりに〝人生最悪の瞬間だった七年前の誕生日〟を再び体験する悪夢にうなされて、眠る前よりも体力を消耗して飛び起きたのが日の出前。大量の冷や汗で湿ったシーツの気持ち悪さで寝直すことは諦め、寝不足眼でシャワーを浴びていると、大きくバツンという音がした。すべての明かりが消え、お湯からは温度が抜け落ちる。

バスタオルを羽織って真っ暗闇の中で色々なものに蹴躓き、何かの角で足の小指を二度三度打ち付けて悶絶。どうにか辿り着いたブレーカーを上げ下げするも何の反応もない。深夜寄りの早朝だからか、大家にも管理会社にも連絡なんて繋がらない。

スッキリしない生乾きで、タオルケットに包（くる）まるしかなかった。

いやでも気分は沈み、気分が沈めば悪夢を反芻してしまう。

それはどこぞの遊園地で幸せな一日を過ごした後だった。親と一緒に出かけるのが久しぶりだったから大はしゃぎしていたと思う。家に帰ってご馳走を食べ終えて、おやすみと言って部屋に消えた両親はいつになっても起きてこなかった。たしか、お腹が減ったのだ。冷蔵庫に入れたケーキの残りを食べていいかと聞こうと思って寝室を覗いた。

丸くくり抜かれた、穴——。

無意識に歯を鳴らしている自分に気づく。経験上、このままだとまずい。心因性の過呼吸の発作を起こす前に、晶は強制的に思考を捩じ切る。頭の中の奥底でずいぶんと緩んだ〝思い出すべきでない記憶〟の封をきつくきつく締め直す努力をし続ける。

寄せては返す苦しみの波は、どうにかこうにか収束してくれた。

晶は今日一日家にお籠もりして厄日をやり過ごそうと、あらゆる仕事の予定を入れなかった。しかし、このまま薄暗い部屋にいても精神衛生上良くないことは確実で、どうしたものかと悩んでいたところ、ちょうど携帯端末がメッセージの受信を知らせた。

宍戸からの仕事の手伝いの依頼。晶はものすごく迷った。


もうこれ以上仲を深めるべきでない相手の、その呼び出しに応えている矛盾に溢れた自分への言い訳を考えながら、セーフハウスの階段を一段一段ゆっくりと昇る。

——厄日の自分の気を紛れさせるためなんだもの。

——一ヶ月も距離を置いたんだから別に平気よね。

いつものように廊下を通過しようとして、あれ、と晶は思う。違和感があった。明かりが点いているのを一度も見たことがない「Ｂａｒ　ＰＡＲＡＮＯＲＭＡＬ」の案内板が、今日はどういうわけかネオンサインを煌めかせていた。

おずおずと、扉を開ける。いつもより掃除された室内。カウンターの奥に宍戸と、

「あら。噂をすればなんとやら、ね」

バーチェアに腰かけている、華のある美女の姿。

アッシュ系の滑らかにウェーブがかったロングヘア。優雅な魅力を十全に引き出しているのは、メリハリと気品が両立したオトナのメイク。耳元のワンポイント、さりげなく遊び心あるネイル、出るところは出てて締まるところは締まった正統派パンツスーツ。格好良かった。才能に胡座(あぐら)をかかず努力してきたに違いない。優れたトータルバランスは、彼女の優秀さと頭脳明晰(めいせき)ぶりをも雄弁に物語っていた。

近くに寄らずともわかる。いい匂いがするに決まっている。

彼女を見ていると晶は己の飾り気のなさと武装の貧弱さが恥ずかしくなった。

だからだろうか。開けかけた扉を、そのままそっと閉じてみた。扉の中から驚きと戸惑いが漏れ聞こえた後、すぐに「なんで帰るんだよ」と宍戸が半笑いで顔を覗かせる。

「だって――お取り込み中かと思いまして」

「何も取り込んでねえっての。さあ、入ってくれ」

渋々晶は中に入って、紅茶のカップ片手にくすくす笑っている美女と対峙する。まさ

かこの廃墟のような建物の、やってるんだかやってないんだかよくわからない店のお客ではあるまい。であれば宍戸の関係者だろうが、その間柄が読み取れない。

「そんなに怖い顔しなくてもいいのよ——ふふ、まるで第四種接近遭遇ね」

「一昨年の〝UFO〟案件ですか？　あの地獄のような瞬間をよく笑いのネタとして喋れますね。俺は未だにあれを思い出すと嫌な冷や汗かいちまいますよ」

「そう？　貴方、あの時ずいぶんと活き活きしてたじゃないの」

「活き活きでもしないと死んじまう状況だったでしょ。必死だったんですって」

　彼女と喋る宍戸は、不敵な態度が幾許か緩んでいるのが不思議だった。二人はよくわからない話題で盛り上がり、対照的に蚊帳の外である晶の疎外感は増していく。

「ふふ、ご免なさい。私、山城零華っていうの。そして貴女は鹿野晶ちゃん、よね」

　山城はカップをソーサーに置くと、有無を言わせず距離を詰めにかかってきた。

　想像どおりのものすごく良い匂いに固まる晶の周囲を、彼女は至近距離で覗き込むように観察しては「ふむふむ」「ほほう」と含みある反応をしてくる。自分よりもやや背が低いというのに、山城の迫力ある双眸に晶は容易く磔にされてしまう。

「な、なんですか。貴女、なんなんですか」

「失礼、実物を見るのは初めてだもの。きちんと目に焼き付けておこうと思って——うん。そうね。それじゃあ私から一つだけ、アドバイスしておこうかしら」

「あ、――あどばいす？」

「宍戸はね。器用なくせに不器用な男だから、ちゃんと手綱を握ってあげて」

「ちょっと、変なコト吹き込むのやめてくださいよ」

割って入った宍戸は珍しいことに、普通に困った顔だった。それに驚く晶の目線に気づき彼は慌てて苦笑いを付け加えた。そのちょっと慌てた反応に重ねて驚いてしまう。

「あら、本当のことじゃない。相棒と仲良くしろとは言わないけれど、互いの本質をきちんと把握し合うのは重要なことよ。特に宍戸は口ばかり達者なんだから――」

山城は床に置いてあった無骨で重量感あるスーツケースを、紙切れでも拾うかのように軽々と持ち上げて、颯爽と歩いて扉を押し開きながら、

「――それじゃ、例の件頼むわね。晶ちゃん、またお会いしましょ」

くすり、と笑みを残して山城は去っていった。彼女が不在になった途端、部屋は薄暗さと静寂さを取り戻す。宍戸と晶は同じタイミングで同じ深さの溜息をつく。

その気恥ずかしさを誤魔化したかったのもある。そもそも宍戸とはこれ以上仲良くなるべきでないと考えていたこともある。距離感の測り方が上手くできず、結果として晶は自分が意図する以上にものすごく冷ややかな物言いで、

「宍戸さん。あの方の前ではずいぶんと〝か弱く〟なるようですね」

「なんだよ晶、今日はまたずいぶんと当たりが強いじゃあないか」

「あれだけの弱みの握られっぷり、もしや昔の彼女さんだとか？」

「よせ、そんな恐ろしい邪推をするんじゃあない――」

宍戸は喉の奥に劇物でも捩じ込まれたかのような顔をしつつ、

「――上司だよ、上司。あの人、特務局の局長だ」

※

宍戸曰く、超常現象絡みの事件は、お使いに行くかのように容易い解決ができる時もあれば、切った張ったの命のやり取りをしなければならない状況に陥ることもある。その保険として、捜査の際は必ず二人一組かそれ以上でことに当たるという義務がある。

しかし、山城だけは特例により単独の捜査を許可されていた。

それは局長役職の特権なんかでなく、単純に彼女が〝一番強い〟からだそうだ。

そんな山城局長がどうしてこのセーフハウスに立ち寄ったかというと――『局員に正式に捜査を命ずるほどではないが、どうも不可解な人物がいて、そいつのことをさりげなく探ってほしい』と、昔馴染みの宍戸に依頼しに来たそうだ。

「知ってるか？　動画サイトに投稿され始めた、〝ヨミちゃんねる〟って」

「ヨミちゃんねる――？　いえ、知らないです」

「バッチバチのゴスロリの服キメた子がさ、巷に流れる都市伝説を体当たりで検証していくってコンセプトでな。各所から訴えられるだろって過激な内容の割には動画作りは丁寧なモンで、ここ最近急激に視聴回数を伸ばしてるんだと」

パーキングに停めた車内にて、宍戸は動画を見せてきた。真夜中の高架下らしき建造物の中を歩くのは、退廃的なモノトーンのドレスに身を包んだ少女。濃いめのメイクで年齢が読み取り難いが、下手すると高校生くらいではないかと晶は思う。

『死して屍拾う者なし、黄昏ヨミよ。今宵は首都高の某所に隠されているという、秘密の井戸を探りたいと思う。そこには人を喰らう異形の化け物が――』

淡々と語り始めた彼女が〝ヨミ〟という人物らしい。

「はあ、まあ。それでこの子のどこが怪しいっていうんですか？」

「どうも彼女は超常現象の実在を確信してるフシがあってな。ただの一般人にしては嗅覚が鋭すぎるんだよ。超常現象が絡んでいそうなとこにピンポイントでちょっかいかけるし、ウチの局員らの捜査にニアミスしたことも何度かあるんだとさ」

「それで、わざわざ調べ上げたってわけですか？」

「ああ。脇の甘さは人並みだった。本名は市原恋世美。親は健在だが仲の悪さは近所でも有名。中学卒業後は進学せず、最近は暇がありゃこの城蹊大学のマスコミ研究会に入り浸って――お、出てきた。あのゴスロリ姿。探すのが楽でありがたいもんだ」

　宍戸は双眼鏡を放って車を降りる。

　キャンパスの正門から日傘を差して出てきた彼女は、残暑の空気の色濃い並木道を汗一つかかずに駅へ歩いていく。その後を追いすがり「なあ君」と宍戸は声をかける。

「なに？　ナンパだったら無駄」

「――俺たち、君の動画の視聴者(ファン)でね。毎度鋭い考察と行動力に驚かされてるよ」

　彼女は一度瞬きした後にこちらへ向き直る。宍戸を見てその背の高さに一瞬ぎょっとしつつも、女性連れであることからかそれほど身構えることもなく、

「そう。〝暗夜の同志(ファン)〟と相見(あいまみ)えた幸運が喜ばしい。次の〝葬られた真実(とうこうどうが)〟は一際異彩を放つものになる。真実の探求者の失踪。旧高天原財閥の暗部――心して待ち侘(まわ)びて」

　晶は度肝を抜かれる思いだった。こういう芸風なのかという驚きと、そのファンサービスの強烈な濃さに。宍戸もまた絶対に同じ思いだっただろう。だがしかし、

「君がどれだけ夜に慣れていて闇を暴くのに秀でていようと、どうしようもなく根深い暗部というものもある。悪いことは言わない、本物に呑まれる前に身を引くべきだ」

　その上で彼女の熱量に負けない乗っかり方をしたのは流石だった。

「――あなた、どこの回し者？」その白く幼い顔がわずかに歪む。

「強いて言うなら、国家の手先さ。ちょいと特殊な部署だがね」

　その瞬間、ヨミの顔に強烈な感情が剝き出しになった。それは怒りのような、焦りの

ような、苦しみのような、寂しさのような。すべてをごちゃまぜにした感情に絶望を付け加えたような表情。晶は何故かそれに既視感を覚えて戸惑う。

「────村崎さんを消したのは、あなたたち？」

「村崎って。おいちょっと待て、あの失踪中のフリージャーナリストの村崎裕士か？　まさか君、それについて調べて動画投稿するつもりか」

その返答に敵意はほんのわずかに薄らいだ。しかし、露わになった感情は戻らない。

「フリージャーナリストじゃない。彼は〝真実の探求者〟」

「真実の探求者、って──君は本当に村崎のことを理解してるのか？　取材のためならどんな違法行為も辞さない、アングラ系専門の覆面ジャーナリストだぞ。しかも君は彼の失踪に、旧高天原財閥が関わっていると踏んでいると？」

ヨミは沈黙を貫いた。しかしそれは遠回しな肯定に他ならなかった。

「絶対やめとけ。公共施設や廃墟に不法侵入するのとはわけが違う。何が撮れようと、あの超大企業に訴えられりゃ一生かけても払えない賠償金を背負わされちまうぞ」

あからさまに曇る宍戸の表情、それ故に真実味があった。嘘や脅しではないと思ったのは、世事に疎い晶ですら高天原がつく大企業をいくつか知っているからだった。

──たしか、都市開発だとか不動産業だとか人材斡旋業を手広くやっていたはず。

ヨミは幽鬼の如き表情で睨んでくる。激情だけは伝わるが。真意はわからない。

「――私は〝真実の探求者〟を見つける。どんな邪魔が入ろうとやめない」

彼女に覚える既視感の原因が、晶は気になって仕方がなかった。


セーフハウスのパソコンを立ち上げた宍戸は、動画サイトのヨミちゃんねるのページを開く。今しがた、新たな動画が投稿されていた。傍らでそれ見た晶は、

「いったい何が、彼女をそこまで駆り立てるんですかね」

「ただ視聴数稼ぎに溺れてるだけとかなら、まだマシなんだが――どうかねえ」

新着動画の再生ボタンを押す。先程会った時と同じ服装をしたヨミが、古びた日本家屋を模したセットの中でこれから調査を始める都市伝説を解説する内容だった。

『〝暗夜の同志〟諸君、エデンフォレストの怪を知っている？』

エデンフォレストは、千葉県流松市にある複合商業施設である。

広大なショッピングセンター、老若男女が楽しめる遊園地、子連れに人気の自然公園も併設。年間来場者数は常に一千万人超え、都内からもアクセスの良い人気スポット。

『貴方たちが十数年前に子供だったなら、その噂話を一度は耳にしたことがあるはず。何故だか、ここ数年はぱったりと聞かなくなってしまったようだけど』

『エデンフォレストの遊園地はかつて細かく入退場者数をチェックしていたが、数年で

取りやめた。どれだけ丁寧に数えても、入場者と退場者の数が合わないから』

『エデンフォレストに入っている、とあるブティックは、決して一人で来店してはいけない。一人で試着室に入ってしまうと、底が抜けて拉致されてしまうことがある』

『エデンフォレストにはかつてピエロをモチーフにしたイメージキャラ〝エディ〟がいた。今はその存在が最初からなかったようにされているのは、かつてエディ役を演じていた芸人が、来場してきた子供を拉致する事件があったから』

晶は思う。そういえばそんな都市伝説があった気がする、と。

『挙げ始めるとキリがないほどに様々な形で語り継がれている噂話は、総じて「人が消える」結末を迎えるものばかり。実際に行方不明事件が起きていたという疑惑もある』

腕組みする宍戸は小さく「連続一家失踪事件か」と物騒な単語を呟き、晶は驚く。

動画の中のヨミの瞳は、どこか覚悟を決めたようなものだった。

『エデンフォレストの怪には、真実が含まれている——そこではたしかに人が消えている。昔の話じゃなく、今もなお。誰にも気づかれず、前触れなく、突然消失する』

「『人体消失現象——』」動画のヨミの声と、宍戸の呟きが重なる。

『これはとある筋から手に入れた映像。エデンフォレストの敷地内にて発生している、〝人体消失現象〟。その実在を、裏付けるもの』

画面が切り替わり——真夜中の、建物の裏手のような場所が映る。

寂れた神社のようなそこは、その手前がフェンスで完全に塞がれていた。金網には開閉可能な扉が設置されているが、仰々しい南京錠で封じられている。不気味だった。

そのフェンスの隅を切断して侵入し、社に向かってシャッターを切る若い男。彼とは別に、もう一人いる。この動画を撮り始めたであろう人物が、画面外で話しかける。

『■■、地下に行けそうな隠し階段はないか？』

おそらく、中へと侵入した若い男の名を呼んだのだろう。それは編集によって後から別の音がかぶせられており、なんと呼んだのか、判断できない。

『いや、どうすかね、今のところは——■■さんっ！ ちょっとこれ見て』

その瞬間、だった。画面中央の若い男が、忽然といなくなる。

今の今までフェンス越しに映っていた彼の背中が、音もなく、前触れもなく、消え失せた。落とし穴に落ちたとか、死角に隠れたとか、小細工を弄することができない映り方で起こった消失は、いっそシュールささえ感じてしまうものだった。

『——■■？ どこ行った？』

突然、音声と画像が乱れた。カメラを抱えて逃げ出そうとしたのだろうか、四方八方に揺れて判然としないその映像は唐突に暗転し——ヨミの元へと画面が戻る。

『エデンフォレストの親会社は旧高天原財閥系の高天原開発機構。かの一族といえば戦後混乱期、人材斡旋という名目の人身売買で成り上がったという黒い噂もある』

「触れんなそんなとこ。訴えられる前に消せっての」無意味に茶々を入れる宍戸。

『一説によれば、あの鎮守社は高天原家の暗部そのもの、とも。人体消失が起きるのは、暗部を暴かれたくない高天原家の意志によるものか、それとも彼らの栄華の裏で苦しめられた者たちの怨念か。――これより黄昏ヨミは、その真実を探る』

動画は終了した。アップロードされたばかりにもかかわらず、瞬く間に再生回数が跳ね上がり、そのコメント欄は有象無象の雑多なものに満ち溢れていく。

宍戸は、男性が消失する瞬間をコマ送りで繰り返し見る。

「こういう消失が可能なのは動画編集だけだな。それならもっと効果的で、恐怖を煽る消え方を演出しちまうのが人の業ってもんだが、この超然とした消えっぷり――」

「本物の超常現象だと、言いたげですね」

「いや、この動画だけじゃ〝人体消失現象〟と仮称認定するには証拠が弱い。弱いんだが――、ただまあ、こりゃちょっと調べてみる必要があるとは思う」

宍戸はモニターの光を色付き眼鏡に反射させながら、口元を歪めた。

※

エデンフォレストの名を冠した駅はものすごい賑わいようだった。まっすぐ歩くのも苦労する感じは通勤ラッシュと似ていた。晶は左手を何かに触れさせぬよう庇いつつ人混みを進む。この混雑の中で突然視界を幻覚で塞がれてしまうのが怖いからだ。

どうにか駅舎の二階から突き出た広い連絡通路を進み、宍戸との合流場所へと向かう。やがて見えてきたのは、エデンフォレストの名物モニュメントだった。

天上の国をイメージしたらしい、北欧風の大きな時計台。

開業三十周年を記念する真新しい旗がぶら下がっていた。

周囲には幾人もの若者が恋人や友人を待っていた。混みがちな駅前や本気で回ると一日潰れる敷地内のどこかで落ち合うより、たしかにここで待ち合わせたほうが無難だ。

そういう場所、だからだろうか。いつもどおりのリクルートスーツを着る晶は、周囲から少し浮いてしまっていた。着飾る楽しげな顔たちが己の携帯端末の画面を確認してはそわそわする中では、晶はどうにも肩身が狭い。早く来ないものかと思っていると、

「おう、待たせたな」と低く、通る声がした。

声の主に顔を向けるよりも、晶は周囲の同性に巻き起こるざわめきのほうが気になった。あたりを窺う。女性たちは何故か、二つうちのいずれかの表情を浮かべていた。どちらもベースとしては意外なものを見たという驚きの感情。

一つは、恥ずかしそうに視線を落としつつも、その人物を意識してチラリチラリと盗み見ようとする表情。もう一つは、ある種ストレートな含みのある愛想笑い。

いずれにせよ、若き女性たちは同方向に釘付けになっていた。

その視線に釣られるように、晶は声の主に顔を向ける。

「――、えっ、あれ？」

一瞬、誰かわからなかった。背が高くて格好良い人だな、とは思った。

サイズ感の合ったダークカラーのポロシャツとやや細身の白いパンツスタイル。綺麗めでシンプルな服装は否応なく着用人物のスタイルの優劣を露わにするが、晶の第一印象は「腰の位置が高いなあ」だった。どちらかと言えば彼は細身の部類なのだが、広い肩幅と厚い胸板と半袖から露出する腕周りから、華奢な印象はまったく受けなかった。

無造作ヘアは後ろでお団子状にまとめられ、色付きでない伊達眼鏡をかけている。

「――私服。そんな感じなんですね、宍戸さんって」

「ん？　ああ。なんだよその反応。おかしいか？」

「いえ。いつもの胡散臭さも緩和されていて」

普段からその格好のほうがモテるんじゃないか、と言いかけた言葉を呑み込む。

宍戸は片眉を上げた後に、やっぱり整っている顔立ちに不敵な笑みを浮かべる。

「そりゃあここもデートスポットだからな。潜入するならそれ相応に溶け込みやすい擬態もするさ。――そういう晶は、いつもどおりだな。悪かないが」

晶は視線を落として自分の格好を再確認する。その不釣り合いぶりが気になって無意識に眉根がぎゅうと寄った。それに気づいた宍戸はこほんと一つ咳払いをする。

「よし。——それじゃあ、服装選びから始めるとするか」

「は、え？　服装選びって、これから？　私そんな持ち合わせないですよ」

「なあに、事前に伝えなかった俺の落ち度だ。遠慮せず好きなもんを言ってくれ」

本当にショッピングモールの建物のほうへと連れていかれた。

宍戸は女性モノで固まるフロアを我が物顔で進み、どの系統が好みかと聞き出すやいなやそこへ入店、物怖じもせず小綺麗な店員に話しかけて協力を要請、あれはどうかこれが似合うのでは、と次から次へと渡してくる。晶は戸惑うばかりであった。

ちょっと強引で男前の彼氏さんと奥手で優柔不断な彼女さんの、ショッピングデート——やり手の女性店員は瞬時にそういうことだろうと確信して話しかけてきた。

「服選びあんなに手伝ってくれるなんて素敵ですね、ウチのにも見習ってほしいものですよう。まあ、あの格好良さは真似できないですけどねえアハハ」「わわ、お客様デコルテ綺麗。ちょっと勇気を出してこういう透け感あるレース素材のなんていかがです？」「とっっってもお似合い！　ぜったい彼氏さんも喜びますよう」

語尾に全部ハートマークがついているかのような語り口だった。

試着室のカーテンの中、明るく気さくな彼女の口数の多さに圧倒されて、晶は「違うんですそういうのじゃないんです」と言い出す機会を早々に喪失した。

宍戸は宍戸で面白がっているのか殊更わざとらしく言う。

「おう、それも可愛いじゃないか。ただな、晶の魅力はそんなもんじゃないはずだ。折角の機会だからな、もっと色々と試してみてもいいんじゃないか」

まったく慣れない世界観に、晶は変な動悸さえしてしまった。

ファッションショーは小一時間かけて巡りに巡る。

晶はだらだらと変な汗をかきながら、うんうんと頷くことに徹してどうにか場を乗り切り、最終的には〝王道ワンピスタイル〟とやらに着地する運びとなった。

値段を見れば普段購入するようなものの五倍十倍の値段がする。しかもその会計はさりげなく宍戸が済ませていて、ものすごく挙動不審になる晶を見た店員たちが「格好良い彼氏さんに翻弄されてるのね」なんて勘違いして生暖かい視線を送ってくるのも嫌だった。買ったばかりの服装で店を出た晶はもう疲労困憊となっていた。

「どうした晶、そんな気疲れしなくたっていいだろう」

笑う宍戸を、晶はストローを噛みながら恨めしそうに睨む。

「バイトで五十連勤した時よりよっぽど疲れましたよ、ホント意地が悪いですね。適当に安い服選んで、ぱぱっと済ませようって言ったのに」

道すがら買ったカフェモカ片手に、二人は近くの手すりに肘をかける。天井から地上階までの吹き抜けは壮大で、最奥は全面ガラス張りのため大きな観覧車が見えている。

「いやいや、こういう潜入地で〝ただのデート〟みたいなことをしておくのが良いカモフラージュになるんだよ。もしも俺たちを危険視してマークしている奴がいたとしても、途中で馬鹿馬鹿しくなって監視の目が弱まるからな」

　説得力もなくはないが、嘘か本気か微妙なところだと思う。

「——おっと、そろそろのはずだ」

　彼は時計を確認し、吹き抜けから地上階を見下ろす。

「ここは遊園地と商業施設のちょうど境目になるトコでな、駅からも駐車場からもアクセスが良いもんだから、力の入った催し物をする時はだいたいここになるんだ」

　宍戸はどことなくエデンフォレストに詳しい雰囲気がある。さっきだってそうだ。ちょっとした迷路のような館内も地図なんてろくに見ずに迷うことなく突き進んでいた。

「宍戸さんはここ、よく来るんですか？」

「来るのは十数年ぶりだよ。ただ、大昔にちょっと縁があってな」

　地上の大広場には、百名規模の臨時会場が設営されている。普段はアイドルや芸人なんかが上るのであろう壇上には格の高そうな机と椅子が設置されていて、その両脇には開業三十周年を知らせる垂れ幕が並び、マスコミや関係者が客席を埋めていた。

『それでは高天原開発機構、代表取締役社長(だいひょうとりしまりやくしゃちょう)、高天原繁範(しげのり)よりご挨拶を』

　アナウンスに促され真面目そうな男が登壇し、マイク片手に悠々と語り始める。

『――開業の日。今ほどは施設も充実していなかったこの場所で皆様にご挨拶したのを、昨日のことのように思い出します。その時の私はまだ名ばかりの専務で』

「ずいぶん若い社長さんですね。三十代そこらじゃ――、あれ？」

そう言って、晶は自らの発言がおかしいことに気づく。

「ああ。公表されているプロフィールが正しければ、彼はもう五十八歳だ」

『――ただ、私たちは歩みを止めず次のステージへと向かっております。この三十周年記念祭を終えた後、エデンフォレストは大規模再開発を敢行します。三十年からその先の百年を目指し、より洗練されたエデンフォレストに生まれ変わるために――』

聴衆のざわめきと、数多のフラッシュ。

階下の反応をよそに、宍戸は携帯端末上に開業当時の式典にて撮られたと思しき写真データを出す。そこに写る高天原繁範は、変わって見えるところと言えば髪型やスーツのデザインくらい。写し絵のような変化のなさは気味が悪いくらいだった。

「本当ですか？　――美容法を本にしたら、売れそうですね」

「はは、だな。謎多き高天原一族の実質的権力を握るのが、この謎めいた繁範氏だ。どこぞの動画配信者が探りたがるのもわかるが、そう簡単に尻尾を摑めやしないぞ」

「お金持ちだし、ガードが堅いと？」

「それもあるが、――〝高天原案件〟って警察庁界隈の隠語があってな。『調べても無駄』って意味さ。その語源は高天原家に関連する疑惑はいくら捜査したって何も出てこず、やがて圧力をかけられて打ち切られるってところから来てるそうだ」

また都市伝説みたいなことを言い出して、と晶は鼻白む。

「そりゃ日本屈指の大金持ち一族に対するやっかみもあるだろう。ただ、それだけでもない。長い間金持ちしてりゃあ良からぬ人脈なんてほっといたって増える」

宍戸はさりげなく周囲を一瞥したあと殊更に声を潜めて、晶に語る。

「繁範氏もまた隙のない人物でな。かつて彼が所有するビルの一つで変死体が見つかる騒ぎがあった。〝俺たちの仕事〟の可能性もあってしばらく調べたが、よっぽど慎重なのか、単に清廉潔白なのか——とにかく、何をどう探っても情報を得られなくてな」

その口振りはまるで高天原繁範に逃げ切られたと言うかのようだった。

「宍戸さんは、あのヨミさんの言うとおりで、高天原家には何かがあるって考えてるんですか？　それこそ、その暗部とやらを探ろうとする人を消してしまうくらいに」

いつになっても返答のない宍戸が気になって、晶はその横顔を盗み見る。彼は目を見開いて何かを凝視している。階下に佇むタキシードを身に纏った人物だった。

「————マスター？」

宍戸の小さな呟きは、きっと彼には届かなかったはずだ。しかし恰幅の良い壮年男性は何かに導かれるように上階へと目を遣った。順々になぞるような視線は宍戸たちのほうを過ぎていった後に、二度見するかのように再び舞い戻る。

髭を蓄えた彼の口が、一拍を置いて『理人？』と結んだ。

※

式典が終わるやいなや、大広場は撤収作業で騒がしくなる。階下に降りた宍戸と晶の元に「ちょいと失礼」「すまない、通りますよ」と人混みを割って現れた、髭面の壮年。

「理人、懐かしい顔と出会えたな」破顔で彼は言った。

「マスターこそ。いつからか連絡取れなくなって心配してたよ」

「ああ、そりゃすまない。不注意で携帯をダメにしてしまってね。――ただ、君の活躍はずっと見守っていたぞ。ここ数年はぱったり表舞台に現れなかったろ、どうしたんだい君ほどの奇術師が。グランドフェイクの不在は業界の損失だろうに」

宍戸はバツの悪い子供のような表情で、

「まあ、色々あってさ。ちょっと鞍替え（くらが）えして、今はしがない公務員勤めだ」

「――――そうかそうか。まあ、人生に変化は付き物だ」

うんうんと大きく頷いて共感する壮年男性。それ以上踏み込むことはないくらいの思慮深さがあり、そして宍戸の肩をそっと叩く優しさがある。どことなく潤んで見えるその瞳はまんまるで、晶は何かのマスコットキャラみたいだと思った。

「なに、色々あったがトータルでは元気にやっているから安心してくれよ。それよりマスターは？　その正装ってことはまさか、今も舞台に立ってるのか？」

「――いいや、私も似たようなものだよ。今はエデンフォレストの遊園地部門の支配人、なんて言えば聞こえはいいが、ただの雇われ中間管理職をやらせてもらってる。〝マスター〟だなんてよしてくれ、懐かしすぎて涙が出てしまいそうだ」

「今は〝桝川支配人〟か――違和感あるな、マスターって呼ばないと落ち着かないよ」

揃って豪快に笑い合う二人は、年の離れた親友を思わせた。遠巻きに見ていた晶は、マスターこと桝川がふいにそのまんまるな目を向けてきたことに少し驚く。

「失礼、お連れさんがいるのに。私は当館遊園地部門支配人の桝川と申します」

「ああ、悪い晶。この人は俺の奇術師時代の師匠だ。ずいぶん世話になった人でな」

「あ、鹿野晶といいます。宍戸さんとは――」

仕事の同僚で、と言おうとする刹那、桝川は意味ありげに目を細めた。晶は瞬時に身構えた。また彼女だなんだと勘違いされたなら今度こそきちんと訂正しよう、と。

しかし桝川が何か言うよりも先に制服姿のスタッフが後ろから現れ、「すみません支配人、ご来客です」と小さく耳打ちをする。桝川は口を閉じて軽い会釈を交わすに留まり、晶の警戒態勢は空振りに終わる。すぐに向き直った桝川は、

「——本当ならこのまま再会の祝杯でも上げたいところなんだが、今日は三十周年祭の初日で忙しくてね。機会を改めて今度食事に誘わせてくれ、色男くん」

「ああ、そりゃ嬉しいな。ぜひともお願いするよ」

連絡先を渡した後、スタッフルームへの扉に向かう桝川は去り際に言う。

「パークエリアには行ったかい？　君がここで公演した頃には未完成だったろ。人混みに疲れたならそこに行くのをお勧めするよ、まだなら彼女さんと行っておいで」

否定は間に合わず、桝川は扉の中に去っていく。晶は眉根を寄せた。


「それじゃ、ここが宍戸さんの奇術師としての始まりの地だと？」

若き日の宍戸は手先の器用さを見初められ、あの桝川に奇術師のイロハを叩き込まれたそうだ。短期間で頭角を現し、始めて挑んだ大舞台が十二年前のここであったらしい。

「ああ。当時あの人は〝トリックマスター〟って芸名で人気でな。生意気なガキだった俺を鍛えてくれた上に、彼のツテでここの前座に出してもらえたんだ」

大広場を抜けた先の遊園地もまた混雑していた。ジェットコースターの身長制限に弾かれて悔しがる幼児の後ろを抜け、きらびやかな白馬に跨る恋人たちが目立つメリーゴーラウンドの周囲を回り込み、強がりつつもその手をギュッと握り合う少年少女が並ぶお化け屋敷を傍目に見る。数多くのアトラクションの間を縫った先にある地下道を経由して辿り着いたのが、桝川にお勧めされたパークエリアの入り口だった。

先程までの人の賑わいが、どこか遠く響く。

商業施設と遊園地の敷地が交差する地点を中心にして扇状に広がっているその場所は、それぞれの世界観をきちんと分けるように設計されているらしい。出入り口の階段を昇った先に広がるのは広大な草原という、牧歌的な風景だった。

背後には商業施設のビルや遊園地の観覧車が目立たなくなるようにか、デザインアートを刻まれた外壁が設置されていて、尚更別世界に来たような思いにさせられる。

そういう特殊な環境だからか、宍戸の昔話も弾む。

「初舞台、だったんだ。滅茶苦茶に緊張した。しかしまあ――その割にそこそこウケて、それが嬉しくて嬉しくてな。もっともっと技術を磨いていった結果、気がつきゃ世間様から馬鹿馬鹿しい持て囃され方をするようになってたワケだ」

自嘲するかのように語る宍戸だが、その表情は明るいものだった。

宍戸と晶は高い壁に沿い中央部に向かって進む。せせらぎにはしゃぐ子供の声。木陰に設置されたベンチには小休止する大人たち。青空市が開催されていたり、酪農体験や乗馬体験ができるあたり、ある種テーマパーク的な趣きも強いエリアであるらしい。

「どうして奇術師を辞めて、この仕事を始めたんですか」

晶もまた、今までなんとなく聞けずにいた質問を重ねる。初めて会った時から気になっていた。どうしてその輝かしいキャリアを捨てたのか、と。

「話せば長くなるから端的に言うとだな——当時の俺は調子に乗ってた」

そのおちゃらけた物言いに「なんです、それ」と晶の相槌も軽くなる。

「一芸でのし上がった奴にありがちなんだ。そこそこの成功を経た途端、自分は完全無欠の人間になったと勘違いしちまうのさ。特技がちょっと認められただけ。それ以上でもそれ以下でもないのに気持ちはスーパーマン。んなコトあるわけないのにな」

宍戸はそう言いながら、携帯端末で動画を再生し始めた。ヨミちゃんねるの『人体消失現象』の場面だ。周囲と動画を見比べて、一致するところがないか探しているらしい。

「宍戸さんは——〝グランドフェイク〟、なんですよね？」

晶のその一言で、宍戸は苦虫を嚙み潰したような顔をした。

「——んだよ。知ってたのか？」

それから浮かべた不敵な笑みは、照れ隠しなのだと晶は思う。これだけ目の前で超絶技巧を披露しておいて気づかれないと思っていたのがおかしかった。普段とことん使わない表情筋を刺激された晶はこそばゆさを誤魔化しつつ、

「それだけ超一流なら、別に調子に乗っても仕方ないんじゃ」

「調子に乗って自分にのみ災いを招いたってんなら、自業自得だ仕方ないで済ませられ

るんだがな――ん？　おっと。ここか？　ここっぽいな」

そこは、敷地の中央部からほど近いところだった。木々と茂みに巧妙に隠された外壁と外壁の隙間のような場所。フェンスで行く手を阻まれたその先に、鳥居と鎮守社。

人体消失現象が撮影された現場だった。

昼過ぎながらもどことなく薄暗く静かで、異世界のような趣きがある。晶は何故か軽く身震いした。そこそこ年季の入ったフェンス。取り付けられた扉は厳めしい錠前で締められている。フェンスの右端の網だけやたらと綺麗なのは、きっと切断された箇所を修繕したからだろう。宍戸はフェンス周りとその向こうを念入りにチェックしつつ、

「晶、サイコメトリーしてもらえるか？」

「だから、サイコメトリーじゃないですってば」

「おっと悪かった。サイコメトリーじゃないよな。その類まれな第六感が宿る君の左手を触れさせて、何かの天啓が降りてこないか試してもらえないか」

「――それ、言っていることあんまり変わってなくないですか？」

もはや慣れつつあるやり取り。晶が渋々という体で左手を触れさせるのは、どうせ断ったところで彼のよく回る頭と達者な口でやり込められるに決まっているからだ。

小さく深呼吸をした後、そのフェンスを左手で触れる。

スイッチが切り替わり、視界がジャックされる。

暗闇の中、警備服を着た二人がフェンスの前に立っている。一人は初老で錠前が機能しているかを確認しており、もう片方の気怠げな男は手元を懐中電灯で照らす。

「田中くんは、夜勤シフト初めてだろ？　錠前を確認するのを忘れずにな」

「はあ、了解っす。——でも、ここっていったいなんなんすか？」

「さあねえ。商売繁盛祈願のお稲荷さんでも祀ってるんじゃないかな」

「だとしたら、こんな物々しいフェンスを設置する意味がわかんねえっすよ」

「ああ、それは——以前はよく子供が迷い込んできちゃったからじゃないかな。親からはぐれて泣いてる子を保護することが多いから、いっそ封鎖したんだよ」

「鍵は、誰が持ってるんすか」

「ん？　そりゃ警備室にあるだろうけど、なんでそんなこと気にするんだい？」

「——だって、鍵がかかってるかをわざわざ確認するってことは、ここは開け締めされる頻度が高いってことっすよね。誰が使うんすかこんなとこ」

「考えたこともなかったなあ——この外壁の向こうが備品管理室で、その上が社長室になってるから、あり得るとしたら社長が裏口として使ってるとかかな？」

晶は見える映像を口頭で事細かに宍戸に報告しつつ、それ以上手に入る情報がなくなるまで触れ直し続けた。それも一段落したと見て、左手を離す。

「そうか、ここは社長室の裏手になるのか」

ぼんやりして見ると空に溶けて見えなくなってしまいそうな色合いの高い壁。それを見上げながら宍戸は呟く。晶もまた同じく外壁を見上げ、それから視線を落としてフェンスの隙間の向こうにある鳥居と社を覗き見た。

「————あれ？」

鳥居も小屋もこんなに古ぼけてなかったのに、そう思った自分に驚く。見覚えがあった。脳の奥がちりちりと痛む。記憶の蓋を底から叩かれる感覚。それは左手が見せる幻覚なんかでなく、脳内でたしかに響く。もう一人の自分の声。

——ここに来たこと、あるでしょ。

あれはまだ子供の頃で、正確に言えば子供でいられた最後の日。両親と共にお出かけに来た。はしゃぎすぎた自分は一人ここに迷い込んだ。鳥居の奥にはお社があって、その奥には壁に隣接した小屋。飾り気のないところだから、係員の詰所か事務所への入り口だと思った。心細かったが安心した。ここで両親を呼んでもらえばいい、と。

程なくして係員らしき人が現れて。そう、そして、話をした。

変な質問をされた。祖父母は健在か。親しい親戚はいるか。両親とは仲が良いか。最近は何か悩みごとがあるか。健康状態はどうか。今、幸せか。その問いかけの仕方が病院に行った時にされる問診とどこか似ていたことをよく覚えている。

――忘れたふりしたって無駄でしょう。忘れられるわけないじゃない。

――だって。人生最悪の瞬間が始まる、その直前の記憶なんだもの。

今年の厄日は、どうやらずいぶんと手強くて粘着質であるらしい。晶が大脳皮質の奥底に押し隠した〝思い出すべきでないもの〟として蓋をするあの時の記憶。

その封は、すでに千切れる寸前まで来ていた。

呼吸が荒くなり、その場に座り込もうとする晶。

それに気づいた宍戸は、すぐさま彼女に肩を貸した。「いいです」「だいじょうぶ、ですから」とうわ言のように繰り返されるその言葉が嘘だと容易く見抜き、周囲を見回した後に小籔の近くの平地にハンカチを敷いて彼女を座らせて落ち着かせる。

宍戸はその目の前に座り込んで、じっと彼女を観察する。血の気は失せていて、呼吸は浅いが、しかしその症状が快方に向かっていることは見て取れた。

「――だから、大丈夫ですってば。その、ちょっと、ちょっとだけ目眩がして、ただそれだけですから。あんまりジロジロ、見ないでください」

軽口を叩く余裕も出てきたが、しかし宍戸は晶の横側へと回り込み、その両腕で彼女の体を軽々と持ち上げた。照れくささからか、わたわたと暴れ始める晶だがその力は弱い。その場から遠ざかっていく二人を、見届けるモノがあった。

宍戸が今しがた設置した、隠しカメラである。

折れた小枝の形を巧妙に模した特注品だった。誰かに監視されていても、どこかに監視カメラが設置されていても、気づかれないだろう。晶の身体を抱きかかえようとしたその瞬間にできる死角を利用し、それを近くの小藪の中にさりげなく設置したのだ。

小指ほどの太さの幹から覗くレンズが、フェンスの周辺を見つめている。

※

社の前から立ち去って、外壁と外壁の隙間のような道を抜けて、木々や茂みを飛び出した。遠くまで見渡せる草原に舞い戻ったあたりで、晶は鮮度の良い魚のように暴れ始めた。抱え続けるのをついに断念した宍戸は、最寄りのベンチに彼女を降ろした。

「もう、大丈夫だって言ったのに」

「なあにが大丈夫だよ、そんななまっちろい顔して。――またいつぞやのように〝恐ろしい映像〟でも読み取っちまったんじゃないだろうな」

「そういうわけではないです、けど」

「それじゃあどういうわけだ」

「――私も昔ここに来たことがあるなって。まだフェンスが設置されてない頃に。それを思い出したら、なんだか、その、気分があんまり良くなくなっちゃって」

「今は本当に平気なんだな？」

晶が小さく頷くと、宍戸はその横に腰を降ろして一息ついた。

何を察したのか、彼はそれ以上追及してくることはなかった。

次の季節の到来を予期させる高く抜けるような青空。先月よりは少し柔らかくなった日差しが降り注いでいる。風が草を撫でる音や小鳥の囀り、子供たちの歓声。晶の心に纏わり付く嫌な緊張感は少しずつ溶けていった。

しばらくそこでそうしている中で、ふいに小さな人だかりが移動しているのが見えた。それは周囲に複数人を侍らせながら、草原をぞろぞろと行進していた。

ありゃもしかして、と宍戸は伊達眼鏡を外して目を細めた。

インタビュアーらしき人物。大きなカメラを肩に担ぐ者。突き出される集音器。銀色のレフ板。何かの撮影だった。幾人ものスタッフを侍らすその中心には――高天原繁範。

宍戸は晶に目だけで、何も気づかないふりをしろと伝えた。

静かで長閑な草原風景の中、緩やかに日光浴を楽しむ人々を邪魔しないように移動するその集団は少しずつこちらに近づき、やがてその会話も漏れ聞こえてくる。

「――パークエリアは十年前、二十周年記念式典で正式にお披露目となった区域でね。エデンフォレストはお客様を熱狂させる施設づくりに心血を注ぎ続けている自負はあったんですが、二十年目を前にして来場者数の伸び悩みが課題になっていたんです」

それは、業界のトップランナーの仕事に密着取材をする、そんなドキュメンタリー番組であるらしかった。撮影スタッフらの腕章に、見覚えあるテレビ番組のロゴ。

「より目立つ芸をする者や著名人を呼んで集客を試みた時期もありましたが、効果は薄く――今思い返せば、当時の我々はお客様を〝お客様〟という枠に押し込んで、〝人間〟というものをきちんと理解しようとしていなかったんですね。人間は複雑な感情を持つ生き物です。皆が皆、素直に幸せを感じられる人ばかりじゃない」

インタビュアーが相槌を打つ。

「生活、仕事、人間関係。誰しもが何かしらの悩みを抱えていて、心の身動きが取れない方も多い。そういう方々に必要なのはより強い熱狂でなく、熱狂できるほどの心に回復させる環境作りです。それがここ――パークエリアのコンセプトです」

その瞬間だった。数人の若者たちが近づいてくるのが見えた。最初はあまりのうらかさに心を躍らせ、ふざけ半分で追いかけっこでもしているのかと思った。その集団の中にばっちりキメたゴスロリファッションが交ざっていて、そうでないことに気づく。

「うわ⁉　なんだ君たち、ちょ、やめなさ――」

社長の付き人たちや撮影スタッフの制止を、若者特有の向こう見ずさと腕っぷしで押しのける。密着取材の撮影が園内で悪目立ちしないように必要最低限の人数で行っていたのも災いしたのだろう。いとも容易く、彼らは高天原繁範の懐へと潜り込む。

騒然となる中で若者たちが彼に突きつけるのは――ハンディカメラとマイク。

「私は黄昏ヨミ。高天原繁範、あなたに聞きたいことがある」

訝しむ高天原繁範の視線に、周囲は何も知らないと首を横に振る。

「約十年前、都内在住の石渡コウキさん一家、木暮ハジメさん一家、白沢ミツルさん一家、佐藤ユキヒトさん一家――四家族が相次いで失踪した、通称連続一家失踪事件。彼らは皆、失踪直前にこのエデンフォレストを訪れていたのを知っている？」

高天原繁範はうろたえもしなかった。警備を呼ぼうとする付き人を手で制す。

「いや。今初めて知ったが、君たちは何が言いたいんだ」

「尋ねられたからには答える。だから貴方もそうして。彼ら四家族は敷地に隠された貴方たちの〝秘密〟を偶々知ってしまい、証拠隠滅のために消されたのでは？」

高天原繁範は大人だった。声も荒らげず、軽くあしらいもせず、後ろめたいところを隠す素振りもない。きっとそれは晶の隣で盗み見ている宍戸も同じ感想だろう。

「本当なら、私もショッキングな話だと思う。気が滅入るよ。ただよく考えてほしい。都内在住でエデンフォレストを一度も訪れていないご家族なんて少数派だ。私はそれだけの事業を進めた自負がある。ここに訪れたから失踪したのでなく、失踪者の中にもここを訪れていた者が多い——それが正しいデータの読み解き方じゃないかね」

子供を諭すような淡々とした喋り方が、むしろ迫力を感じさせた。

ヨミは怯むも、その濃いアイメイクの中には未だ強い疑念が燃えている。

「そうだとしても、ここではたしかに失踪者が出ている。そしていくつもの不穏な噂が流れている。火のないところに煙は立たないもの。何を、隠している？」

「何も。君たちは知らないだろうね——遊園地や商業施設では好き放題に無責任な噂話が生み出されることも、そして私たちがどれだけ大変な思いをして『人攫いのピエロが出る』なんて馬鹿げたホラ話なんかの払拭を試みてきたのかも」

「——それでは、この先にある、あの金網の中の鎮守社はなんと説明する」

ぴくりと身体を震わせた高天原繁範は、能面のような顔をしていた。

付き人の幾人かが顔を見合わせる。心凪ぐような牧歌的な風景が、唐突に異質さを孕んだ光景に見えてくる。痛いところを突かれた反応だと思ったヨミは畳みかける。

「六年ほど前に唐突にフェンスで覆われたあそこには何が？」「怪人が棲み着いており、その者からの質問に答え間違えると誘拐されるという噂があった」「我々はそれがただの噂じゃないことを確認している」「実際にそこで噂どおりの体験をした人物から話を聞くことができた」「ここは組織的拉致が行われていたところなのでは？」

今までことの推移を見守っていた密着取材の撮影スタッフたちが段々と戸惑いの色を

濃くしていく。付き人たちが彼らに慌てて否定する中で、高天原繁範はぽつりと言う。

「わかった。ついてきなさい」

そう言って、先程宍戸と晶が足を踏み入れた茂みのほうへと向かう。

「しゃ、社長⁉ 一般の方をバックルームに入れるのは——」

「仕方ないだろう。ここまで来てお帰り願うほうが、我が社の損失になる」

ヨミの仲間たちの顔に興奮とも緊張とも取れる表情が浮かぶ中、彼女だけは口を真一文字に結んでいた。集団は、高天原繁範と共に茂みの中へと消えていく。


ベンチに座ったまま動き出そうとしない宍戸に対して晶は、

「宍戸さん、いいんですか？ 彼らの後をついていかなくて」

「繁範氏が自らその中を見せるなら、見られても問題ないようにし終えてるんだろ。俺たちの存在を気取られるリスクを冒してまで無理する必要はない。まず様子見だ」

「でも、私が言うのもなんですが——その人体消失現象とやらが本物であったなら、人目につかないところに連れてかれた彼らも危ないってことなんじゃ」

「そうだとしても、この場で消される可能性は低いさ。まあ待ってろって」

「可能性は低いって言っても——」

本当に良いのだろうか、晶は不安になってしまう。

投げやりに言われた「サプライズってな」の言葉と共に、宍戸は携帯端末の画面を見せてくる。何に驚くべきなのかと思って見つめる。わずかなタイムラグの後に表示されたのは、フェンスに囲まれた社の映像だった。

いつの間に隠しカメラを設置したのかと晶が問おうとした瞬間。

画面の中で、高天原繁範がフェンスの錠前を開け始めた。

晶は固唾を呑んで見守る。もしも彼らが急に消失したらどうしよう、と。

一部が観音開きになったフェンスを跨ぎ、彼らは中へと入っていく。鳥居。小さな社。語る声、「先人たちへの敬意でね。初めて立てた時から位置を変えていない」「この社は高天原の先祖がここを開拓した時に商売繁盛を祈願して建立した」と。大したものが見当たらないからか、ヨミは壁に隣接した小屋の中も見せろと食ってかかる。

小屋に鍵はかかっていないらしい。

晶がその中に入っていく人数を数え始めたのは、戻ってくる人数が減るんじゃないかという恐れからだった。人影が吞み込まれ、静止したかのよう画面から変化がなくなった後——晶の不安をよそに、集団の人数は増減もなく普通に戻ってきた。

ヨミを含む若者たちは、高天原繁範と撮影スタッフたちよりも一足先に草原へと戻ってきた。彼らは皆揃いも揃って浮かない顔をしており、

「ヨミちゃんさ、コトの重大さ、わかってる？　フェンスの中はただの倉庫しかありませんでしたなんて動画アップしてさ、再生数や収益が伸びると思ってる？」

鞄を抱えて俯き、消え入るような声で「ごめんなさい」とヨミは言う。

「謝っても済まないよ。君が言ったんだよね？　村崎センセが消された案件をつつけば、いつか必ず黒幕が現れるってさ。こんなしょぼい素材じゃ誰も騒がないでしょ」

「でも綿部さん、あの人が残した取材手帳だと――」

「じゃ早くそれを見せなよ。ボクのほうが村崎センセの記録を有効活用できるんだって。そりゃセンセの考える真実とは少しズレるだろうけどさ、そのほうが視聴者も面白がるよ。案外そういう動画上げたほうが、村崎センセも怒ってすぐ現れるんじゃない？」

「こ――これは、あの人が、私だけに残してくれたものだから」

「君たちの関係も疑わしいけどね。実は村崎センセに遊ばれてたんじゃない？　それか遊ばれてるって気づいたヨミちゃんがセンセを殺しちゃって、おかしくなった君は自分が殺した相手を探し続けてたなんてオチなら、すごい盛り上がるんだけど、どう？」

綿部という男は若者らの中心人物らしく、全員が彼に同調し下衆な笑い声が上がり、ヨミを寄ってたかって苛める形となる。晶は深く眉根を寄せる。

こういうのをスマートに解決しそうな宍戸は彼らを静観、その視線は調査対象の一つを見るかのように乾いていた。そうする意味がわからずに晶は静かに殺気を蓄える。

「でもさ本当にこのままロクな動画作れなかったら、ボクらには何の利益も生まれないんだよ？　まずいでしょこれだけタダ働きさせて無報酬なんて。最悪の場合は、君だって女で、若さだけは取り柄だろ？　その身体で金稼ぎでもして――」

もう我慢ならなかった。晶はすくりとベンチから立ち上がる。

宍戸が「おい落ち着け」と小さく言うのが聞こえたが気に留めない。短い芝生をざくざくと大股歩きで綿部へ向かっていく。苛立ちを全身全霊で示すべくドスを利かせ、

「――やめなさい」

突然現れた晶に、綿部は一瞬目に見えて怯む。しかし、

「何お前。通りすがりに正論ぶつけて、ムカつく奴全員ぶん殴ってく正義中毒者？　メンドーな美人とか無価値だから黙ってろって。――ヨミちゃんだってわかってるでしょ？　ボクたちがいないと何もできない無能なんだし」

相手が女性一人であると確認すると、瞬時に彼らは増長した。こんな時でも半笑いでハンディカメラを回しているのが余計に苛立ち、晶はカメラを掴んで引き下げる。

「やめなさい、って言ってるの！」

「あのねえ。ボクたちなりの関係性をさあ、何も知らない部外者が口出すなよな。仮に部外者じゃないって言うなら、アンタもヨミちゃんと一緒に金稼ぎしてもらおうか？」

下衆なクソ野郎だ、と晶は思った。だから言った。

「下衆なクソ野郎ね――貴方たちは自分で稼ぐって頭も体力も気概もないの？　言い返せない立場の相手を虐めて憂さ晴らししてないで、道徳の授業でもやり直したら？」

晶の強烈な冷たい視線に彼らが引き下がらないのは、振り上げた拳を納めるやり方がわからないほどに理性と知性が欠落しているからであった。

「――アンタみたいな気の強い女をさ。屈服させるの、超楽しいんだよね」

綿部ののっぺりとした目に、残虐な色が灯る。ニヤつく取り巻きたちと、身を竦めるヨミ。力任せに飛んでくる綿部の拳を晶は腕でいなすが、それで彼に火が点いた。躍起になった彼の荒々しい攻撃についに右腕を掴まれて、逃げられないところを殴られそうになる。やむを得ず左手でそれを止める。それは綿部に触れることに他ならない。

晶は焦る。スイッチが切り替わり、視界がジャックされる。


薄暗闇の中に、一人の男がいた。

「君、城蹊大学三年生の綿部くんだね。マスコミ研究会会長の」

光の加減でその顔の詳細は見えない。双眸だけが薄く光を反射しているのが辛うじて見えるだけ。わずかに警戒感を滲ませる綿部に甘い声で囁く。

「探してほしい人がいるんだ――フリージャーナリストの村崎裕士、君の知り合いだろ？　もしも彼の居場所を探し当ててくれたら、三百万を払うよ」

その言葉を信じられず鼻で笑い飛ばす綿部。

「そうだね、信用は大切だ。それじゃ前払いで半分を出す」

渡された封筒に、綿部は裂けるような笑みを浮かべた。

「――アンタ何者？　あの人、また何をやらかしたんすか」

「知らなくて良いことだよ。まあ、高天原の縁者とでも言っておこうか」


慌てて左手を離す。元に戻った視界にはすでに綿部の拳が産毛（うぶげ）が見えるくらいに迫っていて、晶はすぐに襲ってくるであろう痛みを覚悟するが――視界の隅から、するりと手が現れた。綿部の拳を勢いそのまま受け止めたその男は、呆れ返った声で言う。

「おいおい、女の子に手を出すのか？　情けない奴らだな」

体格の良い宍戸が現れると、綿部はあからさまに大人しくなった。小さな舌打ち、しかしそれ以上言葉を紡ぎはしない。茂みから遅れて戻ってきた高天原繁範の付き人が、彼らを見て、「こら君たち、もう施設内で撮影しないって約束したでしょう！」

その叱責を最後まで聞くことなく、彼らは散り散りに逃げていった。

一人残ったヨミは、地獄の底にいるかのような顔で立ち竦む。

※

ヨミをそのままにすることもはばかられ、宍戸の車で家まで送り届けることになった。無気力で無口な彼女から辛うじて聞き出せた住所へと車を走らせる中で宍戸は、

「なあ、お嬢ちゃん。どうしてあの男の言いなりになってるんだ？」

後部座席のヨミは俯いて答えない。格好も相まってそういう人形のように見える。高速道路のトンネルを何度か抜けても返事はなく、隣に座る晶はもどかしくなった。

「ヨミさん。綿部たちとつるむの、もうやめたら？　彼らといて何の得があるの。仮にどんな得があったとしても、こうむるストレスで結果マイナスじゃない」

「――あなたたちに、何がわかるの」

ヨミは表情もなく呟いた。聞き流してしまいかねないくらい、何げないもののように聞こえた。だから運転中の宍戸はそれを聞いても驚かず、温度感としてはだいぶ生ぬるい相槌を打つのみに留まった。次の話題の引き出し方を算段しているのだろう。

その一言の深刻さに勘付いたのは、晶だけだった。

――あなたたちに、何がわかるの。

泣き言でも八つ当たりの類でもなかった。

それはきっと、その身を取り巻く環境への〝呪詛〟だった。

晶は自分がどうしてそうだと確信したのか、論理的な道筋を立てられないことに恐れを感じた。左手を触れて何かを読み取ったわけでもない。晶はおそるおそる尋ねる。

「――ヨミさん。村崎って人とは、どういう関係なの？」

「クソみたいな毒親から救ってくれた、わたしの婚約者」

婚約者。晶も宍戸も、目を見開いた。え、という声も漏れただろう。

宍戸から説明されていたのは村崎というジャーナリストは四十代半ばの男性で、そして後部座席に座るヨミはせいぜい十代後半くらいの女の子だった。その年の差は親と子のそれほどにある故の驚きを、仔細にヨミは感じ取った。

「あなたたちに!!　何がわかんのよ!!」

それはきっと、魂の叫びだった。

西洋人形の如きヨミの上っ面は瞬く間に剝ぎ取られて、ひどく苛烈な表情が現れる。

それは怒りであり、焦りであり、苦しみで、寂しさで、そして何よりも明確な絶望。

「――どいつもこいつも似たりよったりな反応してさ！　私らのこと知りもしないで、騙されてたんだの遊ばれてたんだの！　面白半分で訳知り顔の口ききやがって、ふざけんなよ！　年の差があっただけでなんで誰もまともに話聞かねえんだよ!!」

彼女は言いながら、前の席に真っ黒の編み上げブーツで何度も何度も蹴りを入れる。

車体に振動が伝わる中で、彼女を運転席の後ろに座らせなかったのは幸運だったと晶の中の冷静な部分が思う。運転席の宍戸も似たようなことを考えただろう。

「村崎さんは逃げたんじゃない。高天原に都合の悪い真実を摑みかけて消されたんだよ！　あなたたち私の動画を観たでしょ⁉　あれは村崎さんが最後に残した決定的な証拠なの‼　――どうして、どうして誰も信じてくれないの‼」

光の灯らないその瞳から、やがて大粒の涙が零れ始める。

〝どうして誰も信じてくれないの‼〟

それが彼女の本心だった。涙で乱れたメイクの隙間から覗く、幼さが色濃く残る彼女の素顔。そこに世間に受け入れてもらえない悲哀と恨みが生々しく透けている。

晶は罪悪感を覚えた。自分も違和感のある関係だ、と思ってしまったからだ。話を聞く限り浮かぶのは、年端も行かない女の子と、それを弄んだ中年男性という最悪の絵面。そしてそんな一般論という名の偏見が、彼女を苦しめて追い詰めたのだ。消失した婚約者を探そうと手を尽くしたくとも、誰かに一部始終を話すたびに〝普通の考え〟や〝ありふれた正論〟を含み笑いで語られ、まともに取り合ってもらえない。

それがいかに傷つくことで、不安だったか。「どうして誰も信じてくれないの」が「あなたたちに何がわかるの」へ悪化するのも、さほど時間を要さなかっただろう。

彼らの関係性の実際のところが、どうだったかはわからない。

しかし少なくとも、嗚咽する小柄な彼女、ヨミこと市原恋世美の心が感じ取っていた世界はそうではないのだ。自らが信ずる日常が壊れ、それをどうにか元に戻そうとしているのに、周囲からはお前の日常は間違っていると踏み荒らされてきた。

誰からも共感されず、救いの手を差し伸べる者もいない。

滅茶苦茶となった非日常の中で、ただ独りぼっち。

晶はヨミに対する既視感の理由に気づく。

――何よ。あなたはこの目を、忘れてたっていうの？

――七年前、自分だってまったく同じ目をしていたくせに。

晶の脳内に響く。もう一人の自分のひどく冷たい声。ずきん、と頭が痛む。どうして誰も信じてくれないの、あなたたちに何がわかるの、どちらも口によく馴染んだ台詞だ。

宍戸はハンドルを握ったまま、問いかける。

「ヨミ。少しだけ質問いいかな――村崎裕士の本名は知ってるか？」

彼女は冷水を浴びせられたような顔をした。

「村崎さんは村崎さんでしょ、――――違うの？」

「あんま知られてないが、その名はペンネームだ。本名は田中元哉（もとや）」

知らなかったらしい。彼女は呆然とした。そしてその後、自分が村崎の本名を知らなかったことから導き出される事実を悟り、再び顔を歪め始める。

「去年、村崎が発表して何かの賞取った『冷たい瞳の子供たち』ってルポ本さ。その四章でネグレクト児のKって紹介されてた子が君、だよな？ 取材対象だった君が、どういう経緯で婚約することになったか、よければ教えてくれるか」

それは、残酷な質問だった。

「ち——ちがうもん!! だって、だって、村崎さんに、助けられて、私、あの人、ひっ、ヒーローで、っ、結婚してくれるって、大人になったら、ひっく、大人になったらっ、いいって、いいよって、むらさきさん」

「証拠として残るものはあるか？ 婚約指輪だとかメールだとか——」

ロングフリルが施された黒いスカートの膝には零れ落ちた涙の跡ができていて、それは晶が見ている間もぽたりぽたりと増えていく。顔を覆い始めたヨミに晶ができることなど、震えるその細い身体に静かに右手を添えるくらいだった。

「宍戸さん。もう、やめてもらえませんか」

「いや、晶。しかし——」

「やめて、ください」

宍戸は問いたげな視線をミラー越しに送るが、それきり押し黙った。何の解決の糸口も摑めぬままに、車は彼女の自宅へと到着した。

※

「読めんな、状況が」

数日後、呼び出してきた宍戸はいつもの細身で高そうなスーツを身に纏い、おまけに目の下に隈を作って開口一番そう言った。エデンフォレストでの人体消失現象騒ぎ、それに関わる者たちの裏を探るべくここしばらく暗躍していたそうだ。

「他の局員たちにも無理言って探ってもらってるが——正直どれも決定打に欠ける」

エデンフォレストを訪れた一家が相次いで失踪したとされる謎。フェンスの中の高天原の闇を調べたジャーナリスト村崎とその連れの消失。村崎の婚約者を名乗るヨミは彼を見つけるべく、世間に超常現象の実在と高天原の闇を訴える動画をネット配信。

撮影の手助けをする大学生綿部は村崎と繋がりがあり、かつ高天原の縁者を名乗る謎の人物から村崎の捜索依頼を受諾。エデンフォレストのトップで高天原家の権力者である高天原繁範は、フェンスの中には噂されることは何もないことをヨミたちに証明。

複数の思惑が絡んだ末にできた、複雑な状況。

「誰かが嘘をついてるのなら——そういうのを見抜くの、お得意なのでは？」

「ああ、得意だよ。だがしかし、本人が嘘だと思ってなけりゃそれは嘘じゃなくなるからな。盲信していたり騙されていたりなんかすれば途端に難しくなる。何より、誰かが真実を隠すために意図して攪乱してたりしたらもう最悪だぞ」

そういうもんですか、と晶は小さく呟く。

「そういうもんだよ。超常現象が起きてるかどうかだって定かじゃないが——もしも誰かが人体消失現象を活用しているなら、そりゃ高天原家側が怪しいんだろうが」

「だから、内部事情に詳しい人間に聞き取り調査をする、と」

「そういうことだ。昔馴染みの人が働いてたのは幸運だった」

宍戸と晶はエデンフォレストの商業エリアの屋上へと赴く。

陽はちょうど沈み始めたところで、右は夕暮れ、左は星空、その中央には呑み込まれそうな深みのある紫色が広がっている。展望台に等間隔に並ぶカップルたちの後ろを通過し、シックな色合いと側面のガラス張りが目立つ建物に足を踏み入れる。

そこはこのエデンフォレストの敷地内でもっとも眺めが良く、そして平均単価ももっとも高い、創作仏料理を売りにしたフォーマルなバーレストランであった。

宍戸のセーフハウスとは似て非なるそこは大理石のカウンターが設えられ、ピアニストの生演奏が行われている。恭しく礼をして迎えた店員に奥の個室へと案内されて、

「やあ、マスター。良い店だね」

桝川支配人は、切り抜かれた夜空を背後に人好きのする笑みを浮かべた。

「だろう？　予約の取りにくい店だが、雇われ支配人権限で用意させてもらったよ。さあさ、まずは祝杯を上げようじゃないか。──理人、君はどうする」

「そうだな。勤務時間外だけど、職場から呼び出し喰らう可能性もあるからな。今日は軽めにしておこうか──サラトガ・クーラーはあるかな？」

その一言に、支配人は恰幅の良い身体を大きく震わせて笑った。晶はその理由がわからなかった。二人のお決まりのやり取りだったのかな、と思う。

「君も変わらないね。もちろん用意させてもらうさ。──さて、鹿野さんはどうする？　もしもお酒が苦手でなければ、良いシャンパンが入っているよ。屈指の名産地、ヴェルズネイでも最上区画のピノ・ノワールのみを使った逸品だ」

酒の良し悪しのわからない晶だが、そのすごそうな文句に惹かれて頷く。

「嗜める人がいて嬉しいよ。それでは再会を祝して！」

宍戸と支配人は、本当によく喋った。

何年ぶりかもわからないと言ったが、そうとは思えないほどに話は弾んだ。宍戸を奇術の道へと引き込んだ師匠である支配人。彼から話される思い出話はグランドフェイクという伝説的奇術師の側面より、若き日の宍戸のやんちゃぶりのほうが色濃かった。

修業時代に因縁をつけてきた荒くれ者をのしたところ、後日報復に来た相手から危うく利き手の腱を切られかけ、寸前で支配人に助けられただとか。

偶然観客の中にいた某国王族のご令嬢にその手腕と整った風貌を見初められて、あともう少しで某国の王子として迎え入れられてしまいそうだっただとか。

効果的な誤認誘導は三度意識を逸らさせるべきところを、悪ノリで十数度も交えたせいで観客全員から「すごいけど何が起きてるの?」という顔をされただとか。

何かを話すたびに腹を抱えて大笑いをする二人。晶は楽しそうにする彼らを見るのが楽しくないと言えば嘘になったし、久方ぶりに会ってもすぐに当時の雰囲気に戻れるという仲の良さに羨ましさを感じた。酔いも食も進んだ頃を見計らって宍戸は、

「しかし——まさかマスターがここの支配人だったなんてな、驚いたよ」

「生涯現役で居続けられる奇術師なんて、ほんの一握りだ。そういう意味じゃ短い時代だけでもここのショーの顔役ができたのは良かったよ。時代遅れになって客寄せもままならなくなっても、その時の縁で裏方の仕切りの仕事を任せてもらえたんだしね」

しみじみとそう語る支配人は、赤みがかった瞳で遠い目をした。

「それじゃ、ここで働いているのはけっこう長いんだな」

「ああ。もう十年くらいになるのかな」

「そういや、この前お勧めしてくれたパークエリア。フェンスで囲まれた神社みたいな、

変な場所がないか？　散策してたら迷い込んでさ、なんなんだありゃいったい」

切り出した。晶はボロを出さぬよう、グラスを傾けるのに専念する。

「大したことじゃない。知らないほうがいいよ」

支配人は、今までと打って変わって低い声でそう呟いた。すかさず宍戸は空になった彼のグラスに何本目になったかわからない、今は赤のボトルを注ぎながら。

「なんだそりゃ。勿体ぶるようなことなのか？」

支配人は個室の扉の磨りガラスをじっと見つめ、誰もいないことを確認し、

「今から私が言うことはすべて忘れてくれよ。身内の恥を晒すような発言だからね——。エデンフォレストの運営は、高天原開発機構だって知ってるかい？」

「高天原って、ああ、あの旧財閥系の？」知らぬ素振りで問う宍戸。

「そう。そういう母体だからかね。高天原社長も、その周辺人物も選民思想が強いというか、あまりいい印象がないというか、率直に言えば恐ろしい人たちでね。私が何か言ったと彼らの耳に入れれば、雇われ支配人なんて即刻お役御免だ」

「わかってるさ。他言無用、だろ」

宍戸と支配人は顔を見合わせて、口の端を吊り上げあう。

「アレは幕末頃に高天原一族がこの地を開拓した際に、新天地での商売繁盛を祈願して建てられた稲荷神社だ。先人たちへの敬意から建立後一度も場所を動かしていない、な

んてことを社長は言っているのを聞いたことがある——けれど」

「それはあくまで表向きの話だと？」

「ああ。そもそもこの地を開拓した理由が、戦争や飢饉続きで増えた孤児たちの保護施設を作るためだったそうだ。そんなところに商売繁盛の神を招くのは妙だろう？」

濃い両眉を上げた支配人は再びグラスを傾けた後、

「実はあれはね、慰霊碑なんだ」

「——慰霊碑？　何のため？」

「高天原のルーツは人材斡旋業、孤児の保護もその一環だ。当時は命の価値が安かった。使い捨てのように死人が増え、やがてその祟りを恐れた当時の長が建てた」

まるでヨミの配信動画を裏付けるような内容に晶は内心驚いていると、

「——というのも、後世に作られたそれっぽい嘘なんだってね」

晶は持っていたワイングラスを取り落としそうになった。支配人は嬉しそうに笑う。

師匠と弟子だけあってか、その芸風は似通ったところがあると晶は思う。

支配人は三度グラスに口をつけて、その中身を空にした後に、

「本当は、なんでもない鎮魂社なんだ。ここの建設や改築にあたって不幸にも事故で亡くなった建設員がいたり、また長く運営していると敷地内で急病によって亡くなる人ってのもいるらしくてね。そういった死亡者で悪い噂が立って経営に差し障りが出ること

ないよう、信心深かった先代社長が作らせたんだ」

悪い噂が広まった時の対応の大変さは、高天原繁範当人もこの前言及していた。たしかに経営者側からすれば至極もっともな発言だと晶は思う。しかしそんな説明だけではヨミの心が救われることなんてないというのもまたたしかなのだ。

「イメージの大切な商売なもんで、社長は噂に過敏でね。変な噂が立つたびに躍起になって火消しをするんだ。子供が面白がって作っただろう都市伝説一つで、開業当初からいたマスコットキャラを容易く〝いなかったこと〟にするくらいに」

つまりは恐ろしい謂れなど、一笑に付す程度のものだと彼は言いたいのだろう。

宍戸もこれ以上深掘りしたところで無駄だと判断してか、あっさり引き下がる。会話が一段落した後のわずかな間、それを待っていたかのように支配人は熱っぽく語る。

「それより理人。今度ウチのステージに立ってくれないか？」

「──無理無理、俺はただのしがない公務員だよ。副業だって禁止だ」

「伊達や酔狂で言ってるわけじゃないぞ。私のような凡百の奇術師じゃ無理だが、〝グランドフェイク〟ならウチの大ホールだって簡単に満席御礼(おんれい)だ。ちょっと考えてみないか？　鹿野さんだって見たくないかい、スポットライトを浴びる彼をさ」

酒も手伝ってか、支配人の勢いは凄まじいものだった。

ギラギラした目で身を乗り出す彼に、困った苦笑を浮かべ首を横に振る宍戸。気圧されたその姿が物珍しくて晶は思わず酒の肴にしてしまう。

「おい晶、ニヤニヤすんな——無理だよ俺は。マスターだってまだまだ現役だろ？ 手指もきちんとケアしてるしさ。それならマスターがやったほうがよっぽど——」

支配人はおもむろに空っぽのデザート皿の近くに置いていたナプキンを拾い上げて死角を作って睨み、ワイングラスを消したり出したりしてみせた。晶は歓声を漏らし、宍戸もやんやと囃し立てる。しかし支配人はすぐにつまらなそうにナプキンを放って、

「いーや、私じゃあ意味がないんだ！ 多くの観客を熱狂と興奮の渦に巻き込むのは、いつだって君だ‼ 君が磨き上げた技だからこそ、価値があるんだ‼」

支配人は語れば語るほどにそのエンジンの回転数を上げて、その赤ら顔の勢いは半ば常軌を逸し始めてきた。今すぐにでもステージを用意すると言わんばかりに。

「ほら、あの綺麗な助手の子とは今も連絡取っているのかい？ ああ年かな、名前が出てこない、ええと——あのエキゾチックな風貌のさ、彼女もまた、天才奇術師として活躍してた、一緒にテレビ出てたろ、よ、よ、ヨーコ・ナトリだ！」

「————彼女は、亡くなったよ」

その宍戸の声があまりに冷え切っていて、晶はぞっとした。

「そ、そうか。それは失敬。惜しい人を亡くしたな」

「ああ。本当に。今でも、その時のことを思い出す」

表情が抜け落ちた宍戸は、どことなく恐ろしかった。今までの盛り上がりが嘘だったかのように静寂が訪れ、扉の外から響くピアノの音が殊更に大きく感じられた。

その時、着信音が鳴り始める。

支配人は「おっと、すまない」と慌てて懐から携帯端末を取り出して、背を向けて誰かと通話し始める。宍戸は氷の溶け始めたカクテル・グラスの中身を一息に飲み込んで、それから細く長い溜息をついた。その時にはすでに宍戸の顔に不敵な表情が戻っていたが、その一瞬前には泣き黒子に涙でも伝いそうな顔をしていた気がする。

晶は何も言わなかったし、言えなかった。

生きていれば大きな疵を作ってしまうことだってあって、そしてそれは疵になってしまった後からではどうしようもなく手遅れであることを、晶は具体的な経験を通じて知っていた。何を言われようと、疵は疵として残り続ける。

「ええ⁉　そりゃあ本当かい――。今すぐ確認する、URLを送ってくれ」

支配人の素っ頓狂な声で、淀んだ空気が一変した。

彼は携帯端末の画面を凝視し始めた。その画面には動画サイトが開かれていて、そこに映るのがゴスロリ姿の女性だと気づいた晶は宍戸に目で合図を送りつつ、尋ねる。

「マスター、どうかしたのか？」

「いや、なにやらエデンフォレストの敷地内で無断撮影された動画がネットに上げられたらしくてね。その内容がちょっとマズいものだとかで――」

支配人は額に脂汗を浮かべながら、携帯端末の音量を上げていき、

『死して屍拾う者なし、黄昏ヨミよ。暗夜の同志諸君、まずは短い動画であることを詫びる。エデンフォレストに潜む邪悪は、我々の想像を遥かに超えるものだった』

その動画は、予告編であるらしい。

短くカットされた素材が繋ぎ合わされたそれは、画面すべてに目の細かいモザイクがされているが、大して意味をなしていない。見ればわかる。エデンフォレストの最寄り駅、時計塔広場、モール、開業三十年を祝う壇上の高天原繁範、その映像の中に――。

『――やめなさい、って言ってるの！』

ドスを利かせて荒々しくカメラに摑みかかる、晶の姿だった。

まるで撮影されたらマズいものを制止するかのように切り貼りし捻じ曲げられた動画。

晶は気が遠くなる。声とシルエットで気づいたのか、支配人が画面と自身を見比べて不思議そうにするのも嫌だった。悪意ある編集は、綿部の報復なのだろう。

そして。フェンスの中へと、足を踏み入れるヨミの後ろ姿。

小屋の中に入っていく。同時に画面はブラックアウトしていき――。

カツ、カツ、カツ、ギイ、ギイ、ギイイ。彼女のヒールが地面を叩く音。

『ここはいったい――？』黒い画面に浮かぶ、近日公開予定の文字。

動画が終わった後、口火を切ったのは支配人だった。

「――鹿野さん、この動画の撮影者と知り合いなら、やめさせてくれないか？」

「ち、違います！　知り合いじゃないです。私も知らないうちに撮影されてて」

「そうか。はあ――。気が重いな、上に報告しなくちゃならんよなあ」

酔いも抜けきった青ざめた顔で、支配人は小さく呟いた。

※

宍戸は語る。村崎の失踪に何らかの形で関与している者が誰かと仮定すると、

「そりゃあ可能性だけで言えば、高天原繁範だ。『高天原家の闇を知られたくない』にしろ、『エデンフォレストの風評被害を避けたい』にしろ、動機はある。そして権力者である立場上、何か不審な点があったとしても隠しきれる」

しかし高天原繁範は九時に出社して社長室に閉じこもり、十八時に退社して世田谷区の大邸宅へと帰る。行きも帰りも黒塗りの高級車の送迎。それ以外は平日も土日も外出はしない。例外は月に一度の健康診断で近くの大学病院へと通うくらいのもの。決まりきった生活を繰り返す彼は、宍戸からすると付け入る隙がないらしい。

「奴の牙城はすぐには崩せない。だったら他からアプローチするしかないだろ」

次に調べるべき対象が誰になるのかというと、綿部であるらしい。

そう聞いた晶は、車を近くのコンビニに停めてほしいと言い出した。缶コーヒーを一本だけ購入して大きなビニール袋に入れて帰ってきた彼女に、宍戸は問う。

「なんだそれ。喉渇いてたのか？」

「いえ、別に。言葉と態度で伝えたつもりですが、どうやら彼には軽んじられているようですから。モザイクがかかってたとはいえ人のことを勝手にネットに上げる人ですもの。それ以上ひどいことをされる前に、私のことをきちんと伝えておかないと」

「――それで、缶コーヒーとビニール袋？　何に使うんだ？」

晶は缶コーヒーの入ったビニール袋を底のほうできつく結んで、缶が固定されるようにした。ビニール袋の長さの間合いを身体に覚え込ませようと軽く振り子運動をさせる彼女の姿を見て、宍戸はふとその利用目的に思い至る。

「やはり、腕力では負けますからね。とはいえ、銃刀法違反は良くないですし」

簡易的なそれは、ブラックジャックという遠心力を利用する殴打武器だった。

宍戸はそっと車を停め、三度の誤認誘導（ミスディレクション）をした後に晶が持つそれを掠め取る。袋を破って缶のプルタブを引き、真夏の大酒喰らいがビールを飲み干すかの勢いで空にした。

「ひどい！　なにするんですか！」

「晶って、たまにえらく非常識なことしでかそうとするよな」

「────な、なんですか、そんな私が異常者みたいな言い方して。違いますよ。脅しにしか使いませんよ、何もなければ。ほらその、女一人じゃ何かと危ないし」

空になった缶をホルダーに突っ込み、宍戸は小さく溜息をついた。

対象は、大学のサークル棟から複数人を連れて現れた。

ヨミはいないが、エデンフォレストで高天原繁範に突撃取材を行った面々とその顔ぶれは一致する。彼らはそのまま近くの安居酒屋に入り座敷席を陣地として「打ち合わせ」と称して酒盛りを始め、宍戸と晶は仕切りを挟んだほど近いテーブル席に座った。

わざわざ近くの席を確保した意味がないくらいはばからず大声で騒ぐ彼らは、

「どーすんすか、綿部かいちょぉ。あんな思わせぶりな動画上げちゃって。次に上げるやつめちゃめちゃハードル上がっちゃってるじゃないっすかぁ」

「注目集められるんならいいんだって。過激に煽ったって偏向報道したってフェイクニュースだってなんでもすべきなの。炎上上等、再生回数増えて収益が生まれるんならね。最悪ヨミちゃんを見捨てればボクらは何の実害も被らないんだから」

「うっわー悪いっすね綿部会長」げらげらと笑う取り巻きたち。

「何言ってるの、ボクは利用できるものを最大限利用して、大衆が求めるものを提供するだけ。村崎センセはジャーナリズムに拘ってたしヨミちゃんもその真似事をしたがるけど頭硬すぎだよ、皆が好きなのは真実よりもウケる与太話でしょお？」

「さすが！　綿部会長が作ったものが〝真実〟になるってことですね⁉」

「よくわかってるじゃん。そういうこと。――ただね、ある程度のリアリティは必要なんだよね。そういう意味じゃ村崎センセの残した取材手帳とやらを参考にしたいところだけど、頭のおかしなヨミちゃんは見せるのすら渋るからなあ」

「――盗んじゃいます？　あの女から」取り巻きの太めな男が言う。

「あのね君さあ――、めっちゃいいこと言うんじゃんか。サイコーだよ。次の潜入撮影の時、カメラ回してる間にでもパクっちゃえばいい。そうすりゃあの馬鹿女に動画方針の主導権握られることもなくなるじゃないか、ねえ‼」

晶は思う。やっぱり缶コーヒーとビニール袋は必要だった、と。

予想どおりだった。綿部たちは私利私欲を満たすために彼女の願いを弄んでいるだけ。軽薄な盛り上がりを見せる彼らが腹立たしい。客を装うために注文したビアジョッキを晶は一瞬で空にしてその右手に装備、群れの中に飛び込んできちんと話し合おうと思う。あくまで話し合いだ。しかしわかってもらえないのならば、わかってもらえるまで装備品を使うしかない。人を軽んじていたら、どういうことが起きるのか知ってもらう。

立ち上がろうとしたところで、宍戸に腕を強く摑まれて制止される。

「落ち着け。まだ泳がしておくべきだ」

彼らに利用価値があるのは、晶だって頭ではわかっている。

放っておいたってベラベラ喋るのだから、情報も得やすい。何が真実で何が虚構なのかわからないこの状況を読み解く手がかりをひょっとすると得られる、かもしれない。

しかしあの綿部らを放置して増長させておくというのは、間接的に自分たちがヨミの心を踏みにじっていることと同じではないか。ヨミを利用する綿部らと、ヨミを利用する綿部らを利用する自分たちに、どれほどの差があるのだろうか。

——あなたたちに、何がわかるの。

頭の中で声が響く。記憶の中のヨミなのか、それともかつての自分のものなのか。

脳内でリフレインする声に晶はその目元を鋭くさせていくが、しかし宍戸の表情は微塵も変わらない。いつものように胡散臭く、そして人を喰った態度で綿部たちのいる座敷に耳を傾ける。どうしてか、晶はそれがひどく気に障った。

そして、晶は思い至る。ああそうか、そうだったな、と。

この人は元々〝信用ならない相手〟だったじゃない、と。

期待して、心を開いて、裏切られて、苦しくなる。それが嫌だから人と関わることをやめたのに、ほんの少し一緒に過ごしただけでそのことが抜け落ちてしまっていた。

——時間の無駄よね？　言ったでしょう。もうこれ以上、馴れ合うなって。

晶のジョッキを持つ手の力が抜けていく。

宍戸はそれを確認して胸を撫で下ろし、綿部らの会話を盗み聞きすることに集中する。

隣に座る彼女の瞳がこれまでで一番冷え切っていることを、見落としたまま。


飲み放題の時間制限が過ぎ、二度三度ほど店員から言われた後に綿部らの集まりはお開きとなった。翌日に控えた潜入取材のために深酒は避けるように言っていた割に多くの人間が千鳥足となる中、綿部が自宅の最寄り駅へと一人降り立った瞬間だった。

「こんばんは、綿部くん」

据わった瞳の赤ら顔が右往左往した後、宍戸のほうを向いた。

「おお？　誰、あんた、――ん？　どこかで会ったっけ？」

彼の酔眼はたしかに晶も捉えたものの、反応はなかった。酔っているから気づかないのか、それとも頻繁に他人に絡むからいちいち顔を覚えていないのか。

「ジャーナリストの村崎の居場所を知っているか？」宍戸は問う。

「っなはは、どいつもこいつも村崎さん探してんだねえ。何あんたら、借金取りかその筋の人？　村崎センセの取材で人生滅茶苦茶にされちゃったとか？　――ああ、それとも取材中にタブーに触れて闇に葬られたなんて話を鵜呑みにしちゃった人？　あれあの人の悪い癖なんだよ。女から逃げる時によく面白半分でそういう嘘つくんだよ」

その言い方は、綿部が、村崎が消されていないことを確信したものであった。

思わず詰め寄りかけた晶を制するように、宍戸は重ねて問う。

「――居場所を、知ってるのか？」

「炙り出すことならできるよ――ただ、村崎さんを探す別の人たちと契約しちゃったもんだからな。その人より条件が良いんなら、アンタに乗り換えてあげなくもないけど」

下卑た笑いをする綿部に、宍戸は淡々と「条件とは？」と問う。

「三百万。前金ですでに半分貰った。その二倍払うなら、あんたに先に教えてやるよ」

宍戸らは沈黙する。それをノーだと受け取った彼は夜道に唾を吐き捨てて、

「つっまんねーなあ。そんじゃ交渉決裂ってことで――ところであんたら、マジで何者なの？　どっかで見た覚えがあんだけどなあ」

「――我々は〝高天原の縁者〟だよ」

宍戸の口元が不敵に歪んでいる。いとも容易く、嘘をついた。

「え、うそお？　そうなの？」

「何故嘘だと思う」

白々しいその発言は、罠への誘導に他ならない。普通に聞けば答えてもらえないことを、答えさせるための罠。そういうやり方を迷いなくやってのける宍戸の手口の鮮やか

さに、晶は感嘆するよりむしろ信用ならない人物だなという思いを強める。

「だってさ、――この前同じ〝高天原の縁者〟だって人に会ったんだけど」

「なんだ、すでに別働隊がアプローチ済みだったか。――俺たちも一枚岩じゃないもんでな。そいつはどんな奴だった？　男じゃあないか？　三十代そこらに見える奴でなかったか？　佐藤だか鈴木だとかありふれた名字は名乗ってないか？」

肯定で答えても否定で答えても、違和感少なく「それじゃあアイツか」というふうに反応できるその独特の質問法は、読心術のカラクリの核となるものであった。

宍戸は思いつくままに特徴を挙げ連ねていきながら、ただ目をぱちぱちとさせる酒臭い綿部の表情筋をじっくりと観察し、情報を探っていく。そして最後に、

「――ああ、微笑を浮かべて眼帯をした男だった？」

その一言にぴくり、と綿部は眉を動かした。

「ああ、うん。ずっと薄ら笑いしてたね。眼帯はつけてた、かな？　あれ、男だっけ。そうだよな、あれなんで思い出せないんだ？　まあとにかく、世良って人だよ」

「――そうか。やはり世良か。なるほどな」

平坦な声で呟いた宍戸。しかし、その傍にいる晶はたじろいだ。彼の身体から強烈な感情を伴う熱気が放たれ、そしてその拳は強く握られて太く血管が浮き出ていたからだ。

彼の反応で、晶は思い出す。眼帯の男――世良。

それは、宍戸が常々探している相手だ。宍戸たちの組織から重要参考人かつ危険人物と認定され、近年増加する超常現象発現者の多くに何らかの形で接触している怪人物。そんな相手が、どうして綿部に村崎を探させているのだろうか。

「――それじゃ。まあ、世良さんによろしく伝えといて。きっとそう遠くないうちに、身を隠してる村崎センセを表舞台に引きずり出すことができるはずだからさ」

「たしかなのか？」

「ああ、任せといてよ。村崎センセは性格最悪だけど、ジャーナリストとしてのプライドは高いからね。あの人の取材手帳を手に入れて、それをわざと捻じ曲げて馬鹿馬鹿しい形で発信したら、我慢できずに姿を現すに違いないからさ」

ふらりふらりと夜闇に消えていこうとする綿部に宍戸は、

「最後に一つだけいいか――貰った百五十万、何に使った？」

なんでそんなことを気にするのかと晶は思う。綿部はニヤニヤと笑いながら口を開き、そして何か聞き取れない言葉を漏らした後、目を見開いてしばし固まる。

「――思い出してくれ。大金貰った割には、羽振りが良くないんじゃないか」

宍戸の問いかけに、彼は固まったまま視線を落としている。気味が悪くなるくらいにぼんやりし始めた彼のシャツは襟元が伸びるくらいに使い古したもので、今日の飲み代だって取り巻きたちときちんと割り勘にしていた。

「あれ、ボク、何だっけ、き機材、いや、違う、でも、貰ったもんね、うん？」

綿部は何度も口を開きかけては止まるを繰り返しつつ、首を捻ってぼそぼそと自問自答する。その姿はどことなく異常性を感じさせるもので、晶は訝しんだ。

「──いや、いい。すまないが忘れてくれ」

唐突に調子を乱し始めた綿部をその場で見送った後、宍戸はおもむろに携帯端末を取り出して操作を始める。「緊急」と登録された番号にコールをして出たのは、

『どうしたの、宍戸』艶のある声、だった。

「山城局長。例の件、〝眼帯男〟が現在進行系で関わってる可能性が高いです。至急仮称認定を下して全体で追い詰めるべきです。奴に逃げられる前に」

『超常現象は？　実際に観測できたの？』

「──いえ、未観測です。ですが『人体消失現象』だろうと『アブダクション』や『神隠し』だろうと、仮に超常現象ですらなくても、すぐに動くべきだ」

『はあ──馬鹿ね。仮称認定もできずに組織全体を動かせないわよ。とりあえず私のほうで〝言い訳〟は準備しておくわ。名目は仮称『消失現象』としておきましょう。上とかけ合っておくから、とりあえずは貴方たちでなんとかしないさい』

恩に着ます、と通話を切る宍戸。彼は色付き眼鏡を外して濃紺色の空を仰ぐ。

※

「そもそもヨミちゃんねるで披露された〝人体消失〟動画で消えたのは、伊藤なんとかって元雑誌記者の男だ。そこは裏が取れてる。しかし村崎自身は消失した瞬間を撮られたわけじゃない。なにより、あの動画をヨミに送る余裕はあったってことだ」

宍戸と晶は再び変装して、エデンフォレストの人混みに紛れている。

「〝高天原の縁者〟を名乗る世良なる人物が、村崎氏を探しているのなら――逆説的に彼は高天原家に危険視こそされていても、まだ消されてはいない、と？」

「その通り。ただまあ、世良が絡む以上、何が本当で何が嘘かなんて楽にわかるとは思わないほうが良い。すべてを疑ってかかるべきだ――晶はそういうの得意だろ？」

二人は再びゲリラ撮影を行わんとする綿部らやヨミと距離を保ちながら追跡している。

綿部たちの軽薄な顔に囲まれたヨミは表情が暗く、晶は思わず呟く。

「――――私は、ヨミさんを疑うべきではないと思います」

「ずいぶん断定的な物言いだな。まさかサイコメトリーで何か見たのか？」

「いやその、見たわけじゃないですけど、というかサイコメトリーじゃないです」

「それじゃあ、何故だ？」宍戸はもの言いたげな視線を向けてくる。

「――逆に聞きますけど。宍戸さんはあんな目をする子が加害者の可能性があるって、本当に思うんですか？　あんな絶望の底にいるような目をして」

「彼女も容疑者候補の一人だ。絶望してたって何してたってな。どうしてそんな目をしていれば容疑者から外れると思うんだ、理由をきちんと話してみろ」

――それは、誰にも信じてもらえなかったかつての自分の目と似ているから。

晶は思う。口の達者な宍戸のことだ。もしもそんな一言を漏らしてしまえば、己の過去を開示しなければならないよう仕向けられるだろう。そしてすべてを伝えたら最後、きっと彼とも絶縁状態となるのだ。これまでの人たちと、同じように。

だから、晶は何も説明しなかった。できなかった。

「はあ――、もういいです。宍戸さんが信じないならそれでいいです」

宍戸は片眉を上げるも、しかしそれ以上突っ込んでくることはなかった。

「――村崎がいったいどういう情報を摑んで高天原家に狙われるようになったか。彼の残した取材手帳とやらを盗み見るか、もしくは彼本人を見つけ出して話を聞ければベストだ。いずれにせよ、綿部を泳がすことで村崎が炙り出されるのを待つしかない」

広場の先で綿部が何かを言って、取り巻きたちが笑った。きっと下らないことを言っているに違いないと晶は思う。ヨミの顔がそう物語っていた。

「晶、とにかく今回の追跡は慎重にいくぞ。俺たちは幸いにして、その目的を誰からも気取られていないアドバンテージがある。たとえ超常現象の発現者が誰であったとしても、俺たちの存在を気づかれてなければ狙われることもないからな」

綿部を泳がしておくことが一番の近道、なのかもしれない。だけれど、ヨミの苦しみを見て見ぬふりをすることに、晶は大きな罪悪感と苦しみに苛まれていた。

綿部らはエデンフォレストの施設内をぐるぐると回る。

ヨミはバッグの中に大事そうに入れている取材手帳を元に、散発的に撮影を行った。

宍戸が途中で気づかれないようにつけた盗聴器の音声から窺うに、彼らは連続一家失踪事件の被害者家族が目撃された場所を中心に撮っているらしかった。

『木暮ハジメさん一家は妻のサリさん、娘のミチカさんと共に、メリーゴーラウンドに乗った後、ミチカさんにまた乗りたいとせがまれているところを目撃された。彼らもまた親族との付き合いは薄いが、幸せそうな家族だったという共通項があり――』

警備員やスタッフに無断撮影を見つかって咎められないよう、手早く済ましては場所を変える彼らは慌ただしく、日も陰る頃にはヨミも疲弊して座り込むことが増えていた。

「――それじゃ、最後にもう一度あのフェンスのところで撮影しとこうか」

そう言い出した綿部は、ヨミには見えないところで取り巻きたちに目で合図を送った。

パークエリアの茂みに入っていく彼らをよそに、ベンチに座って寛いでいるふりをしながら、この前設置した隠しカメラを遠隔起動させる宍戸。晶は問いかける。

「そろそろ綿部たち、村崎氏が残した取材手帳を奪うつもりなのでは？」

「ああ、だろうな」

「だろうなって――ヨミさんにとってあれは、婚約者との繋がりを感じられる大事なものでしょう。綿部のことだからそれを材料に、彼女を奴隷みたいに扱いますよ」

「かもしれん。しかし今、俺らが出張るわけにもいかない」

宍戸は携帯端末の画面に映る映像と盗聴器の音声に注意を傾けている。その画面にはフェンスの付近で撮影を開始した綿部らとヨミの姿と、そしてその死角ではヨミが降ろしたレザーバッグを漁り始める太めな男の影。

彼女を取り巻く環境。そのすべてが最悪だ、と晶は感じた。

「宍戸さんは、超常現象さえ防げれば何でも良いんですね」

「そりゃあ優先度は高い。なんせ何人も行方不明になってるんだ」

「そのために誰かが犠牲になったって、それは必要最小限だからと割り切るんですか。誰にも信じてもらえず、ただ周囲に利用されるだけ。お題目のような〝正しい道理を通すため〟なら、あの子の苦しみは封殺されたって仕方ないことなんですか」

我慢できず本音が漏れ出る。その源泉は、記憶の奥底の蓋。

その中からもう一人の自分の怨嗟の声が響く。封をされた内側から何度も何度も蓋が叩かれる。どうして誰も助けてくれなかったの、と。ずれ始めた蓋の隙間から突き出された指が苦しく蠢き、その封を打ち破らんとしている。

——一人苦しむあの子のことを助けずに、いいように利用するつもりなの？

——それは私が誰にも助けてもらえなかったあの日々を、是認するってこと？

「そんなの、受け入れられない、絶対に」

身体全体が脈動した。晶のもう一人の自分は、もはやもう一人の自分ではなくなっている。当時と原寸大の感情が、蓋の中から這い出てきて精神を感応させる。

「おい待て晶。お前、何の話をしてる？」

「ヨミさんの話です。あの子を利用してコトの解決を図ろうとするのなら、宍戸さんも私もあの綿部たちと大差ない下衆野郎でしょう。私はそんなのごめんです——誰もあの子を助けないのなら、私自身が助けてほしかった誰かになる」

言い終わる前から、晶は駆け出していた。

「落ち着け、今あの取材手帳を奪い合えば、それが大事なものだと周囲にバレる——」

そんな声が聞こえた気がするが、それがどういう意味かを咀嚼できるほどの脳は残されていなかった。ただ不条理に対する怒りだけで藪の中を突っ込んで掻き分けて、ちょうどレザーバッグから手帳を取り出さんとする太めな男を力ずくで突き飛ばす。

「その手を離しなさい!!　それはヨミさんのものよ!!」

草っぱらの上で引っくり返った男が手に持つ取材手帳を奪い返そうとする。泡を喰った彼はその体勢のまま太い脚で晶に蹴りをくれ、晶は面白いくらいに簡単に吹っ飛んだ。

回る視界の隅で、駆けつけた宍戸の姿が見える。手助け無用だと心の中で念じる。信用ならない彼の助力なんてほしくなかった。晶は鼻血を出しながら獣のように唸り、果敢にも男のほうへ駆け出して手帳の端を摑もうと腕を伸ばす。そんな晶から手帳を遠ざけるべく、男はその手を上空へと伸ばした瞬間だった。

取材手帳が忽然と消え、晶の手は空を切る。

「——え⁉」晶はその瞬間を間近で見た。

ぱたたっ、と音がした。通り雨だとしたら、些か時間が短すぎる。

男は脂汗をかき大口を開け、自らの手を見つめている。鉄臭い香り。

「ゆ——っ、指が、ゆゆゆゆゆ指が」

彼のシャツには赤い点々ができ始め、ほんの数秒前まで取材手帳を握っていた彼の右手の親指と人差指と中指の先から数センチほどが、円形状の何かに削り取られたかのように消え失せていた。剝き出しの肉から血がどくどくと流れ落ちる。

思いのほか、その傷口は滑らかだった。

晶の脳は連想ゲームをする。それとよく似た傷に覚えがあった。人生で一番印象的な傷だった。どこで見ただろうか。思い出そうとすることは、思い出さないようにすることよりも簡単で、晶は無意識に蓋した記憶の中まであらためてしまった。

人生で一番最悪の日。

どこぞの遊園地——否、そこはエデンフォレストだった。幸せな一日。親と一緒に出かけて大はしゃぎした。帰宅後に豪華な夕食を済ませて、おやすみと言って部屋に消えた両親。いつになっても起きてこなかった。たしか、朝になってお腹が減ったのだ。冷蔵庫に入れたケーキの残りを食べていいかと聞こうと思って寝室を覗くと——。

布団に横たわる両親の喉元に、滑らかにくり抜かれた、半球状の穴ができていた。

赤黒く染まっていた。反射的にタオルケットで二人の傷口を押さえた。その深さとどうしようもないほど冷たくなっている彼らの感触にぞっとしたのまで思い出す。

記憶の中の七年前の自分。それにつられて、呼吸が浅くなる。

「わっ、わたし、わたしじゃ、ない」

何せ自分は手帳に触れていないし、そもそも刃物だって持っていない。だというのに、目前の太めな男は恐れと憎しみが入り混じった顔でこちらを睨み、

「おれの指が切られた！　こ、この女、異常者だ、凶器を隠し持ってる！　誰か、誰か、呼んで、救急とケーサツぅ！　ああくそ——おれの、おれの指ぃ！」

取り巻きの一人がその叫び声に耐えかねて、携帯端末で緊急通報を行う。それから一拍遅れて、騒ぎ声を聞きつけた警備員らしき男性が現れた。血に染まった男と呆然とそれを見る晶の姿を見るやいなや、無線に向かって叫ぶ。

「園内で傷害事件が発生！　田中ァ、できるだけ人連れてフェンス裏に来い！」

「違っ、違います、わ、私じゃない」

数分と経たないうちにさすまた片手の警備員たちが複数人現れて、あっという間に晶を取り囲む。晶は手を伸ばして弁明するも、問答無用で押さえつけられていく。もみくちゃとなる中、警備員らのうちの体格の良い一人の足元に偶然左手を触れさせる。

スイッチが切り替わり、視界がジャックされる。


「田中どうした？　腹でも下したか？」

「——すんません、急いで追いつくんで先行っててほしいっす」

田中と呼ばれた男は個室トイレに籠もって苦しそうな声を装ってそう言うも、足音が遠ざかっていくのを確認した後、無表情にトイレの貯水タンクの上蓋をそっと開けた。

蓋の裏にテープで貼り付けたビニール袋。

その中からメモ帳とペンを取り出して、何かを書き加え始める。三つのエリアを分ける巨大な壁の中は従業員らの通路や休憩所や事務所が入っているバックルームとなっているらしく、その地図やコメントが細かく手書きで記されていた。

彼はこの建物に非公式に大きな地下室が存在していると踏んでおり、そこへの入り口を探しているらしい。地図の至る所にある×印に、彼の奮闘が垣間見える。

「後はやはり、鳥居の裏の小屋だけか──」

小さく呟いた彼は咳払いをして、靴の踵でこつこつ地面を鳴らしながら一考した後に、すべてをビニール袋に戻して貼り付け直し、ご丁寧に水を流してトイレを後にした。

混乱する晶は、ジャーナリストの村崎の本名が「田中元哉」であることを思い出す。そして帽子を目深に被る彼もまた他の警備員から田中と呼ばれており、

──村崎氏は、本名で潜入取材していたんだ。

ねじ伏せられた晶は驚きと共に目前の彼を見上げ、それから遠くのヨミに目を遣る。状況を呑み込めずに困惑する彼女は放り出された自らのレザーバッグを確認、大事な手帳がなくなっていると気づき、今にも泣き出しそうな顔で周囲を見回した。

そして、ヨミは何かの予感に導かれるように、視界に警備員の姿を捉える。

「────村崎、さん?」

希望によって輝きを取り戻していくヨミの瞳。潜入取材中の彼は努めて反応しないようにしていたが、すでに手遅れだった。綿部はすでに満面の笑みを浮かべて携帯端末で誰かと通話を始めていた。ヨミの瞳の輝きは、そう長続きしないことに晶は気づく。

なにせ今、どこかに潜む超常現象の発現者はヨミに託された取材手帳の奪取に成功し、手帳の作成者である村崎の行方は〝高天原の縁者〟へと伝えられたのだ。

村崎は今度こそ本当に消される。時間の問題だった。図らずともその要因を作ったのは他でもない自分であり、晶はただただ恐ろしくて頭が真っ白になる。

絶望の中のヨミは救いを見た。それがただの見せかけだと気づいた時、ヨミは再度絶望の淵へと堕ちる。ただ同じ場所に舞い戻るのとは違う。ジェットコースターは高低差で、ホラーハウスは静と動によって、その味わいを何倍にも増すのと同じことだ。仮初めの希望によって引き立つより深く濃厚な絶望に、彼女は耐えられるのか。

——私の、せいだ。

サイレンの音が響く。やがて晶は警察官に引き渡された。

※

薄暗い留置所は、晶の気持ちを際限なく落としていった。

本当は、七年前に両親が不審死した時に自分は一緒に死ぬべきだったんじゃないか。それが何かの手違いによって生き延びてしまったものだから、すべての歯車が狂い続けているんじゃないか。晶はそんな妄想に取り憑かれてしまった。

超常現象事件の解決を目指して奮進する宍戸の邪魔をした。

ヨミの苦しみがわかったふりをして、状況をさらに悪化させた。

自らの人生に、意味など一つもない。人と関わらなければいてもいなくても同じ。たまに人と関わってはその人たちに不幸を呼び込む。死ぬことで彼らへの詫びとなるならそうするが、元々無価値なものを差し出すことが果たして詫びになるのか。

そうこう考えているうちに、留置所から出された。窓の外はすっかり日が暮れていて、別室で事情聴取でも始まるのかと思っていると、何故かそのまま釈放された。

身元引受人として現れたのは、宍戸の上司である——局長の山城だった。

「あらあら、ずいぶん暗い顔しちゃって」

晶は目だけで問う。どうして貴女が、と。

「そうね。部下の尻拭いをするのが上司の仕事だから、かしら？　こういう公的機関に融通を利かせられるのが、局長権限を持つ私だからってのもあるけれど」

「——すみません。私のせいで、きっと滅茶苦茶に」

弾かれたように謝る。すると山城はものすごく驚いた顔をして、

「違う違う。私が拭ったのは宍戸のケツよ。あいつもいっちょ前の顔しているけれど、〝眼帯男〟のことになるとすぐ周りが見えなくなるのよね。プロフェッショナルたるものいかなる理由があろうとも公私混同をするべきではないわ」

きちんとした美女がケツと口にすることの違和感だけでなく、宍戸のことを青二才扱いすることの違和感も凄まじいものがあって、晶は戸惑った。

署の前で待っていた黒塗りの車の後部座席に、山城は晶を連れて悠々と乗り込む。何も言わずとも車は走り出した。山城は備え付けの冷蔵庫から小ぶりの瓶を取り出し王冠を開けて、一つを晶に差し出してもう一つを傾けながら、

「まあ――宍戸がそうなっちゃう理由もわかってあげてほしいんだけれどね」

晶はフレーバー付きの炭酸水の冷たさを感じつつ、山城のほうを見る。

「宍戸が〝眼帯男〟に執着する理由、知ってる？　あいつカッコつけだから絶対言わないでしょうし、私から聞いたのも秘密にしてほしいのだけれど――晶ちゃん、『グランドフェイクは嘘を見破る』って昔の番組、観たことあるかしら？」

観たことがあった。それも、割と最近。動画サイトで。

「仕込みなしで怪しい宗教とか変なセミナーに潜入してそのイカサマを暴く、どうかしてる番組。宍戸一人でやってるように見せてたけど、実際はラスベガス公演時代からの相棒兼助手だった人と協力してやってたの。番組よく見返すとカメラの端々にエキゾチックで可愛い女性が映ってるわよ。その人がヨーコ・ナトリ」

助手。ヨーコ・ナトリ。支配人との間で話題に上がった名前。

「その番組で、宍戸たちは〝眼帯男〟が関わっている組織を潰したようなの。手を出すべき相手でなかったわ。眼帯男は簡易的な〝暗示〟や〝洗脳〟の発現者の可能性が高くてね。彼の報復行為による罠で――結果、ヨーコさんは亡くなってしまった」

　宍戸がたまに見せる、らしくない表情。その原因はもしかして。

「彼、自棄っぱちの野良犬みたいに荒れてたわ。そこを私が組織に誘って、きちんと戦えるように鍛えたつもりだったし最近はよくやってたみたいだけれど――やはり眼帯男が絡むと、昔の失態を繰り返したくないあまり空回りしちゃうのかしらね」

　山城はどこか意味ありげに、晶のことを見つめて小さく呟く。

「そうならないために、こんなにも強い子を相棒にしたってのに」

　晶には、彼女がそう言った意味がわからなかった。しかし山城はそれ以上説明せずに、窓の外で流れ去っていく街の夜の明かりを眺めながらこう問いかけてくる。

「晶ちゃんは、こういう仕事はイヤ？」

　すぐには答えられなかった。

「誰かの日常を守るため、非日常と向き合うのは辛い？」

「――嫌とか、辛いとかは、なかったです。でも」

「でも？」

「私はもうこれ以上ないくらい、迷惑をかけてしまいました。私がいても足手まといにしかならないし、このお仕事も、宍戸さんと関わるのも、もう辞めます」

「そっか。それじゃ最後に一つだけお願い――宍戸には、貴女が何を思ってその結論に至ったか、説明してあげて。あいつ、ああ見えてけっこう繊細なところがあるから」

車はいつの間にかに、宍戸のセーフハウスの前に停まっていた。晶を降ろし去ってい く。晶はそのまま踵を返して帰ろうかとも思った。ただ、信用ならない人だとさんざん 内心で言ってきたものの、彼に世話になったことは疑いようのない事実だった。

——最後に説明くらいは、しなくちゃいけないかな。

※

仮にもバーであるのなら、一番繁盛していなければならない時間帯であろうが、「Bar PARANORMAL」には客の気配がなかった。

晶は店内に入る。こつ、こつ、こつ、と足音が響いた。

カウンター席に座る宍戸。振り向いた顔はニヤリともしていない。無表情の彼はどことなく恐ろしく、今にも激高に歪んでしまいそうな、もしくは泣き黒子を通って涙を零しそうな、そんな嵐の前の静けさのような不穏さがあった。

淡々と座るように促され、晶はそれに従う。

「一時間前、本名の田中元哉で警備員として潜り込んでた村崎が消え失せた。退勤直後、敷地から出る寸前に前触れなくな。これで正式に仮称『消失現象』と認定されたよ」

晶は息を呑み、「ヨミさん、は?」と呟く。

「――――従業員通用口の近くで、ずっと待ちぼうけだ。たぶん、今もな」

「――ごめんなさい、私のせいで。謝って済むような問題ではないですけど」

震える晶の言葉を宍戸は遮った。

「なあ、晶――。晶は、ヨミに何を見出していたんだ？」

それはきっと、核心部分だった。幾度かの失敗を経て、もう二度と誰かに話すものかと心に刻んだ過去の出来事。それを、今から言わなくてはならない。高熱の時のように頭がくらくらする。上下左右の感覚が曖昧で、ただ丸椅子に座っているだけのことがひたすらに難しい。甘え果てた自分に言い聞かす。そんなことを言い訳にするな、と。

私が恐れているのはいったい何なのか、と自分に問いかける。

――信じてもらえず、気味悪がられ、縁を切られてしまうこと。

宍戸とはもう会わないと、合わせる顔がないと思ったのは他ならぬ自分だった。ならば、何も言わずに去るよりも、きちんと説明して縁を切られたほうが申し訳が立つではないか。どれだけ理屈を自身にぶつけようと、震える喉は止まらない。

それでも最後なら、説明しないといけない。

記憶の底の封した蓋を、自らの手でこじ開けていく。

「私が十四歳になる、七年前の誕生日。エデンフォレストの遊園地に両親と遊びに来てたんです。家に帰ってご飯食べて寝て、――両親は、翌朝変死体で見つかりました」

宍戸は茶々を入れることなく、静かに相槌を打った。

「ディッシャーってわかります？　アイスをくり抜く器具。あれで喉元をきれいに半球状にくり抜かれたみたいな傷跡があって、私が気づいた時には二人とも冷たくなってました。玄関扉に鍵はかかっていて、誰かが入ってきた形跡もなかったそうです。キッチンにある私が普段使っているスプーンからは、両親の血液が検出されました」

脳裏に再生される。蒸し暑くなった部屋。漂ってくる鼻をつく異臭。

おやすみと言い合った数時間後だった。物言わぬ肉人形と化した両親。

「私じゃ、私じゃないんです。両親のことは大好きだった。たまに喧嘩をすることもあったけど、誰だってそうでしょう。——だけど、動機はそれだということになりました。違うんです、でも誰も信じてくれませんでした。私は女子少年院と呼ばれる矯正施設に送致され、十八歳になるまでそこに収容されてたんです」

どうして誰も、信じてくれないの。

「私はやっていないんです。——でも、信じてくれなくていいです」

声が嗄れるほどに、言ったはずだ。しかし警察官を始めとして、精神鑑定医も、家裁調査官も、保護観察官も、法務教官も、誰一人として味方はいなかった。

皆が皆、悪魔の子でも見るかのような悍ましい視線を向けてきた。

「きっと宍戸さんには、わからないでしょうから」

あなたたちに、何がわかるの。

そういうふうに言うようになるまでに、さほど時間はいらなかった。

抉じ開けられた蓋の中から這い出てきたのは、もう一人の自分だった。十四歳の頃の自分自身。あの日あの時を経たせいで、変質せざるを得なかった自分。

悲しみと怒りと絶望を、ごちゃまぜにして絶叫する己自身。

そしてそれを取り囲み指を差す、数多の顔なき断罪者たち。

「――私はそういう、歪で、道を外れてて、真っ当じゃなくて、どうかしている、人間の出来損ないです。どうしようもない紛い物なんです。今まで秘密にしていてすみません。似たような境遇の子を見て、勝手に熱くなって暴走しただけで」

宍戸の顔を見るのが、死ぬことよりも怖かった。

頭がおかしくなりそうな恐怖に気を取られ、感情の波を気にすることを忘れていた。すでに立っていられないほどの強さだった。まずいと思う。慌てて蓋を閉め直そうとするが、もう一人の自分が掴みかかってきて、その波の中に頭から突っ込んでしまった。

かひゅっ、と自分の喉が鳴る音を、晶は聞いた。

息ができなくなった。押し潰された蛙のような声しか出ない。

苦しさは加速度的に増していく。すべての世界の音が遠のいていく。

「晶？　晶、おい、こっちを見ろ。息をしろって、晶⁉」

――私は、信じるに値しない、ニセモノ。

口に出したのか、頭で思ったのか。晶はそれすらわからない。ぼやけた視界で肩を揺さぶるのは、おそらく宍戸のシルエットだろう。最後の最後でまた迷惑をかけてしまった。いっそこのまま消え去りたいと思っていたところで、

「俺が思うに〝サイコメトリー〟ってのは、そのモノにもっとも強く宿っている人間の感情と記憶を、脳内で再生して読み取る超常現象なんだ。だとしたら――」

だから、サイコメトリーじゃないって。

宍戸への脊髄反射の台詞が浮かぶ。次の瞬間、晶は左手に何かが触れるのを感じた。

スイッチが切り替わり、視界がジャックされる。


柔らかな光の入る部屋だった。

そこに座る宍戸はまだ若く。そして彼の前に立つのは同じ年頃の、エキゾチックな美人であった。彼女は宍戸に難度の高い人体テレポート・マジックを伝授しているらしい。

しかし宍戸は意外にも何度も失敗を繰り返し、彼女に指摘される。

「ほら。また針金が見えたよ。もう一度やりなおし。私より身体が大きいから苦労するのはわかるんだけど――〝観客の目を真実から逸らしたい時は？〟」

「はあ――〝三度の誤認誘導（ミスディレクション）を挟む〟だろ。それこそ昔、マスターに嫌っていうほど

叩き込まれたもんだがな。いや、こりゃ難しいよヨーコさん」

「何言ってるの。私はこれ十歳の時にやらされたんだから」

からかうように笑う、ヨーコと呼ばれた女性。その片手には、シナモン入りのコーヒー。

「マジかよ──流石天才奇術師は違うな。それに比べりゃ俺はニセモンだ」

「ええ？　偽物は本物より劣っていて、価値がないって思ってる？　仮にも日本一と謳われた奇術師が言うべき台詞じゃないわよ、それって」

「そうかあ？　偽物より本物のほうがすごいってのは、普通の感覚だと思うが」

「あはは、間違い。偽物も本物も、その場その場での向き不向きがあるだけで、絶対的な価値なんてないわ。偽物が本物に勝ることなんていくらでもあるわよ」

そう言ってヨーコは一輪の造花を、宍戸の胸ポケットに挿してみせる。

口の端を吊り上げる彼女の不敵な笑みは、今の宍戸に通ずるものがあった。

「ニセモノっ、なんかに──何がっ、できる」

思わず口をついて出た晶の言葉に、

「例えば、こういうことができる」

宍戸は晶の左手に触れさせた一輪の造花を摘み上げ、苦しみに歪む晶の眼前に差し出した。長らく宍戸が所持し続けたのか、やや古びて見えるそれは、本物の生花の美しさとは比べようもなく、ただ価値の劣った偽物にしか見えない。

ぽん、と音がした。

気がつけば、造花は二つに増殖していた。

ぽん、ぽぽん、ぽんぽんぽんぽんぽんぽぽんぽぽぽん。晶は呆気に取られた。

みすぼらしい一輪の造花はポップコーンが弾けるかのような勢いで増殖を繰り返していく。勢いは衰えず、数秒後には宍戸が両手で抱えきれない大量の花束となる。質より量といわんばかりに気前よく豪勢に増え、二人の周囲はちょっとした花畑となっていた。

「いやなに――この奇術、本物の花だとできないんだよな」

種も仕掛けもある奇術。ものすごく、馬鹿馬鹿しかった。

あまりの馬鹿馬鹿しさに晶は「ふふ」と笑みを零してしまった。

そして馬鹿馬鹿しさに気を取られ、過呼吸の発作は嘘みたいに収まった。

「普通だとか変だとか、信じられるとか信じられないとか、自然現象だとか超常現象だとか、本物だとか偽物だとか――俺たち人間ってもんは、いつだって自分や他人が作った浅い〝常識〟に囚（とら）われちまう。本当はそんなの、些末なことなのにな」

宍戸は地面に落ちた花を一つ一つ拾い上げたあと、向き直って言う。

「大切なのは〝ソイツが何を為すか〟じゃないのかな」

酸素量の回復してきた晶の脳みそは、緩やかにその言葉を噛み締めた。

「それ以外のことなんて大したことじゃないんだよ。――その、気を悪くしないでほしいが、晶の過去は晶と接触する前からできる範囲で調べさせてもらっていた」

晶は身を固くする。しかし、続く宍戸の言葉は、

「いやさ、すげえじゃん。十四のガキがさ。誰も信じられない状況に陥って、最悪の青春時代を過ごしたんだろ。どう転んでだってそんな奴、グレたりイカレたりこの世から逃げ出すもんなのに――晶は、独力でマトモに生き抜いてきたんだろ？　そんなの、俺には真似できねえよ。絶対途中でチンピラだとかヤクザ崩れに身を落とす自信がある俺
「――そんなの偶然、というか、そうするしかなかっただけで」

宍戸は温かいレモネードを作って、晶に差し出してくる。

「これはあくまで俺の持論だがな。本当に強い奴ってのはな――何があっても挫けない奴じゃない。挫けてもすぐ立ち上がれる奴、でもない。ぼろっぼろに折れてもう立ち上がれなくなっても、それでも生き抜くための道筋を見出せる奴だ」

晶は何を答えればいいかわからなくなって、マグカップに口をつける。

「お前に言ってるんだ、鹿野晶。俺はお前に敬意を表してる。ガキの頃からすべてを疑い、それでもなお真っ当に生きようとしてきた、その強さにな。お前は強い。どこかに隠れて人攫いの真似事を繰り返してる奴なんかより、よっぽどな」

何を言い出したんだろうと晶は思う。思いのほか熱くて甘酸っぱいのに苦笑いをする。

「——なんだよ、その変な笑い方」

「いえ、すみません。超常現象の対策組織なんて——真っ当とは程遠い職業にスカウトしようとしてるのは、貴方なのに。そんなこと、言うものですから」

「なに？　誰かを救うために働くことが、真っ当じゃないとでも？」

宍戸はどこかの誰かと似たような、吊り上げるような笑みを浮かべる。

「そう、ですね。愚問でした——」

晶はどれだけ息を吹きかけてもなかなか冷めないカップの中身を、少し我慢してぐいと傾けて飲む。宍戸に今の自分の表情を直視されるのが、恥ずかしいからだ。

ただ、他の誰でもなく目の前の相手に認められるのは、涙が出るくらい嬉しかった。

※

山城は霞ヶ関の一室にある局長室でパソコンとにらめっこをしている。

すでに幾人かの局員をエデンフォレスト内の施設に潜り込ませており、情報を待っているところだった。ピロン、と音が鳴る。「ありました」という短文に添付されたファイル。それを開くと、敷地内のバックルームの手描き地図、そして潜入取材中の村崎の考察が雑多にまとめられたメモ帳の画像が現れた。

宍戸経由で上がってきた晶からの情報どおりに、警備員も使う個室トイレの貯水タンクの上蓋の裏に貼られていたらしい。ヨミに残された取材手帳が消え失せたのは痛かったが、最新の考察が記されたこれを回収できたのは大きな収穫だった。思わず「やるじゃない」と笑みを漏らしてしまう。

同時並行で調べさせていた情報と、そのメモ帳の画像を突き合わせる。

そもそもあの場所は、大昔から神隠しや人攫い伝説が残る土地だった。

忌まわしい噂話をかき消そうとするかのようにその地は幾度かの変遷をする。高天原家の開拓地。戦争孤児の寄り合い所。財閥の保養地。戦時は傷病者の収容所。それから自然公園。そしてエデンフォレストの開業。どのような営業形態となろうとも、〝誘拐される〟という都市伝説が散発的に流布されたらしい。

何らかの理由で、由緒不明なあの社の付近にて、高天原家かそれに近しい者が拉致誘拐を行ってきたという可能性は非常に高い。山城はそう読み解いている。

——おそらく、今から十年前あたりまで、かしらね。

エデンフォレスト内で都市伝説の流布が最盛期を迎えるのが十二年前。

それまでに近隣で起きた未解決失踪事件で、高天原家が財力と権力によって裏から圧力をかけていた痕跡も見つけた。六年前にフェンスで封鎖されたあの社は、おそらくかって何かしらの形で誘拐に活用されていたのではないか。ただ、広まっていった都市伝説は十二年前から勢いを落とし、六年前を最後に途端に収束していく。

〝エデンフォレストの怪〟をその当時聞いたことがあるのも、おそらく晶の世代が最後となり、それより若い世代の間ではまったく流布されていない。

そして、もう一つ気がかりな点は、首都圏エリアの未発見行方不明者の統計だ。

エデンフォレストの都市伝説の広がりが収束に向かう十二年前から七年前にかけての間、未発見行方不明者数が統計学的差異があるレベルで突出して増えている。村崎やヨミがエデンフォレストに関係があると踏んだ、連続一家失踪事件が起きていたのもちょうどその期間内だ。しかし六年前からは、行方不明者も平常程度に落ち着いている。

山城は柔らかな革張りの椅子に背中を預けて考える。

――噂が落ち着いていく中で、行方不明者は増える。

一見矛盾したその状況が成り立つのは何故か。例えばそれは、噂話にすらならないレベルで〝証拠を残さずに人を行方不明にする〟術を手に入れたとか。

「――仮称『消失現象』、ね」

もしもそれを発現した人物が存在し、そして十二年前から七年前の大量行方不明が彼の仕業だったとしたならば。いったい何のためにそんなことをしたのだろうか。

まだまだこじつけの域を出ない推測だった。山城は局員から送られてきたデータを精査する。やがて、村崎がトイレに隠していたメモ帳の中の文章に、目を奪われる。

――高天原家は戦時中、人類に新たな力を目覚めさせるための研究を行っていた。

――そのため、非倫理的人体実験を秘密裏に繰り返していたという黒い噂がある。

眉唾な話だと、切り捨てることはできなかった。

「人為的に〝超常現象発現者〟を増やそうとしていた、ということ？」

改めて考えてみる。この土地で行方不明になる者が多かったのは、人類に新たな力を目覚めさせるという高天原家の目的を達成させるべく実験材料を集めていたため。エデンフォレストの都市伝説が収束していく十二年前から七年前、実際には首都圏近郊で大量の行方不明者が出ていたのは、消失現象の発現者がその力で拉致していたから。

そこまでは筋が通る。だがしかし。

六年前から、行方不明者の数が減った理由がわからない。

消失現象発現者は今もなお健在なのに、行方不明者が増えていないのは何故か。良心の呵責（かしゃく）か、黒幕が何らかの理由で亡くなったか、はたまた諦めたか、どれもしっくりこなかった。宍戸に意見を聞いてみようかと電話して、ワンコールした瞬間。

「あ――」

驚きから電話を切る。彼の存在から思わず連想する。

眼帯男。超常現象発現者が増加し始めたのは、およそ七年前。

消失現象発現者が今なお健在だというのに、行方不明者が極端に増加することがなくなったのは、もう人体実験をする必要がなくなったからなのだとしたら。

「人為的に超常現象発現者を増やす方法を、確立させた――？」

奇妙な符合であった。筋は通ってはいるが、あまりに飛躍しすぎている。

人間の精神構造というものはそれほど単純ではなく、そう簡単に発現者を増やせるとは思えない。脳が変質するほどの強烈な願望が、誰かの手によって植え付けられるものなのだろうか。それこそその実在を観測でもしないと、ただの妄想にすぎない。

携帯端末が震えている。宍戸からの折り返しのようだった。

『どうしました、山城局長』

「ああ、悪いわね。ちょっと貴方の意見を聞いてみたいことがあったんだけれど。それはもうよくて――ただ、それとは別で思い当たる節があったら教えてほしいの」

『まあ、俺がわかることであれば』

「約六、七年前に超常現象を発現した。エデンフォレストを訪れたことがある。誰かに仕組まれたと思しき状況で、強烈な願望を抱かされておかしくない経験をしている。以上の条件すべてに当てはまる人物――思い浮かんだりしないわよね？」

『また難問ですね。過去の報告書を総ざらいでもしないと、――ん？』

受話器はわずかな沈黙を経た後に、

『一人だけ、知ってました。晶だ。鹿野晶ですよ』

「——宍戸、今回の案件、思った以上に根が深いわ。心して当たりなさい」

山城はパソコンの電源を落とし、おもむろに局長室を出ていった。

※

一九九三年、カリフォリニア州某所でバックパッカーの死体が見つかった。街外れの廃モーテルに寝泊まりしていた彼は、建物の劣化に気づかずに床を踏み抜き階下に落ち、打ちどころが悪く即死したようだった。男はカリフォルニアに来たばかりだったらしい。

彼は財布と身分証明書が入る程度の小振りな鞄一つを持っていただけで、現地の人間はそんな軽装のバックパッカーが珍しかったことからか、多くの目撃証言が残っていた。彼はどこに行くにもその小さな鞄しか持っていなかった、と。

不可解なのは、彼の死体が見つかったモーテルの一室だった。

踏み抜かれたであろう穴ができた天井、その真下に落ちた彼。

その周囲にはおよそ一人では持てない大量の荷物がうずたかく積まれていた。多くは盗品らしいそれらは数ヶ月分の保存食と飲料水、大量の衣服、薬や日用品、ベッド一式、自動二輪車まであった。男はカリフォルニアに来る前、ネバダで長く過ごしたらしい。

彼を知る者は、〝彼は四次元へとモノを出し入れできる魔法〟を使っていたと証言した。

「それが、確認できる中じゃ一番新しい、『消失現象』のレポートだよ」

宍戸はセーフハウスの隠し扉の中で服を着替えながら、晶にそう語った。

「いわゆる、〝四次元ポケット〟みたいなものですか？」

「ああ。この話の肝はな、消失現象ってのは消すことも戻すこともできるってことと、消失中の物体にも時間経過による変質が適用されるってことだ。だから彼は食材や調理済みの食料ではなく、保存食ばかりを消失させて保管してたんだ」

「――え、ちょっと待ってください。ということは」

帰らぬ村崎を想い泣いているであろうヨミを、晶は思い浮かべる。

「ああ。消失したばかりの相手ならば、助けられる可能性があるってことだ。わざわざ潜入前に村崎がヨミに託した取材手帳まで消失させる念の入れようだ。きっと発現者も、どのようにして探られてどこまで知られてしまったか、確認したいはずだ」

フードを被る宍戸は闇に紛れる色合いの服だった。敷地に忍び込むつもりだろう。

「――――私も行きます」

「はは、駄目だっての。危険すぎる」

「私には今回の事態を悪化させた責任があります」

「ないね。責任の所在があるのは管理者たる俺さ」

「それに、私が私である以上、ヨミさんみたいな人々の味方にならないと」

「味方になりたいってなら、近くで寄り添うことのほうがよっぽど大事だろ」

ノータイムの否定を突っ返され、晶はまごつきながら、

「えと、ええと、そうだ――私たちの雇用関係は今なお継続中でしょう。雇い主の私的理由による一方的な雇い止めは違法なはずです。出るトコ出ますよ！」

宍戸は口の端を吊り上げて、それはそれは楽しそうに笑った。

「言うねぇ――まあ、それに関しては晶には他にやってもらうことがあってな」

あのう、すみませえん、バイク便ですがあ――そんな声が廊下から響いてくる。

「おっと、さすが局長。仕事が早いな」

宍戸が受け取って戻ってきた小さな段ボール箱には誰かの私物らしきものがいっぱいに入っていた。毛髪の付いた櫛、ハンカチ、シャツのボタン、コーヒーカップ、美容液の空き瓶、ボールペン。手袋をつけた上で丁重に机の上に並べていく彼に、

「あの――なんですかこれ」

「高天原繁範が使用したことのある品々だよ。晶にはこれらすべてに左手を触れてもらい、彼がこの案件に関与しているかどうかを確かめて――」

「サイコメトリー、ですね」

宍戸が言い切る前に、晶は手早くそれらに左手を触れさせていく。躊躇がなかったわ

けではない。それを上回る覚悟があっただけ。スイッチは幾度となく切り替わり、彼女の視界はいくつもののチャンネルにジャックされていった。

目の奥が焼き切れそうな痛みを経た末に、一本のボールペンを宍戸に指し示す。

「これ、高天原繁範が使ってる時に、『自分の名前を書くことはもうないのか』って小さく呟きました。彼は、高天原繁範本人じゃないんだと思います。――何も知らない影武者だったとしたら、どれだけ探ってもボロを出さない理由になりますよね」

早口に語る晶に、宍戸はすごく意外そうな顔をして、

「――サイコメトリーじゃないって、言わないのか？」

「言いません。私は、私が為せることを為すことにします」

まっすぐに見つめ返してくる晶に、宍戸はぽつりと言う。

「はは。晶――やっぱり、お前は強いな」

※

綿部が指定された公園に着いたのは、深夜一時のことだった。

誰かが忘れていったボールを蹴り飛ばし、小躍りしつつ歩いていって、ベンチにふんぞり返るようにして座る。口の中で転がすのは、「三百万」という言葉のみ。

「綿部くん、良い働きをしてくれたね」

いつの間にか、後ろには一人の男が立っていた。いつも愛想が良く、物腰が柔らかで、そして眼帯をつけたり外したりする人物だった。

「そりゃ世良さん、あんたの金払いがいいからだよ――それにしても、どうしてあんたは村崎センセのこと探してたんだ？　〝高天原家の縁者〟なんだろ？」

「はて、それはどういう意味かな」

「いや何、取材手帳をヨミから奪おうと手下使ったら、そいつイカレ女に指切られるわ記録も失くすわで最悪だったんだけど――ただ、最初のページが偶々目に入ったんだって。そしたら、情報提供者としてアンタの名前が初っ端から出てたって言うんだもん」

世良は人懐っこさを感じさせる声で「あ、バレちゃった？」と言う。

「いや金貰えるなら何でもするよボクは。ただ変じゃん。村崎センセに高天原家を探らせたのもアンタで、身分偽って潜入してた村崎センセを探し出させて消したのもあんたなんだろう？　いったい何がしたかったんだ？」

世良は眼帯をしていないほうの目を弓なりに歪めながら、綿部の隣に座る。

「バレちゃったなら仕方ない。実はこれ、設備の抜き打ち検査みたいなものなんだ」

「抜き打ち検査ぁ？」

「どんなに優れた品物も人材も感情も、時間の経過によって劣化するだろ？　だから時折試すんだ。それが半隠居状態の番人でもね。有事の際に機能してくれないと困るし」

「ふうん。なんかよくわかんないけど、それって回りくどくない？」

「そう？　まあ――なにごとも私なりに楽しくやりたいって言ったほうが伝わるかな」

「ああなるほど。ボクにも美学があってさ。エンタメってのは他人を楽しませるだけじゃなく、自分も楽しまないとって常々思ってるし――そういうのって大事だよな」

綿部は夜中に下衆な高笑いを響かせ、世良はそれに優しげに何度も頷く。

「実は、私もせっかくだからヨミって子の環境作りをして、超常現象が発現するか試そうかなっていう狙いもあったんだけど。ちょっと面倒なのがウロチョロしてそうだったからやむなく――あっと、ごめんね綿部くんさ。今の言葉は〝忘れて〟」

世良は眼帯を外しつつ、綿部の目を見てそう言った。

「はい、忘れます」一変して機械のように答える綿部。

「君は面白いから、どうも喋りすぎちゃうな。――それじゃあこれ、受け取って」

差し出された封筒は前金を差し引いた額である百五十万円が入っているとは思えないほどに薄っぺらいものだった。怪訝な顔をする綿部は封筒を開けてそこに一枚しか入ってないことを確認してすぐに険しい表情になり、

「はあ!?　んだよコレ約束が違うじゃんか――」

「よく数えてみなよ。前金と同じく、きちんと〝百五十枚〟入っているだろ」

その言葉と視線一つで、彼は涎を垂らしそうなくらいに腑抜けた顔をした。一枚を百五十回も数え続けるおかしさに綿部は気づくことはないようで、

「あっ　本当だ　百五十枚　あった」けたけたけたけたけた、と笑う。

「はあ——駄目だね。相手の意にそぐわない形で何度も連続で使ってると、精神に悪影響が出てきちゃうな。やっぱりここぞって時に限定的に使うのに留めるのが得策か」

眼帯をつけ直した世良は、綿部を置いて夜の闇へと消えていった。

※

エデンフォレスト三十周年記念祭は、明日がグランドフィナーレだった。

それ以降は大規模リニューアルのための再開発が始まる。工事が入ればそこに隠されている何かなんていくらでも処理が可能で——つまり、忍び込むには今しかなかった。

揃いのだぼっとした暗い服装で、道中のファストフード店で腹ごしらえをするのは少し恥ずかしかった。どうしてこの格好なのかと晶は問うと、宍戸は備え付けのケチャップをホットドッグに足しながら「ん？　視覚効果的に、こういうシルエットのほうが誤魔化しやすいんだよ」とよくわからない返答をするだけだった。

やがて二人は、夜のエデンフォレストの敷地内へと忍び込む。

彼らが進んでいくのは、奇しくも村崎たちが踏破したルートとほぼ同じだった。それでも先人たちほど苦労しなかったのは、宍戸の存在によるところが大きい。彼が奇術師時代に磨いた人の注意を逸らす技術は、不法侵入の最中でも遺憾なく発揮された。

パークエリアの奥地、封鎖されたフェンスの前に到着する。

その呆気なさにむしろ緊迫感を増している晶。それを見た宍戸は、

「――監視カメラはウチの局員に映像をすり替えさせてるからな。警備員と鉢合わせするか、大騒ぎでもしない限りは俺たちの存在は気づかれやしないさ」

「そ、そんなことできるんですか？　なんなんですか、特務局って」

宍戸は答えず服の下からワイヤーカッターを取り出し、金網を切断していく。

晶は思い出していた。この場で起きた人体消失の瞬間の映像と、目の前で指ごと消え去った取材手帳。あの時と同じことが突然また起こるのではないかと肝を冷やしていたが――結局は何も起こらず、フェンスの中へと足を踏み入れていく。

古ぼけて今にも倒れそうな鳥居。その先の小さな鎮守社。

伸び放題の雑草を掻き分けたその根本には――。

コンクリートで埋められた、マンホールほどの大きさの何かの痕跡。

「これって、本当に地下室でもあるみたいじゃないですか」

「――村崎が候補をある程度まで潰しておいてくれたのは、助かったたな」

宍戸はそのまま奥手の壁に隣接した小屋に向かう。いつか見たとおりに鍵はかかっておらず、その中は——ただの雑多な用具入れにしか見えなかった。

「ここはヨミさんたちも見せてもらっていた場所でしょう？　ここではないんじゃ」

一歩進むたびに大きく軋音の鳴る床に冷や冷やしながら周囲を探る。地下への入り口らしきものなんて見つからないが、宍戸は執拗に周囲を歩き回りながら言う。

「いや、ここで合ってる。ヨミちゃんねるの予告動画の最後のほう、覚えてるか？」

「ヨミさんが呟くとこですか？　暗くてろくに映ってなかったんじゃないですか」

「いや、音は録れてたろ。あれ、床の軋みの響きが変だったんだよ——ほらここ」

ぎいぎい鳴る床の板目。それは宍戸の手により容易く横にずれて、現れる。

湿気を孕んだ空気を吐き出す、地下へと続く梯子。

晶は戸惑いを隠せなかった。梯子を降りた先は無骨なレンガ造りで、水の抜けた古い下水道の趣き。埃っぽいが、電気もスプリンクラーも設置してある。おそらく最近まで使われていた壁内のバックヤードへ繋がるであろう扉もいくつかある。しかし、そのほとんどが潰されて使えないようにされている。手当たり次第に進める扉の中へと進む。

やがて二人は、行き当たった。

奇妙な部屋だった。広い板張りにはすえた臭いが籠もっている。この部屋だけは他と違って、かなり古い時代に建てられたものなのかもしれない。日本家屋の広間ような佇まい、しかし不思議なのは仕切りがいくつもあって、広間の中にたくさんの小部屋を拵えたような変な形となっている。それらの一番奥には書斎がぽつんと設置されていた。

「なんなんですか、この不気味な――」

「わからないか？　これ、座敷牢だろ」

背筋を凍らせる晶を放って、宍戸は書斎に詰め込まれた本の一冊を引っ張り出してパラパラとめくる。記された筆文字からなかなかの年代物ということがすぐ読み取れる。

図解された人体模型。付け加えられた、悍ましい×印と赤文字。

「ええと――この実験結果より導かれたるは、人間はどのような肉体的損壊を与えようと新たな力を発現する可能性が極めて低いということである。脳外科的な道筋が頓挫する以上は、より精神面へのアプローチに舵を切るべきであり」

「――それじゃあ、行方不明になった人たちは、ここで？」

晶の震える声は、座敷牢の板張りにできた多数の黒ずみへと吸い込まれていく。この場でかつて、どれほどの凄惨な出来事が繰り返されてきたのか。同じような本がざっと見て五十冊以上は本棚に並んでいる。その分だけの実験材料を得て、使用していたのだ。

晶はこの部屋にあるあらゆるモノに左手を触れさせるのが怖くなった。

がつん、と何かを蹴飛ばすような音がした。

ばたんばたんばたんと物音は近づいてくる。

「お出ましかな――晶、隠れてろよ」

悲鳴を殺すのでいっぱいいっぱいな晶をよそに、宍戸は錆びついたスプリンクラーに向かって着火済みのオイルライターを押し付けた。豪雨のように降り注ぐ水に打たれながら、晶が慌てて座敷牢の裏へと逃げ込もうとしたところだった。

「残念だ、理人。お前を殺さないといけないなんて――」

現れたのは、桝川支配人。彼はどこか疲弊した表情を浮かべていた。

無理やり口元に笑みを湛えた宍戸は、フードを深く被り直して準備する。

「はは、信じたくなかったな――マスターほどの男が、何をやらかした？」

「問答無用だよ。鷹に鳶の気持ちはわからないだろうさ」

降り注ぐ水に辟易する支配人は落ち窪んだ目を揉んで、宍戸を睨みつける。

「マスター、まあ聞けよ。俺とアンタの仲だろ――」

宍戸がすっと手を持ち上げた、その瞬間だった。


ぱしゃん。

水たまりに、落ちるものがあった。


それはさっきまで、宍戸の左袖から生えていたものだった。

地面に落ちている、意外にも綺麗で、すらりと伸びた指を持つ左手。

それのみを残して、宍戸は消え失せていた。晶は頭が追いつかなかった。

水滴に殴打される左手の切断面。真紅の液体が緩く溢れ、混ざっていく。

大きな円形に削り取られたような、綺麗な切り口。それは人生最悪の日、両親の首元にあった傷と同じく滑らかな切り口で——晶の絶叫はスプリンクラーにかき消される。

「ああ——耳に障るな、君の声は。頼む、やめてくれ」

「——いや、やだやだ、うそでしょ、宍戸さん」

支配人は大きな溜息をつきながら、ざぶざぶと近づいてくる。

「君、鹿野夫妻の娘さんだね？　あの日のことはよく覚えているよ。それまで消失させて拉致するなんていくらでもしてきたけど、能力を使って殺すよう命じられたのは初めてで——いや、悪いことをした。ただ、私も生きるために仕方なかったんだ」

ひどい隈をつくり、疲れで目蓋を痙攣させ続ける支配人は静かに言う。

涙を浮かべた晶の瞳が、きつく支配人を睨む。

「あ、——あなたが、私の両親の仇なんですか」

「当時の世良先生の仮説でね、幸せな子供ほど工夫をこらすと発現しやすいんじゃないかって。希望が大きいほど絶望も深くなるだろ？　私は、君という成功例のおかげで、ここしばらくは能力を振るわなくても済むようになったんだ。その礼と言っては押し付けがましいが——痛みなしに即死させることを約束するよ」
溜息をつきながら支配人は目頭を揉み解し、晶を睨もうとした。

「サプライズ、ってな」


支配人の背後だった。向かい側の座敷牢の陰に隠れていた宍戸は、シャツと短パンというラフな格好で細い針金を支配人の首に巻きつけて上方向にきつく絞める。

支配人は口をぱくぱくとさせながら、強制的に天井を向かされる。

「晶、彼の視界に入るなよ。予想どおり視認によって消失対象を選んでいた。目の前を鏡で塞げば気軽に力も使えないだろう。そこに映る自分を消しかねないからな」

晶は床に落ちたゴム製の左手を踏んだのを気にもせず、座敷牢の中に隠していたボディバッグから手鏡とダクトテープを取り出し、手鏡で支配人の視界を塞いでその上からダクトテープでぐるぐる巻きにする。

「——理人、どうやって」

「俺が一番得意とするのは、テレポートマジックでね——アンタが消失させたのは、針金を仕込んだ服でできたハリボテだけさ。上手いもんだろ、会得に苦労したんだぜ」

「——いくら視界が悪かったって、そんなのすぐに」

「気づくってか？　誤認誘導（ミスディレクション）は三度、だろ。あんたから習ったことさ」

支配人はその言葉を聞いて、泣きそうな顔をした後に意識を喪失した。

※

気を失った支配人を抱えて、宍戸と晶は地上の倉庫にまで戻る。

すでに太陽は昇っていた。開業までの時間はそう残っていないらしい。最終営業日となるだけあってか、エデンフォレスト内にもその熱気が渦巻いているような気がした。

意識を取り戻した支配人は、埃っぽい床の上で両手足を縛られてうつ伏せで固定されていることに気がつき、逃げも隠れもできまいと観念したのかよく喋った。

「グランドフェイクがスターダムを駆け上っていくのを見て感じたのは、嫉妬と無力感だよ。君がベガスの公演を計画してる頃、私はついに客寄せパンダの役目さえ果たせずクビさ。いくら努力しても老化と共に腕は鈍っていく。頭がどうにかなりかけた――そんな時だ。気がついたら、睨んだモノを消失させる能力に目覚めていた」

「嬉しかったよ。また奇術師として返り咲くことができる、ってね。なにせ本当の超能力だ、どんな奇術師にも負けない公演ができる。そう思えたのは最初だけ、実際に試してすぐに虚（むな）しくなった。当然だ。超能力を使った時点で、奇術を扱う奇術師としては失格だからな。酒浸りの日々の中で、眼帯をつけた男――世良が接触してきた」

「泥酔で口が滑った。私の力を知ると彼は仕事を紹介してきた。汚い仕事だ。だが生きるには金が必要で――それから私の人生は、ずっとクソだった。言われるがままに実験材料を集め続け、発現方法が確立されると功労者扱い、支配人なんて役職が贈られた。だが、実務はこの施設の暗部を隠匿するための番犬さ。嗅ぎ回る奴を消すだけのね」

　長い独白を神妙に聞いていた宍戸は、やがて問いかける。

「世良のこと、どこまで知っている？」

「彼も私と同じく、不思議な力を持っていた。左目で見た相手を『マインドコントロール』できるんだ。簡単な命令にはまず逆らえないし、洗脳じみたことも可能だ――私が喋ることができるのは、それくらいだよ」

「――奴の居場所は、わからないのか？」

「いいか、理人。喋ることができるのは、それくらいだ。その他に言えることがあるとすれば――私がこれだけダラダラとあけっぴろげに話しているのに違和感はないか？」

　淡々と語る支配人の言葉に、宍戸は急激に緊張感を取り戻す。

「ちょっと待て、マスター。あんたまさか」

「マインドコントロールだ。私は予め命じられていた。〝自分ではどうにもならないくらい追い詰められた時は世良に連絡し、どんな話を暴露してでも相手の気を引き続けて時間稼ぎをするように〟とね。――悪いな、理人。そういうことなんだ」

それは、宍戸が動くよりも先に起きた。

床に隠された地下への梯子。そこから人影が現れる。

「失礼。〝五分間、その場から動かないで〟もらえるかな」

眼帯をずらして昇ってきた男は、宍戸、晶の順に目を合わせてそう言った。

四肢が鉄にすげ替わったかのような感覚に襲われた晶は「え？　え？」と困惑しつつも、直感的に気づく。彼が超常現象の発現者増加に関わる怪人物、眼帯男なのだと。

「――世良あァ!!」

晶の読みが正しいことを示すが如く、宍戸は感情を露わにして咆哮した。

しかし、彼もまた立ち上がる寸前の奇妙な体勢で停止させられている。

世良と呼ばれた男は、特徴はないが愛想の良い風貌で、優しげに言う。

「おっと。懐かしい顔じゃないか、宍戸くん――いやあ、下の通路をすべて潰さないでよかったよ。せっかくの聖地を自らの手で汚すことになったのは心苦しかったけどね」

今しがた彼が昇ってきたところからは独特の強い異臭が漂っている。ガソリンスタンドでも働いていた経験のある晶は、すぐにそれを察知して顔を青ざめさせた。

世良は大きく伸びをし一息ついた後、地に伏した支配人に左目を向けた。

「おい、世良、待て、やめろ！」

宍戸の言葉が虚しく響く中で、世良は支配人の顔のダクトテープを外しながら言う。

「仕事を完遂できないなら、引退するのみだ——〝今すぐ自害して〟ね」

世良が構えた手鏡。支配人はそこに映っている自らの目元を消失させて、血を噴出させる肉塊となった。びくんびくんと痙攣をした後に、静かになる。

超常現象たる〝消失現象〟の発現者、桝川支配人は死亡した。

それをきっかけに〝消失状態にあったもの〟が再出現していく。

元雑誌記者の伊藤の死体、ヨミに託された取材手帳と三本の指先、半死半生状態の村崎、宍戸がテレポートマジックで使った抜け殻、そして支配人の頭部。

余興でも眺めるような目でそれを見届けた後、世良は向き直る。

「宍戸くんたちも、頑張ってよくここまで辿り着いた。その健闘を称えて死ぬかどうかは天運に任せてあげるよ。逆境が人を強くするし、試練こそが人を高みに連れてってくれる——私をもっと成長させる要素になってくれることを、期待しているね」

敵意に溢れた宍戸と、無邪気で楽しげな世良、二人の視線が交差する。

「さて——それじゃ、〝今日見た私の顔は忘れて〟もらおうか」

その瞬間、宍戸と晶からは世良の顔に関する記憶がすべて抜け落ちた。

世良は鼻歌混じりに宍戸が使ったオイルライターを着火、梯子の下へと放り投げた。

爆発音に似た音が地面から響き渡り、一瞬にして焦げ臭い熱風が湧き上がり充満する。

扉の外へと出ようとする彼に向かって、宍戸は言う。

「世良――、俺はアンタを絶対に追い詰める。震えて待ってろ」

「あはは。宍戸くんは、本当に最高だね。もう私の顔も認識できていないのに、大口を叩いてくるその感じ。すっごく良いよ。――楽しみに待ってるね」

楽しげな言葉を残して、扉は優しく、しかしきっちりと閉められた。


それから、数分後。


黒煙が充満する小屋の中から、飛び出す人影があった。

最初に晶、そして次いで村崎を肩に担いだ宍戸。呼吸困難になりかけの咳をしつつ這々の体で彼らが出てきた刹那、炎はついに小屋全体にまで広がった。すぐにフェンスの外へと転がり出て、何を言い合わずともこの場から避難することで意見は一致する。

駆け出そうとした瞬間、何故か宍戸はフェンス前の藪へと頭を突っ込んだ。

「宍戸さん、何やってるんですかっ！　早くしないとこっちまで火が――」

慌てふためく晶をよそに、藪の中から頭を抜いた宍戸は不敵な笑みで、

「サプライズ、ってやつだよ」

彼は、あるものの回収を怠らなかった。手に何かが握られている。

「——俺が忘れちまっても、こいつは奴の風貌を記録している」

それは折れた小枝の形を模した、隠しカメラであった。

※

数日間の昏睡状態を経た後、村崎は病室のベッドの上で目を覚ます。

意識を失う前に、何かものすごい経験をした。村崎はそんな気がした。

強烈な浮遊感の後に、ここではないどこかに行っていたのではないか。五感で捉えきれない情報の荒波に、脳みそが処理落ちするような感覚。まるで世界の裏側に足を踏み入れただとか、誤って異次元の狭間に落ちてしまったかのような——。

そんな余韻を鼻で笑って、村崎は半身を起こす。自分はジャーナリストなのだ。世に知らしめるべきは隠された真実であって、子供じみたトンデモな幻想なんかではない。

「村崎さん！　良かった、起きたんですね！」

「くそ、頭いてえな——なんだよ、ココミか」

ひどい二日酔いをした時と似た気怠さに苛まれながら、ちょっと前に密着取材していた市原恋世美の姿に気づく。どうして彼女が傍らのパイプ椅子に座っていたのかわからず、もっと言えば何が起きて自分がどこぞの大病院に入院していたのかも判然としない。

「待てよ。俺は――いったい、何をしてた？」

　そこで彼は、ここ数ヶ月の記憶を喪失していることに気づいた。

「村崎さん、覚えていないんですか――」

　人間は、逆境を乗り越えた分だけ強くなる。

　どう強くなるのかはともかく、とにかく強かさを増す。足掻き続けた末に運良く村崎と再会を果たした市原恋世美は、この状況において困惑も遠慮も見せなかった。

「――私と結婚してくれるって仰ったんです。一生幸せにしてくれるって」

　村崎は冗談だと思って笑い飛ばす。

「はっは――おいおい、なんだよそれ本気で言ってるのか？」

　市原恋世美は、彼をまっすぐに見つめて微笑んだ。

「村崎さんは、記憶がないからって約束破る人じゃないですよね」

　妖しい笑みのゴスロリ姿は、そっと婚姻届を差し出してくる。必要記入事項は彼女の丸っこい文字と、村崎の筆跡を巧妙に模倣したこれまた彼女の文字によって、すべて埋められていた。何故か印鑑も押してあって、後は役所に提出するのみの状態だった。

「男に二言はない。ですよね？　田中元哉さん」

　今の市原恋世美には、実母からの虐待に弱々しい愛想笑いしか浮かべられない華奢な子供だった面影はない。そして婚約者だと信じた相手がいなくなり悪どい輩にいいように利用されていた苦しみも、幽鬼の如き表情でこの世のすべてを呪った恨みも——どこかの誰かの働きで深刻な疵に至る前に収まって、今はさっぱりとした表情であった。

ただ、目前の好機を逃すまいと、ひたむきに王手をかけ続ける。

刮目すべき迫力に、村崎はひきつった笑みを浮かべて固まった。

彼が元々本気だったのか、それとも利用するためだけに戯言を吐いたのか——。

すべての真相は、闇の中へと消え失せてしまったことである。

市原恋世美は最後まで諦めることをしなかった。

そうして残った結果こそが、たしかな真実となる。

※

調査報告書なるものを作成するのは凄まじく大変で、晶は辟易とした。

宍戸が見たものと晶が見たものに大きな差異がないかを確認しながら一つ一つの出来事を文章化して記録に残していく。重要度の高い案件だからそうするように山城に命じられたのだ。それが想像していたよりも面倒極まりない作業で、すべてを済ました後には晶はセーフハウスのカウンターに思わず突っ伏してしまった。

「つ、——疲れた」

思わず漏れた晶の一言に宍戸は、

「おう、お疲れさん。なんか飲み物でも飲むか？」

「えっと、それじゃあ、疲れも飛んでいきそうなアルコールを」

マジかよ、と苦笑するも直後に思いつくことがあったらしい。宍戸がろくに物の入っていない冷蔵庫から取り出したのは、厳かな文字が並んでいる四合瓶だった。

「――日本酒、ですか？」

「ああ、良いやつだとか」

物は試しと開栓した。ろくな酒器がないのでカクテルグラスで頂く。

晶は酒の味なんて今まで一度も気にしたことがない。気にしたことがなかったのだが、今回は違った。新鮮な果実のような香り高さと、絹のように柔らかな口当たりと、綺麗な余韻が最後まで続いて、思わず目を見開く。こんな酒を飲んだのは初めてだった。

――もしかして、このお酒。ものすごく美味しい？

「あのっ。これ、宍戸さんも飲んでみてください」

「え？　いや、――俺はやめとくよ、まだ他にも仕事あるし」

毎晩浴びるように飲んでいそうな風貌の割には、及び腰の回答だった。

「なんですか、出すだけ出しといて。ちょっとくらい飲んでみてくださいよ」

「おいおいお嬢さん、飲酒の強要ってのはよろしくないぞ」

「いいから試してくださいってば、ほら早く」

晶は戸棚から同じようなグラスを取り出して、酒をついで彼に差し出す。

宍戸はこれにどのような感想を抱き、どういうふうにして伝えてくるのか。

その時、晶は無性に知りたくなったのだった。

これまでお酒なんて、ただの睡眠導入剤か目前の諸問題から一時的に目を逸らすための道具くらいにしか思っていなかった。今もまだその考えは拭いきれていない。しかし宍戸と出会って数ヶ月、幾許かの時間を共有した末に学んだことが一つある。

どうやら自分が信じるものだけが、世界のすべてではないらしい。

晶がそうだと思うものが、しかし他人にとってはそうではないのかもしれない。その逆もまた然りで、他人がそうだと思うことが自分には理解できないこともある。

それが良いとか悪いとか、正しいとか間違っているとか、そういうことではない。

ただ、そういうものなのだと知っておくことが、重要なのだろう。

それは、晶の小さな第一歩だった。

自らの常識のみに固執せず、他人の考えを知ろうとする。

目の前に佇む胡散臭そうな雰囲気満載の長身男は、この酒に何を感じるのか。

——お酒に詳しそうな宍戸さんのことだから。

——キザで気取ったコメントでもするのかな。

宍戸は何故かそれはそれは困った顔をした後、一つ小さく溜息をつく。

「じゃあ、飲む前に一つだけ、はっきりさせておこう。今後のことについてだ」

「今後のこと、ですか？」

「すでに充分理解したと思うが——俺たち特務局は、超常現象や超能力関連の諸問題に対応するヒミツ組織ってやつでね。君のような優秀な人材を求めていたんだ。格別の待遇を約束する。——どうだ、俺たちと一緒に〝国民の生活の保障（ひとびとのしあわせ）〟を支えないか？」

「そうですね——飲んでくれたら、お答えしますよ」

悪戯っぽく答える晶。しかしその内心では、未だ揺れていた。

気になるところも、気にすべきところもまだまだある。宍戸たちの生きる世界は実に興味深いが、同時にひどく恐ろしくもあった。ただし彼らの手によってでしか救われない人たちがいることも動かしようのない事実で、どう答えようか迷ってしまう。

だから、まずは彼のことを知ってから考えることにした。

「わかった、約束だぞ。——ただ、どうなっても知らないからな」

宍戸の意味深な言葉に、少しドキリとした。

彼は緩くグラスを回し、その縁に唇を寄せる。

透明の液体を口に含んだ後、尖った喉仏が上下する。

吐息が鼻を抜けた時、チャームポイントの泣き黒子が印象的な瞳は潤いを増していた。

いつもとは違う、どこか憂いを帯びたような柔らかな微笑。わずかに紅潮した頬と耳。口元に手を携えて、思わせぶりにこちらを見つめてくる。

いつもよりも若く見える、その整った顔立ちに見惚れていると――。

彼の顔や首元が、際限なく赤く染め上げられていくことに晶は気づいた。

「――まさか、宍戸さん、めちゃくちゃお酒に弱かったりします？」

「まあ、その――うん。好きなんだけどさ。全然飲めないんだ、実は」

「そんな、そう言ってくれれば良かったのに――あの、宍戸さん？」

その整った酔顔は半ば眠りかけていて、晶は思わず笑みを零してしまった。

エピローグ

スイッチが切り替わった。

濃紺色の暗闇の中、一筋の眩い光が生まれる。

細いペンライトの光源を頼りに、周囲の闇を照らして探る。

滑り込んだ舞台裏はステージで焚かれたスモークが緩やかに流れ込んでいて、視界がすこぶる悪い。しかしそこに誰かが潜んでいる気配はなかった。清潔感溢れる黒髪を帽子を被ることで隠した宍戸は、細く息を吐く。

計画していたよりも上手くいった、と思う。

ついさっきまで自分がいたステージからは、無数の騒音に混じって黒ヶ澤獏弥の情けない声が響いてくる。ねじ伏せられた彼はその虚勢を長続きさせることはできず、今や大勢の会員らに詰め寄られて泣きながら許しを請うているようだった。

『——違うんですう、私は〝先生〟に利用されただけで、嫌々やらされててぇ』

獏弥の叫びを最後まで聞くことなく、宍戸は音もなく立ち上がる。

この騒ぎに乗じて会場を脱出すれば、それで本日の仕事は終了だ。

バタバタと走り回る警備員の足音を注意深く聞き取りながら、彼らに見つからないよう隠れながら進む。脱出経路である非常口のドアノブを摑んだ、その瞬間だった。

背後から視線を感じて、慌てて振り返る。

そこに立っていた人物は、警備服に身を包んでいた。

思わず身構える宍戸に対し、制帽の下のエキゾチックな風貌は不敵に笑う。

「宍戸くん――人体テレポート、だいぶ上手くなったんじゃない？」

「はは。天才・ヨーコ・ナトリにそう言われるなんて、光栄だな」

警戒を解いた宍戸は非常口の扉を開き、ドアマンのように恭しく礼をする。

「まあ、欲を言えば最後に針金も回収できるようになればベストなんだけど――どの角度からも仕掛けは見えなかったし、外殻も自然な仕上がりだったもの。良いできだったわ。プロデューサーも、きっと手を叩いて喜ぶんじゃないかしら」

「なんだよ、珍しく褒めちぎるな――まさか俺を口説いてるのか？」

「ばーか。阿呆なこと言ってないでさっさと逃げるわよ。〝先生〟とか呼ばれていた眼帯の男はいつのまにか逃げ果せていたし――なんかあの団体、変な感じだもの」

「そう？　なんでもいいさ。俺とヨーコさんなら、向かうところ敵なしだろ」

「はいはい。さっさと着替えてご飯行きましょ。近くに有名な洋食屋が――」

非常灯の灯る螺旋階段を、仲良く二人で降りていく。

宍戸は奇術で観客を驚かせることができた時と同じくらい、相棒と共に馬鹿話をしつつ帰路につくこの瞬間が好きだった。未来への憂いなど微塵もなく、仕事をやりきったという充足感に満たされれば、どんな下らない話にだって花が咲く。

それはきっと、彼にとって、人生の最盛期ともいえる時だった。


懐かしい夢を見ていた。そんな余韻があった。

セーフハウスのソファに寝っ転がっていた宍戸は、慌てて半身を起こして状況確認をする。いつの間にか、すっかり眠ってしまっていたようだ。

記憶している限りではまだ昼間だったはずが、気がつけば窓の外には夜の帳が降り始めていた。あまりに美味しい酒で前後不覚となり、普段は絶対しない〝ろくに脳みそを使わない取るに足らない話〟を晶としたからか、そんな夢を見たのかもしれない。

弾かれたように、静かなカウンターへと目を遣った。

まだそこにいた。バーチェアに座る、彼女の薄い背中。

「晶――?」

呼びかけても反応はない。立ち上がって近づいて、気づく。

机に頬杖をついて目を閉じている。彼女もまた、眠っていた。

自分の気持ちを口に出すことが少ない彼女が、ああも疲れたと言っていた。普段の疲れが溜まっていたのか、それともよほど報告書作りが堪えたのであろう。

そのまま机に突っ伏してしまうと危ないので、空っぽになったカクテルグラスを静かに回収して、その隣の酒瓶を持ち上げて――軽さに驚く。綺麗に飲み干してあった。

宍戸は「おおう」と感嘆の声を漏らし、晶をまじまじと見てしまう。

彼女もまた、幸せな夢でも見ているのだろうか。

珍しく、微笑んでいた。それは一人練習を重ねたような歪な愛想笑いでも、図らずとも他人を威圧してしまう冷笑でもない。年相応で自然な、可愛らしい笑顔であった。

「――――」

判然としない寝言は聞かなかったことにしておいた。

ほんの少しでも、その夢が長続きすれば良いと思う。

宍戸は晶にそっとブランケットをかけ、音を立てないように裏口の窓を開けた。小さなベランダへと出る。ざらついた手すりの向こうには雑多で統一感のない人工的な光が溢れていて、乱立する高層ビルに切り取られた都会の夜景が広がっている。

ここからでは、星々の輝きなんてろくに見えない。

だがしかし、宍戸はこの眺めが嫌いではなかった。

たとえ目に見えずとも手が届かずとも、そこにあることだけは感じられる。彼にとっては、それだけで充分だった。どこからか取り出した奇術道具の造花、その感触を指先で確かめる。懐かしい夢の余韻を、ほんの少しだけ延ばしてくれた。

生ぬるい夜風を浴びながら、物思いに耽る。

「――必ず、仇を討つからな」

確かめるように呟いた後、宍戸は深呼吸をする。

あれだけ我が物顔で居座っていた盛夏の空気はいつの間にかにその気配を薄れさせて、今は揺蕩う風の中にほんのわずかな残り香として混じっているのみだった。

されど、それですべてが終わってしまうわけではない。

夏が完全に消え失せるまで、それほど時間はかからないだろう。

鼻孔をくすぐるのは、濃厚な次の季節の気配。

胸元の携帯端末が、小さく震えた。

間髪入れずに宍戸は電話に出る。

「こちら宍戸」

その瞬間、愁いを帯びた表情は嘘のように引っ込んだ。

宍戸がその口元に浮かべているのは、不敵な笑み。

「仮称認定されたか。よし、後は任せとけ」


（了）

あとがき

〝常識〟という概念は、十徳ナイフのように便利なものです。

社会的動物と言われる私達の倫理観を保つのに貢献し、とかく村社会のノリを脱しきれない組織内でも潤滑油の役割を果たし、常識足らずの子供が「大人のフリ」の上手いやり方を学ぶ教本としても有用だったり、まさに八面六臂の活躍ぶり。

そんな便利なものなので、私達はそれを気軽に持ち出して使います。

しかしその〝常識〟は、皆が思うほど確かな「人々の共通認識」（常に識られるもの）なのでしょうか。

各々が抱くそのパッケージは完璧に同一のように見えたって、中身を一つ一つ検分していけば大なり小なり差異が見つかるはず。そして一見気づきにくい差異があればこそ齟齬が生まれ易く、それがどうしようもない軋轢に発展することもあるものです。

そう考えると、便利は便利なのですが、取り扱いには注意が必要です。

それでも〝常識〟を持ち出そうという時、私達はどう気をつけるべきなのか。誤った解釈をしない、というのは到底無理です。誰かさんも言ったように、何が正しくて何が間違いかなんて、本当の意味で見極めるのは神様にだって困難です。だとするなら――

〝常識〟だけに全てを委ねないこと、それに尽きるのではないでしょうか。ほら、十徳ナイフに己の運命を委ねる生き方なんて、無人島に漂流でもしない限り有り得ないでしょう。〝常識〟だってそう、所詮はただの便利グッズなのです。

こうも長々と屁理屈をこねこねしているあたりできっとお察しのことでしょうが、私もまだまだ「大人のフリ」の上手いやり方を学んでいる真っ最中の身です。どうも皆様はじめまして、八方鈴斗と申します。今回デビューと相成ったぴよぴよのひよっこです。今後より面白い作品を生み出せるよう、もっともっと精進していく所存です。

さてさて『仇花とグランドフェイク　超常事件報告書』はいかがだったでしょうか。私達の生きる世界とよく似た場所で奮闘する彼と彼女の物語が、あなたの心を少しでも揺り動かしたのならば、これほど嬉しいことはありません。

最後に謝辞を。私が窮地に陥った時にいつも優れた妙案を与えてくれる編集の小松様、美麗なイラストで彼と彼女を素敵に表現してくれたうごんば先生、そして本作を世に出すにあたって関わって頂いた全ての方々に、心より深く深く御礼を申し上げます。

もちろん、この本を手にとってくれたあなたにも。

八方鈴斗

＜初出＞
本書は書き下ろしです。

メディアワークス文庫

仇花（あだばな）とグランドフェイク
超常事件報告書（ちょうじょうじけんほうこくしょ）

八方鈴斗（はっぽうりんと）

2022年9月25日　初版発行

発行者　青柳昌行
発行　株式会社KADOKAWA
〒102-8177　東京都千代田区富士見2-13-3
0570-002-301（ナビダイヤル）
装丁者　渡辺宏一（有限会社ニイナナニイゴオ）
印刷　株式会社暁印刷
製本　株式会社暁印刷

Printed in Japan
ISBN978-4-04-914413-0 C0193

メディアワークス文庫　https://mwbunko.com/

本書に対するご意見、ご感想をお寄せください。

あて先
〒102-8177　東京都千代田区富士見2-13-3
メディアワークス文庫編集部
「八方鈴斗先生」係

純黒の執行者

青木杏樹

彼が担当した事件の被疑者は必ず死ぬ――
刑事×悪魔が紡ぐダークサスペンス。

怪死体や猟奇殺人事件を捜査する"奇特捜"に所属の刑事・一之瀬朱理には、一つの噂がある――彼の担当した事件は必ず【被疑者死亡】で終わると。

３年前に起きた一家惨殺事件の唯一の生き残りである朱理。瀕死の重傷の中、突如現れた悪魔を名乗る青年・ベルと契約した朱理は、己の死を回避する代償として、犯罪者の命を捧げていた。

全ては家族を殺した犯人に復讐をするため――謎めいた狡猾な悪魔・ベルと共に、朱理は凶悪犯罪者達を葬る。

冷静無慈悲な刑事×謎めく狡猾な悪魔が紡ぐ、宿命のバディサスペンス！